ryuoh no oshigoto!

용왕이 하는 일!

10

라토리 시로

ㅌ ■ 시라비   감수 ■ 사이유키

© shirabii

칸나베 마리아

교차하는 소녀들의 마음

샤를로트
이조아드

아이가 둔 수가, 세상을 송두리째 뒤집는다.

목 차

저 자	시라토리 시로	작품명	용왕이 하는 일! 10
일러스트	시라비	감 수	사이유키

페 이 지	발 행 처	발행연월일
328페이지	노블엔진	2019년 12월 1일

이상 320페이지로
용왕이 하는 일! 제10권 전부

© shirabii

ryuoh no oshigoto!

용왕이 하는 일!

10

시라토리 시로

일러스트 ▲ 시라비
감수 ▲ 사이유키

등장인물 소개

쿠즈류 야이치

용왕. 프로 기사의 제자가 되려고 후쿠이에서 오사카의 초등학교로 전학. 별과 산이 보이지 않는 도회지로 온 탓에 불안한 소년 시절을 보냈다.

히나츠루 아이

야이치의 첫 번째 제자. 여류기사. 오사카로 나온 지도 벌써 1년이 되었다. 같은 반 아이들 덕분에 단기간에 대도시에 순응했다. 우메다에 있는 공차에서 버블티를 마시는 수준.

소라 긴코

야이치의 누이 제자(사저). 장려회 3단. 초등학생 때 여름방학 숙제는 마지막 날까지 손도 안 대다가 야이치에게 전부 떠넘겼다.

샤칸도 리나

여류명적. 카마쿠라에 살던 초등학생 시절에는 휴일마다 신주쿠의 장기도장에 다니면서 장기 실력과 패션 센스를 갈고닦았다.

미즈코시 미오

연수생. 초등학교 3학년 때 비와 호수 자전거 일주를 달성. 다음 해에는 아와지 섬 일주를 계획하지만 태풍 때문에 단념.

사다토 아야노

연수생. 여초연에서 유일한 안경소녀. 학교에서는 고전소설을 애독하는 문학소녀. 자택에서는 사저에게 빌린 얇은 책도 읽는다.

샤를로트 이조아드

여초연 최연소 멤버. 쿄토에 사는 프랑스인. 일본에 와서 가장 놀랐던 것은 떡을 씹지도 않고 삼키는 할아버지가 존재한다는 것을 알았을 때다.

🔔 프롤로그

"안녕하세요~."

교무실에 들어갈 때는 언제나 긴장된다. 오늘은 평소보다 더 긴장됐다.

평소에는 호출을 받아야 교무실에 왔다.

하지만 오늘은 직접 온 것이다.

그대로 선생님 자리로 갔지만…… 안 계셨다.

"아! 그래. 바뀌었구나."

오늘부터 5학년이다. 고학년이 된 것이다!

새로운 교실.

새로운 선생님.

새로운 반 친구들.

하나같이 가슴을 뛰게 하는 일이지만…… 오늘은 매우 우울했다. 장기간 학교를 쉬었다가 등교를 거부하는 아이가 많다는 이야기를 들은 적이 있는데, 이해가 됐다. 후회가 엄습하니까 말이다.

일찍감치 숙제를 해둘 걸 그랬네~ 같은 느낌이랄까?

언제나 돌이킬 수 없게 되고 나서 후회한다. 그리고 교무실로 불려서 혼난다. 그런 일이 반복되는 것이다.

졸업할 때까지 이런 일이 반복될 거라고 생각했다.

아니, 졸업을 하는 날 자체가 오지 않을 것 같은 느낌이 들었다.

하지만 여름 방학이 끝나는 것처럼, 끝이라는 건 느닷없이 찾아온다.

새로운 선생님은 교무실 입구 근처에 앉아 있었고, 나를 보더니 말을 걸었다.

"선생님. 실은⋯⋯."

교무실에는 TV가 있는데, 저녁 뉴스가 방송 중이었다.

『새해를 맞이해, 오사카 국제박람회 유치 활동이 본격화되었습니다. 도톤보리에서는 젊은 상가 경영자들이 에비스 다리에서 강에 뛰어들며 흥분을 감추지 못하고 있으며, 경찰에서는 지나친 홍보 활동을 자제해달라는 주의의 목소리가──.』

『《나니와의 백설공주》가 사상 첫 여성 프로 기사에 도전하고 있습니다. 오사카에 사는 소라 긴코 3단이 내일부터 개막되는 프로 기사의 최종 관문, 신진기사 장려회 3단 리그에 도전합니다. 소라 3단은 오늘 도쿄에 가서 내일 치를 대국을 준비한다고 장기연맹을 통해 코멘트──.』

『다음 뉴스입니다. 오사카의 대형 제약회사인 타나카 약품공업이 유럽의 거대 메이커인 파브르를 매수하는 것이 확정됐습니다. 두 회사는 작년부터 물밑 교섭을──.』

⋯⋯뉴스 방송이 끝날 즈음에는, 내 이야기도 끝났다.

"안녕히 계세요!"

힘차게 인사한 후, 문을 닫았다.

새 선생님은 젊지만 똑 부러지며, 내 이야기를 진지하게 들어 줬다. 아까는 불안했지만, 그래도 지금은 상담하기 잘했다는 생각이 들었다.

자아…… 오늘은 상담해야 할 사람이 한 명 더 있다.

"집에 돌아가서 다른 애들과 연락하고, 외박 준비를 하고——."

손가락을 꼽으면서 그런 생각을 하고 있을 때, 발치에 뭔가 닿았다.

"응?"

교무실 앞 복도에 뭔가 떨어져 있었다. 눈에 익은 무언가였다.

하지만…… 어라~?

"…………어? 이게 왜 여기 떨어져 있지?"

나는 발치에 떨어져 있는 그것을 주웠다.

그것은——장기말 모양을 한 스트랩이었다.

여

초연

리

더

Mio Mizukoshi 미즈코시 미오

하나다치 아자미 × 로쿠로바 타마요
초인기 여류기사 대담!

차례차례 새로운 히로인이 탄생하고 있는 여류장기계.
새해를 맞이한 여류 장기계 해설을,
초대 여왕과 인기 넘버원에게 부탁드렸다.

하나다치(이하 『하』) "오래간만이야! 오늘은 잘 부탁할게."

로쿠로바(이하 『로』) "예! 저야말로 초대 여왕의 대담 상대가
되어서 영광이에요!"

하 "저, 저기, 타마요 양? 성격이 평소와 너무 다르지 않아? 그
렇게 공손할 필요는 없는데……."

로 "아뇨! 저는 진짜로 아자미 언니를 존경하거든요."

하 "나도 출산휴가 이후로 장기 중계를 자주 보는데, 로쿠로바
여류 2단의 리스너 스킬은 정말 대단하다고 생각해."

로 "영광이에요! ……하지만 해설로만 주목받는 게 부끄러워
요. 언니처럼 타이틀전에도 나가고 싶어요……."

하 "그만큼 우리 아래 세대에 재능이 뛰어난 애들이 모여 있다
는 거야. 장려회 3단이 된 소라 긴코 여류 2관이라는 존재가
크게 영향을 끼치는 거라고 봐."

로 "사상 최연소 초등학생 명인이 그대로 장려회에 들어가서,

열다섯 살에 3단 리그에 참전하게 됐으니까요. TV와 잡지, 인터넷에서도 그걸로 떠들썩해요. 앞으로도 여류의 레벨은 더 올라갈 거라고 생각해요."

하 "긴코 양 이전에도 초등학생 명인을 차지하고 장려회에 들어간 여성이 있었지만…… 초단의 벽을 뚫지 못했어. 3단 리그에 여성이 참가한다는 것 자체가 몇 년 전에도 상상도 못할 일이었지."

──올해 초등학생 명인도 여자였습니다.

로 "준결승과 결승전은 스튜디오 수록이라, 보드 해설의 리스너로서 대국을 지켜봤어요. 정말 강하더군요. 초등학교 5학년이라는 게 믿기지 않을 정도로 완성된 장기를 뒀어요. 게다가 성격도 엄청 개성적이었고요."

하 "기대되네. 여류기사가 될 것 같아?"

로 "본인은 장려회에 들어갈 생각 같았어요. 사실 그 애는 어느 프로 기사의 여동생이죠……. 머지않아 화제가 될 거라고 생각해요."

하 "초등학생 5학년 여자애라면, 요즘 화제인 쿠즈류 일문과 같은 학년이네. 누가 더 강할지 흥미가 있어."

──야샤진 아이 여류 2단과 히나츠루 아이 여류 1급 말이군요. 야샤진 양은 다들 알다시피 여왕전 도전자였으며, 히나츠루 양 또한 여류 데뷔 후로 공식전 무패를 기록 중입니다.

로 "언니, 그 두 사람과 면식이 있나요?"

하 "실은…… 있어. 여왕전 도중에, 야이치 군이 두 사람을 우리 집에 데려왔거든."

로 "아하! 그 망할 꼬맹…… 야샤진 아이가 제3국에서 다시 일
　어설 수 있었던 건 언니의 조언 덕분이었군요?!"

하 "우후후. 긴코 양이 이 사실을 알면, 다음 대국 때 나를 잡아
　먹으려고 할 것 같지만 말이야."

로 "그 전에 용왕의 목숨이 위험할 것 같네요~(웃음)."

하 "맞아~(웃음)."

　　**――히나츠루 양은 여류명적전에서 예선 결승까지 진출해서, 여
류 I급으로 승급했습니다. 다음 대국에서 이기면 사상 최연소로
도전자 결정 리그에 진출하죠. 그 급성장 이유는 무엇일까요?**

하 "아이 양은 여류 데뷔 후로 무패야. 하지만…… 항상 서반에
　서 실수하면서 제한시간이 바닥나서 위험해진 끝에, 종반에
　역전승을 하는 장기를 두고 있어. 그런데 성장했다고 해도
　될지 좀 의문이긴 해."

로 "솔직히 말해 대진 운이 좋은 것 같기는 해요."

하 "장기 내용만 본다면 마이나비 일제예선에서 사이노카미
　양에게 이겼을 때가 가장 좋았다고 봐. 그때도 서반은 좋지
　않았지만…… 《휘젓기의 벼락》을 돈사(頓死)로 몰아넣은
　그 승부술은 기보만 봐도 소름이 돋을 정도였어. 하지만 츠
　키요미자카 양과의 본선 대국에서는 참패를 했지. 아무리
　종반에 강하더라도, 서반에서 실수해선 돌이킬 수 없어. 그
　점을 간파당한 느낌이야."

로 "아홉 살 때 전성기였고, 열 살 때 쇠퇴한 거네요(웃음)."

하 "재능파에게는 그런 경향이 있어. 초등학생 혹은 중학생 때
　　여류기사가 되는 걸 보고 『앞으로 얼마나 더 성장할까?!』 하
　　고 여기지만, 그 후로 성장하지 않는 거야."

로 "마음이 찔리네요."

하 "타마요 양은 그렇지 않아. 중학교 1학년 때 여류 아마추어
　　명인이 되고, 다음 해에 여류기사가 됐지? 하지만 당신은 쇠
　　퇴하지 않았어."

로 "재능이 없으니까요(웃음)."

하 "아니야. 쭉 노력하기 때문이야."

로 "으!! ……칭찬해 주셔서 감사해요."(눈가가 축촉해짐)

하 "히나츠루 아이 여류 1급한테서는 위태로운 느낌이 들어.
　　재능은 분명 있어. 하지만 그것만으로 타이틀을 딸 수 있던
　　시대는 지난 거야. 장기 묘수풀이를 아무리 빨리 풀더라도,
　　실전에서는 무의미해. 위기감을 가지고 임하지 않는다면,
　　본선에 진출하기도 전에 왕창 깨지고 말 거야."

로 "같은 세대 친구들과 연구회를 하기만 하는 걸 보면, 그런
　　의식이 부족한 것 같네요."

하 "친구들과 연구회?"

로 "예. 용왕이 자기 집에 제자의 친구인 어린 여자애들을 불러
　　들여서, 자기 집에서 묵으며 연구회를 하게 하는 『여초연』
　　이라는 거예요. 진짜 위태위태하달까요……. 저는 니코니
　　코 생방송 도중에 용왕이 여섯 살짜리 여자애와 뽀뽀를 하는
　　모습도 본 적이 있다니까요."

하 "우와아…… 그래도 괜찮은 거야……?"

로 "어린 여자애 넷, 밀실, 장기. 아무 일도 일어나지 않을 리가 없죠……. 슬슬 본격적으로 문제가 되지 않을까요? 경찰에 체포되면 타이틀은 어떻게 될까요? 박탈?"

──이야기가 약간 탈선한 것 같으니 되돌릴까 합니다만…… 두 분께서 올해 가장 주목하고 있는 신인은 누구인가요?

로 "저는 야샤진 아이 여류 2단을 전부터 주목해 왔고, 지금도 변함이 없어요. 여왕전에서는 3연패로 끝났지만, 제3국에 서 《나니와의 백설공주》에게 천일수(千日手)를 선택하게 한 건 승리나 다름없는 무승부니까요."

하 "그럼 나는 그런 야샤진 아이 양을 꺾은 사람을 고르겠어."

로 "예? …………누구죠?"

하 "여왕전 열기 때문에 화제가 되지 않았지만, 야샤진 아이 양 은 여류명적전 예선에서 패배했어. 이긴 사람은 갓 데뷔한 여류 2급이야."

로 "예엣?! 이, 2급…… 뭔가 잘못된 것 아닌가요?!"

하 "그 여류 2급은…… 소라 긴코보다 먼저 첫 여성 초등학생 명인이 되었고, 우리 세대에서 최고의 천재라는 찬사를 받 았어. 처음부터 여류기사의 길을 선택했다면 분명 초대 여 왕의 자리를 차지했을 거야. 그리고 그 여류명적 예선 결승 상대는 바로 히나츠루 아이 여류 1급이야."

로 "서…… 설마?! 하지만 그 사람은…… 그 사람은……!!"

하 "맞아. ……《불멸의 츠바사》가, 돌아온 거야."

△ 반 배정

"사부님, 저 다녀왔어요! 자, 장기 둬요!!"

개학식을 마치고 돌아온 제자는 트레이드마크인 흰색 베레모에 붙은 벚꽃잎이 떨어지기도 전에 빠른 어조로 그렇게 말하면서 내 방에 뛰어들었다.

침대에 누워서 장기 잡지의 최신호를 읽고 있던 나는 깜짝 놀란 나머지 잡지를 떨어뜨렸다.

"뭐, 뭘 그렇게 서두르는 거야……. 오늘은 집에서 연구회를 할 거니까, 밤새도록 장기를 둘 거잖아?"

"하지만, 하지만, 하지만! 연구회를 하면 사부님에게 단독으로 지도를 받을 시간이 줄잖아요!"

새빨간 초등학생용 가방을 등에 멘 아이는 내 몸 위에 올라타면서 그렇게 응석을 부렸다.

그 이유는——.

"여류명적전 예선 결승이 얼마 남지 않았어요! 1승만 더하면 여류명적 리그에 들어갈 수 있단 말이에요! 다음 장기는 꼭 이겨야 해요!! 지금은 1분 1초라도 더 장기 공부를 하고 싶어요~!!!"

"아, 알았어! 알았으니까 침대에 누운 사부의 허리에 올라타지 마!"

"장기 공부를 많~이 해서, 텐짱보다 먼저~ 타이틀을 딸 거예요! 안 그러면…… 안 그러면……!"

"그 마음가짐은 믿음직하거든? 하지만 말이야. 기승…… 말타기 자세는 여러모로 문제가 되거든?"

여초딩이 남자인 내 몸 위에 올라탄 채 더 하자며 응석을 부리는 상황 자체가 문제투성이였다.

히나츠루 아이의 사매인 야샤진 아이는 이미 타이틀에 도전해 봤다. 그 점이 이 아이의 경쟁심에 불을 붙인 것이 틀림없다.

게다가 그런 야샤진 아이가 여류명적전 예선 1회전에서 진 것도 자극했으리라. 처음으로 사매에게 실적으로 이길 수 있는 기회가 찾아온 것이다.

그 사실을 증명하듯, 히나츠루 아이는 잘 들리지 않을 만큼 작은 목소리로 혼잣말을 중얼거리고 있었다.

"……설마 텐짱이 그렇게 대담한 소리를 할 줄은 몰랐어……. 그건 완벽한 선전포고야……. 사랑은 전쟁…… 절대 질 수 없는 싸움이 시작됐어…………!"

……아이? 너무 흥분한 거 아니니?

"그렇게 숨을 헐떡여서야 장기를 둘 수 없잖아? 일단 마음을 진정시키고 학교에서 있었던 일을 이야기해 줘. 신학기 첫날은 어땠어?"

"으음…… 정말 즐거웠어요!"

아이는 잠시 생각에 잠기더니, 곧 미소를 지으며 말했다.

"올해도 미오와 같은 반이 됐고, 미하네랑도 같은 반이 됐어요! 그래서 다 같이 엄청 기뻐했다니까요!!"

"그랬구나~. 그거 참 다행이네!"

머나먼 호쿠리쿠에서 전학을 온 아이에게, 초등학교에서 생긴 친구는 소중한 보물이다. 쓸쓸함을 치유해 주는 특효약인 것이다.

나도 전학을 한 적이 있어서 잘 안다.

하지만 나는 하숙 중이던 키요타키 일문의 집으로 돌아가면 상냥한 누나인 케이카 씨, 나이도 어리면서 엄청 건방지고 죽어라 엄격한 사저를 만날 수 있어서 쓸쓸하지 않았다. 괴롭거나, 아프기는 했지만………… 덜덜덜덜…….

"사부님? 왜 갑자기 덜덜 떠는 거예요?"

"아, 아니야…… 괜찮아. 진짜로 괜찮아……."

지금 나는 귀여운 제자와 단둘이 살고 있다. 이 낙원은 반드시 지키고 말겠어……!

"그, 그런데 같은 반 친구들 이야기를 더 해 주지 않겠니? 미하네 양은 어떤 타입의 애야?"

"미하네 말인가요? 귀엽고, 예쁘고, 박식해요. 책도 자주 빌려줘요. 대학생 남친도 있고, 남자애들한테 엄청 고백을 받는데…… 왜 그런 걸 묻는 거죠?"

"응? 아이의 반 친구들에게 관심이 있거든."

"……혹시 노리는 거예요?"

"뭘 노린다는 거야?!"

나는 경계하듯 목소리를 낮추며 말하는 제자에게 항의했다.

"하아…… 너는 이 사부를 어떻게 생각하는 거야? 나는 아이가 새로운 반에서 쾌적하게 지낼 수 있을지를 신경 쓰는 거야. 그에 따라 지도방침도 달라지거든."

"지도? 저기…… 장기 지도 말인가요?"

"물론이지. 반 배정은 장기 성적과 직접적으로 연관이 있거든. 그러니까 장기를 두기 전에 확인해 두고 싶었어."

"예엣?! 반 배정이 장기와 연관이 있나요?!"

"물론이지요~. 엄청 밀접한 관계가 있어요~."

대국에서 이길 때는 문제가 되지 않는다.

하지만 지거나 슬럼프에 빠졌을 때는 마음 편하게 지낼 장소가 필요하므로, 하루의 절반을 보내는 학교, 그것도 교실의 환경은 매우 중요하다.

"아이는 내제자로서 스승인 나와 함께 살고 있잖아? 장기로도 힘들고, 집에서도 힘들고, 학교에서도 힘든 상황이 되면 마음을 놓을 수 있는 장소가 없어서 정신적으로 궁지에 몰려……. 그런데, 어땠어? 뭔가 달라진 점은 있어?"

"…………."

아이가 갑자기 입을 다물었다. 혹시 무슨 일이 있는 걸까?

"…………사부님, 저기………… 미…………."

"미?"

"아, 아뇨! 저기, 그게…… 다, 담임선생님이 바뀌었어요!"

"담임이?"

보호자에게 있어 담임선생님은 학교와 자신을 이어주는 유일한 창구다.

그런 사람이 바뀐다면 영향도 크다.

"예. 예전 담임선생님은 정년이 되셨거든요."

"그렇구나……. 상냥해 보이는 할아버지였는데 말이야. 장기에도 이해심이 있고 말이야."

장기 수행을 위해 전학을 온 내 제자를 상냥히 지켜봐 주던, 장기 기사에게 이상적인 선생님이었다.

아이는 내 용왕전에 동행하거나 마이나비 본선에 진출하면서 평일에 학교를 쉴 때가 잦았지만, 그 선생님은 그것을 허락해 줬다.

장기도 둘 줄 알고, 장기계 지식이 꽤 있었기에 여러모로 배려를 받기도 했다.

"장기 공식전은 기본적으로 평일에 치르잖아……. 아이는 여류기사라서 기록 담당도 해야 하니 평일에 학교를 쉬는 날도 늘어날 거야. 이기면 이길수록 바빠지거든."

"심경이 복잡해요~(〉_〈)."

아이는 학교 친구를 좋아하니, 수업이나 학교 행사를 빠지고 싶지 않으리라.

학교도 좋아하지만, 장기도 좋아한다. 양쪽 다 좋아하기 때문에 고민에 빠지는 것이다.

그런 긍정적인 샌드위치 상태라면 그나마 다행이지만…….

"내가 중학교를 졸업하자마자 학창생활을 투료한 것도 학교와 장기를 양립하는 게 힘들었기 때문이야. 그리고 사저가 나와 같은 중학교에 진학하지 않은 것도 그런 이유 때문일 거라고 생각해."

"그런가요?!"

"초등학교는 그나마 나왔지만…… 중학교 때는 정말 힘들었거든……."

떠올리기만 해도 체중이 줄어드는 것 같았다.

내가 다니던 중학교는 평범한 공립이었고, 장기를 이해해 주는 마음도 제로에 가까웠다. 단순한 서클 활동 정도로 여겼으리라.

기록 담당이나 장려회 때문에 학교를 결석하는 것도 허용되지 않아서, 꾀병을 부린 적도 있다.

반 친구들과 사이가 좋아서 그나마 다행이었지만…… 장기를 이해해 주는 학교였다면 반년 정도 빨리 프로가 되었을지도 모른다.

"그런 나를 봤기 때문에, 사저도 본가로 돌아가서 근처 학교로 진학한 거야. 뭐, 그 사람은 초등학생 때 타이틀을 따서 유명해졌거든. 그래서 학교에서도 연예인 취급을 한 것 같은데……."

아이도 장기계에서는 유명해졌지만, 일반사회에서의 인지도는 없다시피 하다. 그러니 새로운 담임에게 아이에 대해 설명하는 건 여러모로 난항을 겪을 것 같았다.

게다가…… 내 제자잖아…….

미성년자인 남자와 여자 초등학생이 사제의 인연을 맺고 한 집에서 같이 살고 있다는 건, 솔직히 말해 말도 안 된다고.

"아이의 예전 담임선생님은 학년주임이었고, 우리에게도 협력적이라 여러모로 좋았지. 이번 선생님은 어떤 분이야?"

"엄청 젊은 선생님이에요. 그리고 여자예요."

"호오."

"아! 맞다."

아이는 문득 생각이 난 듯한 반응을 보이며 프린트 한 장을 내밀었다.

"담임 선생님이 바뀌어서, 가정 방문을 한대요."

"가정 방문?"

나는 프린트를 받으며 등골이 서늘해지는 기분이 들었다.

"응? 잠깐만. 젊은 여자 선생님이 우리 집에 와? 언제?"

"오늘요."

"뭐?"

딩동~.

🚪 가정 방문

"처음 뵙겠습니다. 히나츠루 아이 양의 새 담임을 맡은 카네가사카 미사오라고 해요."

현관문 앞에는 영락없는 학교 선생님 같은 여성이 서 있었다. 여성용 정장을 말끔하게 차려입었고, 똑똑하고 성실해 보였다.

나이는…… 20대 초반 같아 보였다.

"처, 처음 뵙겠습니다! 잘 오셨어요!"

갑작스러운 상황이라 마음의 준비가 되지 않아서 말을 조금 더듬었지만, 나는 아이의 보호자로서 부끄럽지 않도록 정중하게 인사했다. 아까 아이가 침대에 누운 내 몸 위에 올라타고 있었다는 사실을 절대로 들키면 안 된다. 들켰다간 끝장이다.

카네가사카 선생님은 나를 머리부터 발끝까지 살펴보더니, 이렇게 말했다.

"저기, 히나츠루 양의 보호자이신 쿠즈류 야이치 씨를 만나 뵙고 싶어요. 댁에 계신가요?"

"난데요."

"…………예?"

카네가사카 선생님이 고개를 갸웃거리자, 나는 전혀 주눅 들지 않았다는 듯이 당당히 말했다.

"나…… 아니, 제가! 히나츠루 아이의 현재 보호자인, 쿠즈류 야이치라고 합니다!"

"보호자? 당신이 보호자인가요? 아드님이 아니라요?"

"예."

"실례지만…… 나이가 어떻게 되시죠?"

"올해 생일이 지나면 열여덟 살이 됩니다."

"지금은 열일곱이라는 거죠? 그럼 아직 고등학생인 거네."

선생님이 갑자기 반말로 그렇게 말하더니, 노골적으로 나를 수상쩍게 여기는 시선을 보냈다.

나는 약간 발끈하면서…….

"나이는 그렇습니다만, 어엿한 직업을 가지고 있을 뿐만 아니라 수입도 있습니다. 이 집의 집세 또한 제가 벌어서 내고 있으며, 아이 또한 잘 보살피고 있다 자부합니다!"

"맞아요! 사부님이 저를 보살피고 계세요! 정말 행복해요!"

내 옆에 있는 아이 또한 엄호사격을 해 줬다. 나는 그 말을 듣고 가슴이 벅차올랐다.

　장기의 스승으로서, 나는 아직 미숙하다.

　집안일 또한 아이가 다 하고 있다.

　잘 보살피고 있지 않다는 것을 자각하고 있지만, 그래도 나는 물러설 수 없다.

　나와 이 집에서 사는 것이, 아이의 성장에 있어 최선이라 믿어 의심치 않는다. 그런 각오를 가지고, 1년 동안 그녀를 내제자로서 길러왔다. 게다가 아이는 현재 여류기사로서 매우 중요한 시기를 맞이했다.

　아이의 환경은…… 내가 지키고 말겠다!!

　"흐음…… 그렇군요."

　내 각오가 전해진 건지, 카네가사카 선생님은 다시 존댓말을 썼다.

　"히나츠루 양은 성적 및 생활 태도가 모범적이에요. 그 점은 저도 인정한답니다."

　"그렇죠? 그렇죠?"

　"저 어린 나이에 부모 곁을 떠나서 이렇게 어엿하게 자라는 건 쉬운 일이 아닐 거라고 생각해요. 그러니 이번 가정 방문에서 보호자분을 만나는 것을 저는 고대하고 있었죠. 너무 젊으셔서 놀라기는 했지만……."

　"괜찮아요. 나이 때문에 오해받는 것에는 익숙하니까요."

　"그런데, 쿠즈류 씨는 히나츠루 씨와 어떤 사이이시죠? 친척이신가요?"

"장기 스승입니다."

"으음, 이 지역 아동 상담소의 전화번호가——."

"잠깐만요! 무턱대고 신고하려고 하지 마세요!"

카네가사카 선생님이 가방에서 스마트폰을 꺼내려고 하자, 나는 그 손을 필사적으로 움켜잡으면서 자초지종을 설명했다.

"저는 젊지만, 제자를 들일 수 있어요! 프로거든요!!"

"초등학생을 다루는 데 있어서 프로라는 말인가요?"

"사람 말 좀 곡해하지 말고 들어!!"

아무도 그런 말을 한 적 없거든?! 그딴 프로가 어디 있냐고!

"저, 저기…… 제가 좀 흥분했군요. 죄송합니다."

프로 로리콤이라는 소리를 듣고 발끈한 나머지, 나는 제자의 담임선생님을 향해 버럭 고함을 질렀다.

이러면 안 돼. 화내면 지는 거야. 차분하게 설명하자…….

"현관에서 이러는 것도 좀 그러니, 우선 안으로 들어오시죠. 여러 자료를 보여드리면서 설명을 드리면 이해하는 데도 도움이 되실 테니까요."

"…………그럼 실례하겠습니다."

카네가사카 선생님은 잠시 고민을 하더니, 가방을 바닥에 내려놓고 신발을 벗었다.

나는 그 틈에 제자를 불러서 귓속말을 했다.

"……아이. 저기……."

아이는 등을 꼿꼿이 펴면서 나를 향해 귀를 내밀었다. 그리고 나는 허리를 굽히며 지시를 내렸다.

"……틈을 봐서 케이카 씨에게 연락을 해. 아무래도 나 혼자서는 벅찰 것 같아……."

아이는 경례를 하더니, "차 준비를 해야겠어요~." 하고 선생님에게 들리도록 혼잣말을 하며 부엌으로 향했다.

나는 카네가사카 선생님을 다다미방으로 안내했다.

"앗! ……흐음, 이건……."

다다미방에 들어선 카네가사카 선생님은 감탄 섞인 목소리로 그렇게 중얼거렸다.

마침 오늘은 금요일이라 여초연의 연구회가 있기 때문에, 다리가 달린 고급스러운 장기판이 줄지어 놓여 있었다.

"여기가 저와 아이가 일을 하는 곳입니다. 이 집 근처에 있는 칸사이 장기회관에서 열리는 공식전이 가장 중요하지만, 그 대국에서 승리하기 위해 동료들과 이곳에 모여서 연구를 하거나 장기 지도를 하고 있죠."

"장기……인가요."

선생님은 의아하다는 목소리로 말했다.

"히나츠루 양에게도 들었습니다만…… 장기는 놀이 아닌가요? 나이 지긋한 어르신들이 툇마루에서 두는, 그 장기 맞죠?"

"예, 그 장기입니다. 엄연한 놀이죠. 야구나 축구와 마찬가지로 말이에요."

"……."

"그리고 야구나 축구와 마찬가지로, 장기에도 프로 제도가 있습니다. 저는 그 프로 세계에서 활약하기 위해, 여섯 살 때부터 아이와 마찬가지로 사부님의 집에서 살며 수행을 했죠."

"여, 여섯 살?!"

"예. 저는 후쿠이현의 시골 출신입니다. 이 근처에 살고 계신 키요타키 코스케 9단의 집에서 10년 간 내제자로 수행을 했죠."

"그렇게 어린 나이에……."

"스포츠 선수 중에도 10대부터 활약하는 사람이 있죠? 그것과 마찬가지입니다. 그리고 장기는 4단에서 9단까지를 프로라 합니다. 실적에 따라 수입이 다르죠."

"……그렇군요. 하시고 싶은 말씀은 이해했어요."

내 말을 이해한 것 같았다. 역시 이 방을 보여주기 잘했어.

"그런데 쿠즈류 씨는 몇 단이시죠?"

"용왕입니다."

"저를 놀리는 건가요?"

카네가사카 선생님이 발끈했다. 어라~?

"세상천지를 다 뒤져봐도 자기를 『용왕』이라고 칭하는 사회인은 없을걸요? 만화를 너무 많이 본 거 아닌가요? 중2병이라는 건가요? 역시 아동 상담소에──."

"그, 그게 아니라 말이죠! 장기계에는 단위보다 높은 타이틀이 있어요. ……저기, 『명인』이라는 말은 들어본 적 있죠?! 예?!"

"물론이죠. 교과서에도 실려 있는 분이니까요."

정말이야? 여전히 대단하네…….

"저는 그 명인에게 이긴 적이 있거든요?! 이게 증거예요!"

나는 책장에 꽂혀 있는 장기잡지를 차례차례 꺼낸 후, 용왕 방

어전에 관한 기사와 아이가 여류 데뷔를 했을 때의 기사를 보여
줬다.

"흐음……. 쿠즈류 씨가 장기계에서 유명한 존재라는 것도, 히
나츠루 양이 열 살이라는 어린 나이에 활약하고 있다는 것도 사
실인 것 같군요……."

"이해해 주신 건가요?!"

"하지만!!"

선생님은 내 말을 날카롭게 끊었다.

"장기를 얼마나 잘 두든, 장기로 몇천 몇만 몇백 만이나 되는
거금을 벌든, 그런 건 아무래도 상관없어요! 중요한 건 열 살짜
리 여자애가 열일곱 밖에 안 된 남자애와 단둘이서 생활하고 있
는 상황에 문제의 소지가 있다는 거예요."

"……우려하시는 바는 충분히 이해하고 있습니다."

지금이 승부에 나설 때다.

나는 카네가사카 선생님의 눈을 똑바로 쳐다보며 대답했다.

"하지만 장기는 두뇌경기임과 동시에 일본의 전통문화이기도
합니다. 그 근간을 이루고 있는 사제 제도는 천사백 년이나 되는
역사를 통해 갈고닦여 왔죠. 사리사욕이라는 불순물이 완전히
제거되었기에, 지금까지도 이어지고 있는 겁니다!"

"그럼 음흉한 의도는 전혀 없다는 건가요?"

"예! 그저 장기를 두고 있을 뿐입니다!"

"사제의 정이 연애 감정으로 발전할 일이 없다고 맹세할 수 있
나요?"

"물론이죠!"

"예를 들어 성인만화에서처럼 아이 양이 침대 위에서 쿠즈류 씨의 몸에 올라타거나, 아이 양이 이 방으로 부른 초등학생 친구들에게 쿠즈류 씨가 지도를 빙자해 음흉한 짓을 하거나, 철도 안 든 어린애와 결혼 약속을 한 적도 없는 거죠?"

"물……론이에요!"

"지금 약간 동요하지 않았나요?"

"안 했는데요?"

케이카 씨————!!! 빨리 와——————!!!

내가 마음속으로 도움을 청한 바로 그때였다.

딩동~.

"앗! 예, 예, 예, 예, 예! 자, 잠시 나가봐도 될까요?!"

카네가사카 선생님이 대답을 하기도 전에, 나는 그대로 다다미 방을 뛰쳐나가며 현관으로 뛰어갔다.

부엌에서 차를 준비하고 있던 아이가 뭔가 할 말이 있는 듯한 표정으로 나를 쳐다봤지만, 나는 그녀의 말을 들어줄 여유가 없었다.

힘든 상황이다. 몇 수 후에는 옥(玉)을 잡히고 말 정도로 궁지에 몰려 있었다.

——그래도 케이카 씨라면…… 케이카 씨라면 분명 어떻게든 해 줄 거야……!!

기사회생의 한 수를 기대하며 현관문을 열어젖힌 내 앞에 나타난 이는————.

"샤우로뜨 이쪼아뜨야."

다 틀렸어……

○ 나니와 왕장전

"어……? 샤, 샤를 양? 왜……? 여초연 멤버가 모이기엔 아직 시간이 이른데……?"

마치 자기 집에 온 것처럼 자연스럽게 가방을 벗어놓으며 들어온 금발 천사를 쫓아가면서, 나는 물었다.

오늘은 금요일이라 여초연 멤버는 이 집에 묵으며 연구회를 가질 예정이다.

그래서 다다미방에 장기판을 준비해 둔 것이다.

하지만 멤버들이 모이기로 한 시간이 되려면 아직 멀었다. 그래서 나는 서슴없이 현관문을 열었고…… 결과적으로 죽음의 천사를 자기 손으로 불러들이고 말았다.

참고로 주전자를 가스레인지 위에 올려뒀기 때문에 부엌을 벗어날 수 없는 아이가 난처한 표정으로 나와 현관을 번갈아 쳐다보고 있었다. 아이도 샤를 양이 이렇게 일찍 올 줄 몰랐던 것 같았다.

그리고 천사는 한시라도 빨리 장기가 두고 싶은 건지, 그대로 다다미방에 강림했다.

카네가사카 선생님은 느닷없이 나타난 금발 큐트 꼬마 아가씨의 존재가 믿기지 않는 건지, 망연자실한 목소리로 이렇게 말했다.

"당신은…… 누구야? 천사……?"

"샤우야~."

"샤우…… 양? 일본인이 아니지? 이런 애가 어째서——."

"샤우 마리지? 오늘 마리지? 다가치 짱기 연구외 해~."

"연구회? 그게 뭐니?"

"으음, 으음………… 외빠!"

"외박."

나는 지금 만큼 샤를 양이 일본어를 잘 못한다는 점이 원망스러 웠던 적이 없었다.

카네가사카 선생님은 뭔가를 눈치챈 듯한 얼굴로 물었다.

"……너도 쿠즈류 씨의 제자니?"

"아니야~."

"아니야? 그럼 쿠즈류 씨와 어떤 사이——."

"샤우 마리지? 싸뿌의 색쉬야~."

" "

카네가사카 선생님의 얼굴에서 표정이라는 것이 사라졌다.

"샤우 마리지? 싸뿌안테, 쩨자가 되고 십따고 해떠! 하지만 샤 우는 싸뿌의 쩨자가 댈 수 업때! 끄래서 마리지? 색쉬로 삼아쭈 게때~."

"그래……. 제자로 삼아줄 수는 없지만, 색시로……."

어버버…… 어버버버버…….

"끄치만 마리지? 샤우는 색쉬도 쪼치만, 짱끼를 마니마니 꽁 뿌애서, 싸뿌의 쩨자가——."

"쿠즈류 씨."

카네가사카 선생님은 필사적으로 말을 잇고 있는 샤를 양을 쳐다보며 말했다.

"아동 상담소에 신고하지는 않겠어요."

"예?! 감사합니다!!"

"경찰에 신고하겠어요."

히이이이이이이이이이이이이이이이익!!

"자, 잠깐만요?! 초등학교 선생님도 말하지 않나요?! 어린애가 '좋아해!' 하고 말하면, 농담 삼아 '그럼 결혼해 줄게!' 하고 말하잖아요?! 그런 일이 얼마든지 있지 않아요?!"

"맞아요."

"그럼———."

"하지만 그 애를 자기 집으로 끌고 와서 재우는 건 범죄예요."

"반론 못하겠어어어어어어어어어어엇!!"

내가 무너지듯 무릎을 꿇자, 샤를 양은 "싸뿌, 괜찮아? 끼운 나는 마법…… 거러주까?" 하고 나에게 상냥한 어조로 말했다.

하지만 샤를 양의 『기운 나는 마법』은 볼 키스이기에, 그런 걸 지금 받았다간 기운이 나는 대신 교도소로 끌려가고 말 것이다.

"왜 전임자는 이런 폭거를 그냥 보고 있었던 거죠?! 이런 건 수행도 뭐도 아니에요! 불순 로리 교제예요!!"

불순 로리 교제?!

카네가사카 선생님의 참신하기 그지없는 독설을 듣고 충격에 빠졌을 때———.

"샤를 양! 혼자 먼저 가면 위험해요! 좀 진정하세요!"

"아야농도 쿠쭈류 선생님에게 빨리 그걸 부탁하자면서 집합시간을 세 시간이나 앞당겼잖아~!"

"으으…… 그, 그것과 이건——."

두 여초딩이 새롭게 모습을 드러냈다.

그중 한 명을 본 카네가사카 선생님이 깜짝 깜짝 놀란 표정을 지었다.

"당신은………… 미즈코시 양?"

"앗! 카네가사카 선생님~! 선생님이 왜 여기 있는 거야?!"

그러고 보니 미오 양은 올해도 아이와 같은 반이다.

즉, 카네가사카 선생님은 미오 양에게 있어서도 새로운 담임인 것이다.

하지만 미오 양…… 내 이름은 여전히 제대로 발음을 못하면서, 나한테 버금갈 정도로 어려운 카네가사카 선생님의 이름은 어째서 완벽하게 발음하는 거니……?

그런 미오 양이 골을 넣은 축구선수처럼 바닥 위를 미끄러지며 그대로 정좌 자세를 취하더니, 양손을 바닥에 대며 고개를 깊이 숙였다. 슬라이딩 무릎 꿇기다.

"쿠쭈류 선생님! 미오는 선생님에게 부탁이 있어요!"

"응? 부탁?"

"저희는—— 다 같이 『나니와 왕장전』에 나갈까 해요!!"

"나니와 왕장전…… 즉, 아마추어 초등학생 장기대회 말이야?"

나는 다른 두 사람을 쳐다보면서 말을 이었다.

"아야노 양과 샤를 양도 나갈 거야?"

"예. 연수회 일정과 겹치지 않으니, 실력 확인 삼아 대회에 나가는 것도 좋을 것 같다고 간사이신 쿠루노 선생님이 권해 주셨어요."

"오~! 샤우도 나갈 꼬야~!"

대회…….

내가 마지막으로 나갔던 아마추어 장기대회는 십여 년 전에 참가했던 초등학생 명인전이지만…….

"그럼 미오 양과 아야노 양은 고학년부에, 그리고 샤를 양은 저학년부에 나가겠네. 남녀 구별이 없는 혹독한 대회지만…… 지금의 너희라면 상위 입상도 꿈은 아닐 거야."

"""정말요?!"""

"하지만 연수회보다 제한시간이 짧고, 하루에 대국을 여러 번 둬야 해. 거기에 맞춘 트레이닝을 하지 않는다면, 이기고 올라가는 건 어려울 거야."

아마추어 장기대회는 프로 대국과는 다른 난점이 있다.

그래서 탈퇴한 장려회 회원이 아마추어 대회에서 번번이 지는 일도 흔하다.

"그건 미오도 알아요! 연수생이라고 꼭 이길 거라는 보장은 없고…… 올해 초등학생 명인전 예선도 탈락했어요…………. 하지만……!!"

미오는 무릎을 꿇은 채 분하다는 듯이 입술을 깨물더니…….

"그러니까! 쿠쭈류 선생님에게 가르침을 받고 싶어요!"

미오 양은 진지하기 그지없는 표정을 지으며 나에게 호소했다.

올해 정월에 이 아이는 나에게 『여류기사가 되고 싶다!』며 상담을 부탁했고, 나는 그때 이렇게 대답했다.

『학생 신분일 동안에 아마추어 여성 중에서 일본제일이 되는 거야.』

미오는 나름대로 내가 해준 대답에 대해 진지하게 생각해본 결과, 이 대회에 나가기로 결심한 것이다.

그리고 미오 양이 이런 마음을 먹게 된 계기는 바로 내 장기, 그리고 내가 기른 두 제자다.

그렇다면 나는…… 이 아이를 길러야 하는 책임이 있다.

"……나도 나니와 왕장전 행사장에서 대국을 두기로 되어 있어. 그러니까 당일 코치 역할은 힘들겠지만, 그래도 괜찮다면 물론 오케이야!"

"『상금왕전』이죠?! 출전 축하드려요!"

상금왕전이란 획득 상금 순으로 상위 열두 명만이 출전할 수 있는 기전(棋戰)이다.

전국 각지의 아동대회와 함께 개최되는 특이한 공식전이며, 공개 대국+기모노 착용으로 진행된다. 즉, 초등학생에게 장기를 보급하기 위한 기전이기도 한 것이다.

참고로 내 대전 상대는 이미 정해져 있으며, 초등학생이 엄청 좋아할 법한 녀석이 오사카에 올 예정이다. 여초연 멤버들이 와

준다면 기합도 잔뜩 들어갈 것이다!

내가 그런 생각을 하고 있을 때였다.

"쿠즈류 씨. 방금 이야기하신 대회 말인데——."

카네가사카 선생님이 내 어깨를 두드리며 질문을 던졌다.

"운동부가 참가하는 대회 같은 건가요?"

"예. 그런 것의 전국대회 규모라고 생각하시면 될 거예요. 나니와 왕장전은 초등학생을 대상으로 해서 서일본에서 열리는 대회 중에서 최대 규모이며, 천 명이 넘는 학생들이 참가하죠."

"히나츠루 양도 참가하나요?"

"아뇨. 아이는 이미 돈을 받고 장기를 두는 일종의 프로이기 때문에, 그런 아마추어 대회에는 출전할 수 없어요."

"…………."

카네가사카 선생님은 잠시 동안 생각에 잠겼다.

그리고 느닷없이 이런 제안을 했다.

"……알았어요. 그럼 이렇게 하죠."

"예?"

"쿠즈류 씨. 당신이 미즈코시 미오 양을 지도해서 그 대회에서 우승시키세요. 그러면 히나츠루 양의 보호자가 될 자격이 있다고 인정하죠."

뭐어?!

나보고 미오 양을…… 우승시키라고?

"그, 그렇게 치자면, 아이는 이미 더 큰 대회에서 뛰어난 성과는 남겼는데…… 그래서 여류기사가 된 거고요……."

"히나츠루 양은 애초부터 재능이 있었기 때문에 이시카와에서 이곳으로 전학을 온 거죠? 말하자면 타학구 입학 자격을 거머쥔 스포츠 특기생 같은 거죠."

카네가사카 선생님은 교사답게 절묘한 표현을 썼다.

"하지만 미즈코시 양은 원래부터 우리 학교의 학생이었죠. 그런 만큼 쿠즈류 선생님의 지도력을 순수하게 검증할 수 있지 않을까요?"

"그, 그건 그렇지만……."

"학교 측도 협력을 아끼지 않겠어요. 맞다! 저희 반에서 장기 수업을 해 보지 않겠어요?! 당신의 일하는 모습을 직접 볼 수 있겠네요. 그렇게 하죠!"

"예엣?! 제, 제가…… 아이가 다니는 초등학교에서 수업을 한다고요?!"

"불만이 있으신가요?"

"아, 아뇨. 초등학교에 장기를 보급할 수 있다면 저로서도 바라 마지않는 일입니다만……."

카네가사카 선생님이 말한 것처럼 초등학교에 출장 장기 수업을 하는 건 꽤 빈번한 일이다. 프로 중에서는 도쿄대의 초빙교수인 사람도 있을 정도다.

공립 초등학교 수업에 장기를 도입하는 것은 장기연맹의 오랜 소망이다.

이사회와 상의해 봐도 반대하지는 않을 것이다.

"장기회관도 학교 인근에 있으니 가보고 싶군요! 직장 체험 입학이라는 형태로, 히나츠루 양이 일? 대국? 하는 현장을 같은 반 아이들과 함께 견학하는 것도······ 음! 이것저것 할 수 있을 것 같네요!"

미오 양이 그 말을 듣더니, 눈을 반짝이며 이렇게 외쳤다.

"그럼 오늘부터 대회 날까지 쿠쭈류 선생님 집에서 합숙해도 돼?!"

"당연히 안 되죠."

카네가사카 선생님은 딱 잘라 말했다. 그럴 줄 알았어요~.

▲ 등장! 짐승귀 여초딩

카네가사카 선생님이 미오 양 일행을 데려간 후, 우리 집에서의 여초연 개최는 한동안 금지됐다.

그리고 아이의 내제자 수행에 관해서는 일단 보류하기로 했다.

"어느새 해가 지고 있네······. 아이, 오늘은 피곤하니까 그냥 배달 음식이나 먹자."

"와아, 배달 음식~! 아이는 피자가 먹고 싶어요!"

"알았어. 주문해 둘 테니까 먼저 씻어."

"알았어요~."

아이는 옷을 휙휙 벗어던지면서 탈의실을 향해 뛰어갔다.

지칠 대로 지친 나는 내 방 침대에 드러누우면서 말했다.

"······하지만 그 선생님이 장기에 대해 이해심이 있는 건지 없는 건지 종잡을 수가 없네. 나니와 왕장전 이야기가 나오니 바로 태도가 바뀌었잖아……."

『역시 사부님이에요! 멋진 설득이었어요!』

나는 욕실에서 들려오는 제자의 목소리를 들으며 쓴웃음을 지었다.

"아무튼 아이는 여류명적전에 집중해. 그게 나로서도 가장 큰 기쁨이고, 아이에게도 필요한 일이거든."

『예! 반드시 여류 타이틀을 따겠어요!!』

"부탁이야. 진짜로 부탁할게. 요즘 아이의 어머님한테 엄청 압박을 받고 있거든……. 일전의 여왕전 때 오래간만에 『히나츠루』에 가보니, 장기 뮤지엄이란 이름의 딸을 위한 기념관 같은 걸 만들었더라고. 게다가 아이가 여류 타이틀을 획득했을 때를 위한 공간까지 만들어놨지 뭐야……."

『사부님, 죄송한데요~. 슬슬 머리 좀 감을게요~.』

"아, 응. 나야말로 미안해. 편하게 씻어……."

쏴아아아아~…….

아이가 샤워기로 샴푸 거품을 흘려보내느라 대화가 끊겼다.

"샤워를 마치면, 장기를 두기 전에 머리부터 말려 줘야겠네……."

아이와 함께 살기 시작하고 사계절이 지났다.

아이를 제자로 맞이하면서, 부모님과 한 약속은――.

"……중학교 졸업 전까지 여류 타이틀 획득……."

아이는 파격적인 천재이며, 엄청난 기세로 성장하고 있다.

최근에는 사매인 야샤진 아이의 활약에 자극을 받은 건지 의욕도 넘쳤다. 지금이 바로 한 단계 더 높은 레벨로 올라갈 절호의 타이밍!!

……이기는 하지만…….

"그렇다고 간단히 타이틀을 딸 수 있을 만큼, 현 여류 장기계는 만만하지 않아……."

나는 아까 읽다 만 장기 잡지를 넘겨 보면서 그렇게 중얼거렸다.

그 잡지에는 《가시나무 공주》 하나다치 아자미 여류 5단과 《연구회 크러셔》 로쿠로바 타마요 여류 2단의 대담이 실려 있다.

"아이의 서반전술이 구멍투성이라는 걸 고맙게도 콕 집어서 지적해 주고 있네. 확실히 데뷔 이후로 그 약점 때문에 고전하고 있는 건 사실이지만……."

현재 여류 타이틀은 전부 여섯 개다.

그중에서 여왕과 여류옥좌는 사저가 가지고 있다. 이걸 따는 건 거의 불가능하다.

그렇다면 여류제위를 노릴 것인가?

타이틀 보유자는 《휘젓기의 벼락》 사이노카미 이카. 재능만이라면 사저도 능가하는 괴물이며, 프로 기사와 대전할 때도 호각 이상의 전적을 기록하고 있다.

"아이는 이카에게 이긴 적이 있어……. 하지만 그건 제한시간이 짧은 공개 대국, 그것도 상대가 완전히 방심하고 있었던 덕분이야. 장시간에 걸친 선승제 승부로 이카에게 이기기엔, 아이는 경험이 너무 부족해."

그렇다면 여류옥장은 어떨까?

츠키요미자카 씨가 지닌 이 타이틀은 3전 2선승제이며, 속기 장기다.

종반력만 본다면 아이에게도 승산이 있을 것이다.

"하지만…… 츠키요미자카 씨는 보기와는 다르게 연구가야. 특히 횡보잡기와 서로 걸기 같은 공중전으로는 엄청난 실력을 발휘해……."

그래서 붙은 별명이 바로 《공세의 대천사》다. 아이는 특기전법인 서로 걸기로, 츠키요미자카 씨에게 보기 좋게 깨진 적이 있다.

"그 일전을 계기로 아이의 약점이 서반인 게 드러났어……. 하나다치 씨와 로쿠로바 씨가 말한 것처럼, 서반전술에 관한 지식을 익힌다면 다소 유리하게 싸울 수 있겠지만……."

하지만 나에게는 그러지 않는 이유가 있다.

"그렇게 하면…… 아이는 타이틀을 따지 못해."

그렇다면 산성앵화는 어떨까? 《유린의 마치》는 아이와 마찬가지로 칸사이 소속이다. 아이가 위로 올라가기 위해서는 반드시 넘어서야만 하는 벽이다.

"그만큼 상대도 대책을 세우고 있을 게 틀림없어. 관전기자이기도 한 쿠구이 씨는 다른 타이틀 보유자와는 비교도 안 될 정도로 아이에 관한 정보를 파악하고 있을 거야……."

게다가 처음으로 관전기를 쓰는 아이에게 쿠구이 씨가 여러 조언을 해 준 것 같았다. 그래서 아이는 어느새 쿠구이 씨를 『쿠구이 사부님』이라 부르며 절대적으로 신뢰하게 됐다.

"그렇게 되면 신기하게도 장기로도 이기지 못하게 된다니깐."

그 암여우…… 싸우기 전부터 우세를 점했어.

"이렇게 되면 사매인 아야노 양이 아이와 친해진 것도 의심하고 싶어지는데~. 여초연이 결성된 건 과연 우연일까? 혹시 쿠구이 씨가……."

만약 여초연을 이용해 아이의 정보를 얻고 있다면, 연구회 자체가 내 제자의 족쇄가 될지도 모르지만…… 이건 지나친 생각일까?

경험, 서반 지식, 장외전술을 포함한 멘탈…….

지금의 아이는 하나같이 압도적으로 부족했다. 그리고 그것을 익힐 시간은 없다.

"그렇다면, 마지막으로 남은 건——."

여류명적.

샤칸도 씨는 연구회에서 사저를 물리칠 정도의 강자지만, 장기 자체는 구식이다.

그리고 무엇보다…… 케이카 씨한테도 질 정도로 실력이 쇠퇴했다.

"여류기사 회장의 일로 바쁠 테고, 장기교실로 운영하고 있으니 제자 육성에도 힘을 쏟아야 할 거야."

과거의 경험치와 신용이 다른 여류기사와는 차원이 다르기 때문에 강할 것이다 하고 착각하게 되지만, 그 실력은 분명 쇠퇴했다.

"……몇 년 동안 다른 기전에서 이렇다 할 성과를 내지 못했다는 게 그 증거야. 실력이 쇠퇴한 건 분명해."

특히 종반력이 약해진 것은 숨길 수조차 없을 정도다.

그리고 누구보다도 뛰어난 종반력을 지닌 이가 바로 히나츠루 아이다.

다섯 명의 여류 타이틀 보유자 중에서도 아이가 가장 붙어 볼 만한 상대가 바로 샤칸도 씨이리라.

게다가 같은 대회 블록에 속해 있던 야샤진 아이가 예선에서 진 것이다. 그만큼, 히나츠루 아이에게는 빅 찬스가 찾아왔다 해도 과언이 아니다.

"……기뻐해도 되는 건지 모르겠네."

히나츠루 아이는 지금까지 야샤진 아이에게 이긴 적이 단 한 번 도 없다. 두 사람의 기력은 명백하게 차이가 났다. 그리고 야샤 진 아이는 현시점에서 이미 다른 타이틀 보유자와 대등하게 싸 울 실력을 지니고 있다.

끝까지 이기고 올라가서 타이틀에 도전할 수 있는 자는 단 한 명뿐이다.

야샤진 아이가 있는 이상, 히나츠루 아이가 타이틀에 도전하는 것조차 매우 어렵다.

그런 야샤진 아이가 예선 1회전에서 허무하게 지고 말았다. 여 왕전에 너무 집중했던 탓이리라.

"야샤진 아이에겐 아직 그런 허점이 있어. 곧 사라지겠지만 말 이야."

히나츠루 아이에게 중요한 점은 바로 야샤진 아이가 예선에서 패퇴한 것이 여류명적전이라는 점이다.

"여류명적전은 예선만 통과해서 도전자 결정 리그에만 들어가면 대국을 아홉 번이나 둘 수 있어. 강호들을 상대로 귀중한 실전 경험을 쌓을 수 있는 거야……."

장기를 배운 지 2년밖에 안 되는 아이에게 가장 부족한 것은 바로 경험치다.

"톱니바퀴만 잘 맞물린다면…… 분명, 강해질 수 있을 거야."

공식전이라는 진검승부를 통해 경험을 쌓으면서 강해진다.

그리고 샤칸도 씨와의 5전 3선승제 승부를 펼쳐서 세 번 이기는 것이다.

외줄타기처럼 아슬아슬한 계획이지만…….

"……어쩌면 이게 최후이자 최대의 기회일지도 몰라. 그러니 다음 여류명적전 예선 결승에서 반드시 이겨야만 하는데……."

다음 상대는, 방심했다고 해도 서반의 천재인 야샤진 아이에게 이긴 사람이다. 서반전술이 뛰어난 자일 것이며…… 잡지에 실린 하나다치 씨의 코멘트를 보면, 상당한 재능의 소유자 같았다.

"초등학생 명인이었다고? 《불멸의 츠바사》…… 들어본 적 없는 별명인데, 어떤 사람이지?"

내가 인터넷으로 조사해볼 생각으로 스마트폰을 향해 손을 뻗은 바로 그때였다.

딩동~.

"예~!"

나는 인터폰 소리를 듣고 외쳤다. 이 시간에 대체 누구지?

딩동. 딩딩딩딩딩동~!

"예, 예, 예, 예, 예! 지금 나가니까 초인종 좀 연타하지 마요!"

아이가 목욕을 하고 있을 때 누군가가 찾아오자 플래그가 섰다고나 할까, 불길한 예감만 들었다. 하지만 사저는 도쿄에서 치러지는 3단 리그 첫날에 대비해 오늘은 현지의 호텔에 묵고 있으니, 오늘 이 집에 쳐들어올 리가 없다! 마음이 놓이네!

"하지만…… 그럼 누구지? 케이카 씨일까? 아니면 카네가사카 선생님이 두고 간 물건이 있어서 다시 온 걸까? 주문한 피자가 오기에는 좀 이른데——."

나는 그런 예상을 하면서 현관문을 열었다.

"예~. 누구시죠?"

진짜로………… 누구지?

"네놈이 용왕이냐? 이 몸을 현관 앞에서 기다리게 만들다니, 만 번 죽어 마땅하구나."

눈앞에 있는 로리가 어린아이 특유의 혀 짧은 목소리로 그런 기묘한 말을 했다.

얘는 누구지? 왠지 데자뷔가 느껴지는데…….

"크크큭. 이 몸의 급습에 놀라 말문이 막힌 게지? 소문대로 칸사이 기사는 둔해 빠진 게로구나."

게로구나……?

로리……?

짐승귀………… 초등학생…………?

"어이, 드래곤킹! 아까부터 왜 입을 다물고 있는 것이냐?! 이 몸이 눈에 들어오지 않는 게냐?!"

"앗! 미안해. 좀 얼이 나갔거든!"

"흥…… 잡초 같은 놈."

자, 잡초?

말투가 꽤 인상적인 애다. 초등학교에서 유행하고 있는 걸까?

"으음…… 아이의 친구인가? 저기, 아이는 지금 목욕 중이야. 잠시 들어와서 기다리지——."

"친구? 웃기지도 않는구나! 이 몸과 어깨를 나란히 할 수 있는 자는 이 세상에 존재하지 않느니라."

"뭐?"

"진정한 왕인 『초등학생 명인』은 천상천하에 이 몸뿐! 다른 자들은 하찮은 잡초에 불과하노라!"

영감 말투+로리 짐승귀 여초딩은 그렇게 말하며 절벽처럼 납작한 가슴을 폈다.

하는 말은 대부분 알아들을 수 없지만, 그래도 흘려들을 수 없는 단어가 있었다.

"초등학생 명인……?!"

『초등학생 장기 명인전』.

그것은 1년에 한 번 도쿄에서 열리는, 초등학생을 대상으로 한 장기 전국대회다.

그 역사는 40년이 넘으며, 전통과 격식, 그리고 참가하는 인원도 다른 아동대회와는 비교조차 되지 않는다.

나니와 왕장전도 큰 대회지만…… 예선까지 포함하면 석 달이 넘는 기간 동안 전국에서 한 명의 승자를 정하는 초등학생 명인전과는 비교도 되지 않는다.

　준결승과 결승은 지상파 TV에서 방송이 될 정도인 만큼, 주목도도 엄청나다.

　그리고 무엇보다…… 초등학생 명인전은 단순한 장기대회의 틀에서 벗어난 역할을 맡고 있다.

　초등학생 명인이라는 직함은 장기를 두는 모든 소년소녀가 동경하는 것이다.

　그런 것을——.

　"…………이딴 녀석이 차지한 거야~?"

　"무례한 녀석이구나!"

　영감 로리는 짐승귀를 쫑긋 세우며 화를 냈다. 뭐가 어떻게 된 거야?

　하지만 장기 관계자가 아니라면 내 주소는 알지 못할 테기에, 여러모로 의문이 남았다.

　"그리고 보니…… 초등학생 명인전 결승을 할 시즌이네. 요즘은 TV에서 방송해 줄 때까지는 결과를 확인하지 않는데……."

　그래도 장기연맹의 홈페이지와 신문에는 결과가 실려 있을 것이다.

　나는 스마트폰을 조작해서 검색했다. 올해의 초등학생 명인이 된 사람의 이름은——.

　『칸나베 마리아 씨(도쿄·5학년)』

모든 수수께끼가 풀렸다.

"아유무의 동생이냐아아아아아아아아아아아―――!!!!!"

나는 무심코 절규를 토했다.

"우와, 깜짝 놀랐네! 완전 판박이잖아!"

나는 마리아를 안아서 얼굴을 뚫어져라 쳐다보았다. 이런 괴짜 같은 느낌이 예전의 아유무와 똑같아서 친근감이 들었다. 꼭 안아서 볼을 비볐다. 아아, 귀여워라.

"뭐뭐뭐뭐뭐뭐뭐뭐?!"

"아하하! 그딴 오빠와 같이 살면 옷차림과 말투가 이상해질 거야! 그리고 당연히 장기 실력도 늘긴 하겠지!"

"그, 그만하거라~! 이 몸을 어린애 취급하지 말란 말이다~!"

내가 마리아 양과 스킨십을 나누고 있을 때였다.

"사부님?! 무슨 일이죠?! 왜 갑자기 큰, 소리……를…………."

현관 쪽에서 일어난 소동 때문에 놀란 아이가 알몸으로 욕실 밖으로 뛰어나왔다.

그리고…… 방금까지 목욕 중이던 아이의 시선과 목소리가 갑자기 얼음처럼 차가워지더니, 그 온도는 시간이 갈수록 점점 내려갔다.

"……사부님? 왜 짐승귀가 달린 여자애를 꼭 끌어안고 있는 거죠……? 아까 카네가사카 선생님한테 따끔하게 한 소리를 들었으면서, 벌써 불순 로리 교제를 하시는 건가요……?"

나는 얼굴이 새파랗게 질렸고, 마리아 양도 깜짝 놀랐다.

"버, 벌거벗은 여자애?! 이 로리왕! 듣던 대로 정말 쓰레기구나! 이 몸도 발가벗겨서 네놈의 욕망을 배출할 노리개로 삼으려는 게지?!"

"네 오빠와 칸토 녀석들은 대체 나에 대해 뭐라고 떠들고 다니는 거야?!"

그 자식들, 이렇게 어린 여자애에게 무슨 소리를 한 거냐고!!

"저 애는 내제자인 히나츠루 아이야! 여류기사니까 너도 알지?! 아이, 이 짐승귀는 아유무의 동생인 칸나베 마리아 양이야!"

"갓 선생님의 동생?!"

"잘 들어라, 잡초."

마리아 양은 나한테 안긴 채 집에서 생각해 온 듯한 멋진 포즈를 취했다.

"이 몸이 바로 《백은(白銀)의 성기사》 갓콜드런 아유무의 동생이자, 고결한 《이터널 퀸》 샤칸도 리나 여류명적의 제자가 될 자! 잡초와는 다르니라!!"

마리아 양은 오빠처럼 당당하게 자기 이름을 밝혔다.

발음이 꼬이지 않은 건 칭찬받아 마땅하지만——.

"어라? 아유무가 아니라 샤칸도 씨의 제자라고?"

"내 마스터의 존명을 함부로 입에 담지 마라! 이 발정난 드래곤 킹아!"

바, 발정난 드래곤킹······.

"아유무는······ 그 녀석은 초등학생 명인이 되지 못한 불민한 오라버니이다. 실패작이지. 이 몸이야말로 마스터의 최고 걸작이니라! 그런데 마스터는······ 중얼중얼······."

음? 뭔가 사정이 있는 것 같은데…….

아이는 경계심이 묻어나는 목소리로 질문을 던졌다.

"마리아 양도 여류기사가 될 거야?"

"네 녀석 같은 풋내기와 똑같이 취급하지 마라, 히나츠루 아이! 초등학생 명인인 이 몸의 목표는 프로 기사! 여류기사 따위는 안중에도 없느니라~!!"

"아……!! 장려회에 들어가려는 거구나……!!"

아까 하던 설명을 이어서 하자면, 초등학생 명인전은 다른 대회에는 없는 중요한 역할을 가지고 있다.

장려회의 등용문 역할이다.

현재의 명인도, 나와 사저도, 초등학생 명인이 된 후에 장려회에 들어갔다.

초등학생 명인은──장려회 1차 시험이 면제되므로.

초등학생 명인이 된다면, 그에 걸맞은 실력과 재능이 있다는 사실이 증명되는 것이다.

"그래……. 역시 아유무의 여동생이야. 옷차림과 말투만 괴상한 게 아니네. 힘내, 마리아짱!"

"마리아짱이라고 부르지 마라!!"

혼났다. 지인의 동생이면 무심코 편하게 부른단 말이지.

"이 몸이야말로 IT 신세대의 최강자! 고리타분한 장기의 파괴신이자 새로운 장기를 창조하는 슈퍼 갓콜드런!! 차세대 명인은 소라 긴코도, 내 오라비도 아니다! 장기계의 새로운 역사와 질서는 이 몸이 만들 것이니라!!"

이것저것 다 붙여서 슈퍼사이어인 갓 같은 소리를 하는 게 영락없는 초등학생이네. 귀여워.

"…………사부님?"

뭔가를 눈치챈 아이가 내 허벅지를 꼬집, 아야야야얏! 피난다고!!

나는 마리아 양을 바닥에 내려놓고 거리를 벌린 후, 그 말에 맞춰 주듯 이렇게 외쳤다.

"무, 무시무시한 녀석이구나! 대체 무슨 속셈으로 우리 집에 쳐들어온 거지~?!"

"크크크. 이 몸이 임신할 위험을 감수하면서 드래곤킹의 둥지에 방문한 이유는 두 가지……."

마리아 양은 작고 말랑말랑해 보이는 손가락 두 개를 세우며 선언했다.

"하나는, 이 칸사이에서 우리 일문의 이름을 떨치기 위해서다!"

……무슨 소리지?

"초등학생 명인인 내가 나니와 왕장전에서 우승을 차지할 것이다! 그래서 사전답사를 위해 온 것이니라!"

"나니와 왕장전에, 나간다는 거야……?!"

"소라 긴코, 야샤진 아이, 히나츠루 아이, 드래곤킹…… 너희 일문 탓에 현재 장기계는 『서고동저』라는 소리가 돌고 있느니라. 하지만 이 몸이 나니와 왕장전을 제패하고, 상금왕전에서도 우리 일문이 네놈에게 승리해서 오사카를 완전히 정복해 주겠노라!!"

"윽!! ……그래. 그렇게 된 거구나……!"

"사부님, 뭐가 어떻게 된 건가요?!"

"아직 발표는 되지 않았지만…… 나니와 왕장전과 동시에 개최되는 상금왕전에서 나와 공개 대국을 할 사람은 바로…… 마리아 양의 친오빠인 칸나베 아유무 6단!!"

"예엣?! 가, 갓 선생님과…… 사부님이요?!"

깜짝 놀란 아이를 바보 취급하듯, 마리아 양이 이렇게 말했다.

"히나츠루 아이. 너는 장기 묘수풀이가 특기라지?"

"뭐? 으, 응. 『장기도교』와 『장기무쌍』은 풀었는데…… 마리아 양도 풀었어?"

"무쌍과 도교를?! ……흥! 자, 장기 묘수풀이 같은 구시대적 트레이닝은 무의미하지! 시간 낭비이니라! 불쌍하구나, 이 바보야~!!"

마리아 양은 패배자의 억지 같은 소리를 한 후, 다시 하던 이야기를 계속했다.

"그리고 내가 이곳에 온 또 하나의 목적은——!!"

""또 하나의 목적은?!""

"…………."

마리아 양은 입을 꼭 다물더니, 눈가에 눈물이 맺힌 채 쥐어짜낸 듯한 목소리로 이렇게 말했다.

"…………지갑, 잃어버려서………… 돈이 없어……."

세상 참 각박하노라…….

즉…… 아는 사람이 한 명도 없는 오사카에서 무일푼이 되어버린 마리아 양은 오빠에게 들어서 위치를 알고 있는 우리 집에 도움을 청하러 온 것이다.

그 후, 마리아 양은 마침 대국을 위해 칸사이 장기회관에 와 있던 칸토의 하토마치 5단(칸토 장려회의 간사이며, 나와 아유무도 장려회 회원 시절에 신세를 졌다)과 함께 도쿄로 돌아갔다.

얼간이다. 귀엽고 거만한 얼간이다.

하지만…… 여초연 멤버들은 저 애에게 이겨야 하는 건가.

초등학생 명인이 된, 같은 세대 최강의 천재에게 말이다.

◯ 미오의 사정

"다녀왔습니다~."

집에 돌아가자, TV를 보고 있던 엄마가 깜짝 놀랐다.

"어머? 오늘은 쿠즈류 선생님의 댁에서 묵는다고 안 했니?"

"그러지 못하게 됐어~."

가방을 소파에 던졌다. 털썩.

그대로 나도 소파에 앉은 후, 가방에서 태블릿을 꺼내며 엄마에게 말했다.

"배고파~! 뭐 먹을 거 없어?"

"네가 안 들어올 줄 알고 아무 준비도 안 했어. 냉동해 둔 밥이 있으니까…… 참치 캔으로 필라프를 만들어 줄게."

"와아~! 필라프, 필라프~."

미오는 엄마가 만든 필라프가 참 좋아!

아이가 만든 밥을 못 먹는 건 아쉽지만, 대신 필라프를 먹게 됐네.

"아빠는~?"

"일 때문에 아직 회사야. 오늘도 늦을 거래."

거의 일주일 동안 아빠의 얼굴을 못 봤다.

미오는 아빠를 좋아하기 때문에 슬펐다. 오늘은 쿠쭈류 선생님의 집에서 여초연 애들과 같이 묵을 거니까 외로울 틈이 없을 거라고 생각했는데…….

그래도 어쩔 수 없어. 아빠의 회사는──.

"미오."

머리카락을 묶으면서 부엌으로 향하던 엄마가 가스레인지를 켜면서 말했다.

"학교에는 그 일을 이야기했니?"

"…………담임선생님한테는 말했어."

"그래. 월요일 가정 방문 때, 이 엄마가 선생님과 그 일을 상의할 거니까 빠질 생각은 하지 말렴."

"으~."

"미오? 엄마 말 듣고 있니?"

실은 귀를 기울이고 있지 않았다. 머릿속의 스위치가 필라프에서 장기로 바뀌었기 때문이다.

태블릿의 장기 어플리케이션을 켜자, 통신 대전 모드로 제한 시간 3분인 대국이 시작됐다!

"좋아~! 이기고 말겠어~!!"

나니와 왕장전에서 반드시 우승하기로 결심한 이상, 단 한순간도 허비할 수 없다.

한 번이라도 더 장기를 둔다. 1점이라도 더 승점을 높인다.

필라프가 완성될 때까지 대국에 빠져 있자, 엄마가 밥이 식는다며 나를 꾸짖었다.

제2권

나니와의 백설공주

Ginko Sora 소라 긴코

©shirabii

▲ 저승에서 돌아오다

스물한 살 생일 날, 나는——죽었다.

"…………졌습니다."

3연승하지 못하면 장려회에서 탈퇴해야 하는 날, 세 번째 대국에서 나는 고개를 숙여야만 했다.

첫 번째 대국은 아슬아슬하게 이겼다.

두 번째 대국은 압승했다.

하지만 세 번째 대국에서는 참패하고 말았다.

연승을 하면서 자신감이 생긴 나는 선수로 두면서 서반부터 적극적으로 공세를 펼쳤고, 결국 실수를 범해 지고 말았다.

"…………뭐, 이렇게 될 줄 알았어……."

인생 마지막 예회(例會)가 이렇게 허무하게 끝났지만, 한심함이나 분함보다 『이럴 줄 알았어』 같은 감정이 앞섰다. 스물한 살에 2급. 재능과 노력도 명백하게 부족했다.

이 예회에서는 친했던 선배도 탈퇴하게 됐다.

동문이자 2단인 사형이며, 연구회에서 나에게 장기를 가르치거나 도쿄에서의 생활을 돌봐주는 등, 진짜 오빠 같은 존재였다.

탈퇴하는 날까지 같을 필요는 없을 텐데. 그렇게 생각하면서도…… 혼자서 쓸쓸히 장려회를 관두지 않아도 된다는 사실에 아주 약간 위로가 되었다.

"……이제까지 신세 많이 졌습니다."

둘이서 함께 장려회 간사 선생님에게 인사를 했다.

장려회 간사는 2인 1조로 구성된다. 선배 선생님과, 젊은 선생님으로 말이다.

수많은 장려회 회원이 떠나는 것을 지켜봤을 선배 선생님은 담담해 보였지만…… 젊은 축인 하토마치 선생님은 우리의 장래를 진심으로 걱정하고 있었다.

두 사람 다 고등학교도 졸업하지 않았다. 장기 이외의 아르바이트도 한 적이 없다.

게다가 사형은 스물여섯 살이다.

나는 아직 스물한 살이다. 하지만 고향인 오이타에 돌아가더라도, 딱히 할 일은 없다. 하고 싶은 일도 없으며, 애초에 돌아가 봤자 의미가 없다는 생각마저 들었다. 옛날 친구들과 연락을 안 한지도 오래됐다.

멍하니 그런 생각을 하고 있을 때, 사무국 안이 술렁거리기 시작했다.

"왠지 소란스러운데…… 무슨 일 있나요?"

내가 별생각 없이 묻자, 하토마치 선생님이 떨떠름한 투로 이렇게 말했다.

"응? 아, 칸사이에서 하고 있는 장려회 편입시험 때문일 거야."

"카라코 씨……였나요? 원래 장려회 3단이었다던……."

열네 살 때 3단이 됐지만, 결국 연령 제한으로 장려회를 그만둔 사람이다.

하지만 아마추어 대회에서 승승장구를 하고, 다시 3단 리그에 도전하려 하는 카라코 쇼지 씨는 장려회 회원들 사이에서도 논란의 대상이다. 칸사이 측의 일이라 칸토에서는 부정적인 이들이 압도적이다. 나와 사형도 부정적이다. 깔끔하게 포기할 줄 모르는 사람이라는 생각이 들었다.

"그 카라코 씨가 방금 승리했나 봐. 결과는 최종국으로 판가름이 나게 됐어."

"그래서 저렇게 시끌벅적한 건가요……."

탈퇴는 조용히, 입회는 시끌벅적하게…… 장려회는 그런 곳이다. 나도 입회할 때는…….

"아니, 그것만이 아니야."

"또 무슨 일 있나요?"

"다음 시험관이 《나니와의 백설공주》야. 그쪽도 1승만 더하면 3단으로 올라가잖아? 단두대 매치라서 그런지, 방송국에서도 문의전화가 쇄도하고 있어."

"그……런, 가요……."

《나니와의 백설공주》── 소라 긴코 여류 2관.

칸사이의 장려회 회원이라서 대국을 한 적은 없지만, 면식은 있다. 나는 여류 타이틀전에서 그 기보를 작성한 적이 있다.

4년 전의 일이며, 당시 그녀는 장려회 4급이었을 것이다.

그런데…… 어느새 나를 추월했다.

"3단…… 열다섯 살에, 3단……."

신은 불공평하다고 생각했다. 그녀는 요정처럼 아름답고, 젊으며, 또한 장기 실력 또한 뛰어난 것이다.

하지만…… 덕분에 체념할 수 있었다.

저렇게 찬란하게 빛나는 사람만이 장기로 강해질 수 있는 거야……. 나는 애초부터 무리였어……. 내 얼굴에는 허탈한 미소가 어렸다.

하토마치 선생님은 사형을 향해 상냥한 어조로 말했다.

"지금은 아무 생각도 할 수 없을 테지만, 마음이 진정되면 연락을 줘. 너는 기숙사생으로서도 성실하게 일했지. 장기 이외의 길로도 분명 성공할 수 있을 거야. 그리고 소개해 줄 만한 회사도 몇 군데 있어……."

사형은 아무 말 없이 고개를 끄덕였다.

하토마치 선생님이 방금 말했다시피, 사형은 인망이 있고, 요령도 좋다.

그런 사형이 나는 항상 부러웠다. 장기계를 떠나더라도, 사형이라면 잘 살 것이다.

하지만…… 나는…….

그리고 하토마치 선생님은 나를 쳐다보았다. 마치 사형선고를 내리려는 것처럼…….

"가쿠메키 양."

"예."

"여류기사가 될 수 있는데, 어떻게 하겠어?"

"…………예?"

"몰랐어? 일전의 기사총회에서 그런 규정이 생겼어. 장려회에서 2급 이상인 여성은 그 급위 그대로 여류기사에 편입할 수 있는 거야."

그 순간, 세상 자체가 일그러졌다.

"어……? 잠깐………… 어어?"

"뭐, 당연하다면 당연한 규정이야. 장려회에서 2급 수준이라면, 웬만한 여류기사보다 강하거든. 너라면 타이틀을 노릴 수 있을 거야."

여류기사?

타이틀?

나는…… 오늘, 장기를 관두는 게……?

"여류기사가 될 거라면 서두르는 편이 좋을 거야. 여류명적전의 신청 기한이 오늘까지거든. 지금 이 자리에서 바로 신청하면 참가할 수 있을 거야."

바닥이 흔들렸다. 무슨 말을 들은 건지, 알 수가 없었다.

"그럼, 여류기사가 되는 거지?"

나는…… 나는————.

"……예……."

나는 고개를 끄덕였다.

그 순간 본 사형의 얼굴을, 나는 평생 잊지 못할 것이다.

……하지만, 어쩔 수 없잖아?

나는 사형과 다르게…… 장기 말고는 아무것도 없으니까…….

"축하……한다고 말해도 되는 건지 모르겠는걸."

사형 앞이라 그런지, 선생님은 복잡한 표정으로 새로운 여류기사의 탄생을 축복했다.

어느새 내 뒤편에 와있던 연맹 직원이 종이 한 장과 펜을 나에게 건넸다.

"가쿠메키 선생님. 그럼 이 신청서에 사인해 주시겠습니까?"

죽은 줄 알았던 나는……『선생님』이라 불리게 되었다.

방금까지 옆에 있던 사형은 소리 없이 사무국에서 사라졌다.

홀로 사회에 내팽개쳐진 사형을, 나는 저버렸다.

"선생님. 사인 부탁드립니다."

"…………."

나는 건네받은 펜으로 순순히 종이에 사인을 했다.

그리고 그대로 화장실에 가서, 속에 있던 것을 전부 토했다.

☐ 정어리와 상어

모닝콜이 울리기 전에 눈을 떴다.

"…………세 시간 지났구나. 그나마 좀 잤네……."

전날에 도쿄의 호텔에 왔지만, 잠들지 못한 것은 베개가 바뀐 탓이 아니다. 장려회 전날은 항상 잠을 자지 못했다.

샤워를 하면서 정신을 차린 후, TV를 켰다.

『이곳은 장기회관 앞입니다! 아직 《나니와의 백설공주》는 도착하지 않았습니다!』

"……그럴 거야. 아직 여기에 있거든."

무심코 TV를 향해 딴죽을 날렸다.

옷을 입다 말고 채널을 바꿨다.

『오사카에서 온 장기계의 공주가 사상 첫 쾌거에 도전합니다!』

『오늘 아침에는 드디어 시작되는 3단 리그를 철저 해설하겠습니다! 소라 긴코 양의 사생활에도 장군을 날리겠습니다!』

『오늘 첫 뉴스는 바로 백설공주!』

모든 방송국에서 내 이야기를 하고 있었다. 사생활에 장군이라니…….

"……그것 말고도 보도할 게 많을 텐데 말이야."

나는 채널을 돌리다 말고 그냥 옷을 입었다.

『소라 양과 처음으로 붙을 상대는 사카나시 스미토 3단! 스물다섯 살이며, 장려회에서도 연장자로 분류됩니다.』

『긴코 양은 아직 열다섯 살이죠? 그럼 재능은 긴코 양이 낫겠네요.』

『하지만 사카나시 3단은 지난 3단 리그에서 거의 승급할 뻔했죠! 유감스럽게도 순위 차이로 프로가 되지 못했지만…… 승급한 사람과 동일한, 13승 5패라는 전적을 자랑해요! 이번 3단 리그에 참가한 이들 중에서도 순위 1위인 강호입니다!』

『그런 사람과 처음부터 맞붙는 건가요?! 긴코 양, 괜찮을까요?』

『게다가 그것이 전부가 아니죠! 실은 사카나시 3단에게는 뜻밖의 경력이──.』

나는 TV를 껐다.

대국 상대에 관한 정보는 탐난다. 칸사이 소속인 나는 칸토 측 장려회의 기보를 입수할 수가 없기 때문이다.

신인전처럼 예외적으로 장려회 회원이 출전할 수 있는 기전의 기보에 의지할 수밖에 없지만⋯⋯ 그 숫자도 얼마 안 되기에 참고가 되지 않았다.

"어중간한 선입관은 오히려 방해만 돼. 그런 것에 휘둘리는 것보다, 내 실력을 전부 발휘하는 것에 집중하는 거야⋯⋯."

하지만 불가사의하게도⋯⋯.

"⋯⋯⋯⋯⋯사카나시 스미토 3단. 난 이 사람을 알아⋯⋯."

하지만 어째서 아는 건지는⋯⋯ 아무리 머리를 굴려도 생각이 나지 않았다.

연맹 직원과 함께 택시를 타고 센다가야의 장기회관에 도착하자, 건물 앞에서 대기하고 있던 엄청난 숫자의 보도진에게 포위당했다.

"대국 후에 코멘트를 발표하겠습니다! 지금은 취재를 자제해 주십시오!!"

해일처럼 카메라가 쇄도했다.

직원들이 몸으로 감싸준 덕분에, 나는 어찌어찌 건물 안으로 들어갔다.

하지만 칸사이 장기회관과 달리, 매점 아르바이트와 경비원, 그리고 다른 직원들도 나를 신기하다는 듯한 눈길로 쳐다보고 있었다.

나는 그 시선에서 벗어나려는 듯이, 대국실이 있는 4층으로 향했다.

――……빨리 장기에 집중할 수 있는 장소에 가고 싶어…….

대국실이라면 타인의 시선에 마음이 흐트러질 리가 없다―― 그것은 물러 터진 생각이었다.

"윽……!"

그곳에서 목격한 광경에 압도당한 나는…… 할 말을 잃었다.

칸사이 장려회의 몇 배나 되는, 장려회 회원.

이 방 안을 가득 채우고 있는 6급부터 3단까지의 장려회 회원들이 나를 쳐다보고 있었다…….

"…………실례합니다."

나는 그렇게 말하며, 이 방의 구석에 앉았다. 칸사이에서 원정을 온 이들은 나와 마찬가지로 구석에서 고립되어 있었다.

『칸사이 출신은 외부인』이라는 분위기가 실내를 가득 채우고 있었다.

오전 9시. 미팅이 시작됐다.

장려회의 간사는 베테랑 선생님과 젊은 선생님 두 명이 태그를 이뤄서 맡는다. 미팅은 주로 젊은 프로 기사가 진행한다.

나는 이 방의 구석에 정좌를 하고 앉아서, 미팅이 끝날 때까지 기다렸다. 칸사이는 점호를 마치면 바로 대국이 시작되지만, 칸토는 기록 담당을 정해야 하기에 시간이 걸렸다.

――언제 끝나는 거야? 속이 타네…….

이런 시간 속에서 평정심을 잃을 것만 같았다. 다양한 감정이 뒤섞이면서, 심장이 터질 것만 같았다.

"그럼 3단은 특별대국실로 이동해서 첫 대국을 시작해 주십시오."

3단 리그의 특별대국실.

그것은 장기계의 모든 대국장을 통틀어서 가장 신성한 장소다.

『이제까지 나는 도전자 결정전의 특별대국실도, A급 순위전의 특별대국실도, 타이틀전의 특별대국실도, 전부 경험했어.』

언제일까, 오이시 선생님이 불쑥 그런 말을 한 적이 있다.

『하지만 긴코. 같은 특별대국실이라도 3단 리그의 특별대국실은…… 특히 최종국의 특별대국실만큼은, 타이틀을 딴 지금도 가벼운 마음으로 들어갈 수 없어.』

그야말로 성역이다.

드디어 여성으로서 처음으로 그 성역에 발을 들인 나는 자신이 싸울 상대의 모습을 찾기 위해 실내를 둘러보았다.

──찾았어. 안쪽에 있는 저 사람…….

대국을 한 적은 물론 없다.

여류 타이틀전에서 내 기록 담당을 한 적도 없다.

즉, 일면식도 없는 것이다.

하지만 나는 저기 앉아 있는 이가 누구인지 바로 눈치챘다.

"사카나시 씨?"

"앉아."

역시 내 예상이 맞는 것 같았다. 나는 고개를 끄덕인 후, 자리에 앉았다.

사카나시 스미토 3단은 성역…… 특별대국실 안을 둘러보더니, 갑자기 이런 말을 했다.

　"여기는 활어조야."

　"……예?"

　"3단 리그에는 정어리와 상어가 있어. 옛날에는 그런 식으로 자신과 붙을 상대를 분류했지."

　분……류?

　"이해가 안 돼? 먹는 쪽과 먹히는 쪽이야."

　"윽……!!"

　"리그표가 발표된 순간부터, 우리는 승수를 계산하기 시작해. 이 녀석은 상어, 이 녀석은 정어리…… 다들 딱히 의논을 한 것도 아닌데, 누구를 무엇으로 분류했는지 자연스레 일치해. 『격』이라는 것 때문이겠지."

　사카나시 씨는 나에게 동의를 구하지도 않으며, 상위자가 쓰는 장기말 함을 움켜쥐었다.

　이번 기의 1위인 이 사람에게는 그럴 자격이 있다.

　"정어리로 분류된 녀석은 비참해. 그 녀석한테는 절대로 질 수 없으니까, 다들 죽을힘을 다해 이기려 들거든. 집중공격을 당하는 거야. 그렇잖아? 정어리에게 졌다간, 자기도 먹잇감이 되고 말 테니까 말이야."

　"…………."

　고등학교 1학년, 3단 리그 첫 참가, 게다가 여자.

　다른 3단이 나를 어떻게 여길지…… 물어보지 않아도 이해할 수 있다.

사카나시 씨는 함을 열고 장기말을 장기판 위에 쏟더니, 선언하듯 이렇게 말했다.

"나는 상어야."

그리고 왕장(王將)을 자기 진에 두면서······.

"소라 긴코. 너는 어느 쪽이지?"

나는 대답할 수 없었다.

자신이 이 자리에 있다는 것에······ 아직 현실감이 느껴지지 않았다.

"뭐, 좋아. 대국이 끝나면 알 수 있겠지."

이 방 안에서는 대국의 시작을 알리는 대국시계의 전자음이 일제히 울렸다.

"시작할까?"

"······잘 부탁합니다!"

나는 대국시계의 스위치를 눌렀고, 사카나시 씨는 비차를 중앙으로 옮겼다.

이 순간── 제63회 3단 리그가 시작됐다.

대국은 사카나시 씨의 선수 중비차에, 내가 앉은비차 동굴곰으로 맞서는 형태로 막이 올랐다.

서로가 전법을 일찌감치 밝힌 후, 서반에서는 방어에 전념했다.

장려회 유단자의 장기에는 화려함 같은 건 존재하지 않았다.

기습도, 화려한 최신 전법도 필요 없다.

서로가 방어진을 완성한 후, 상대방의 수를 죽이는 데만 전념한다.

그리고 무엇보다 중요한 것은…… 첫 기회를 놓치지 않는 것이다.

우세해져도 절대로 모험은 하지 않고, 더욱 확실한 다음 기회를 기다린다.

승기를 잡은 상황에서도 난타전을 거부하고, 야금야금 상대방의 마음을 무너뜨리는 것이다.

『친구를 잃는 수』다.

그것은 촌스럽고 끈질긴 칸사이 장기와는 다르다.

더욱 어둡고…… 음습하며, 상대방에게 절망을 안겨주기 위해 장기를 이용하는 듯한, 그런 싸움이다.

『즐겁게 장기를 두고 싶다』 같은 자신의 마음을 죽이며 그런 장기를 철저하게 둘 수 있는 자만이, 상대방에게 죽음을 안겨줄 수 있는 것이다.

그런 수를, 서로가 번갈아가며 뒀다.

그리고 기나긴 중반전 끝에 리드를 거머쥔 이는—— 사카나시 씨였다.

"큭……!"

——두터워! 이것이 칸토 측 3단의 장기……!!

이대로 전면전을 펼쳐도, 힘이 약한 나는 상대를 완전히 뭉갤 수 없다.

——승부에 나설까? 아니면 이대로 버티면서, 상대방이 실수를 범하기만 기다릴까……?

나는 어금니를 깨물면서 생각을 했다.

귀중한 시간이 속절없이 흐르고 있다.

긴장 탓인지, 아니면 상대방의 패기에 압도당한 건지…… 머릿속이 공회전을 하면서, 마치 꿈속에 있는 것처럼 제대로 된 판단을 내릴 수가 없다……!

바로 그때였다.

"……나는 지금까지 승급할 기회가 두 번 있었어."

사카나시 씨가 느닷없이 그런 말을 했다.

"한 번은 지난 기야. 그리고 다른 한 번은…… 3년 전, 제57기 3단 리그 때지."

"……예?"

"최종국에서 내가 이기면 승급, 지면 대국 상대가 승급하는 단두대 매치에서…… 나는 승기를 잡았지만, 마지막 순간에 실수를 해서 졌어. 그 패배 때문에 3위 안에 들지 못했어. 나보다 명백하게 약한 상대에게 진 탓에…… 그 녀석은 겨우 열다섯 살이었는데 말이야."

설마……?!

"쿠즈류 야이치 3단."

"……!!"

내가 숨을 삼키며 고개를 들자, 사카나시 씨가 그 이름을 입에 담았다.

"그래. 쿠즈류는…… 네 사형제는, 나를 쓰러뜨리고 4단이 됐어. 사상 네 번째 중학생 프로 기사가 된 거지."

나는 그제야 납득했다.

──그래서 나는 사카나시 씨를 기억하는 거구나…….

장기 잡지와 기록 영상으로 몇 번이나 봤다.

하지만 그것은 사카나시 씨의 얼굴이 아니다.

야이치가 인터뷰를 받는 동안 고개를 숙이고 있던 그 뒷모습을 본 것이다.

"그때, 만약 내가 이겼다면………… 지금쯤, 내가…………내가……!!"

승자는 영원히 기억된다.

하지만 패배자의 기억은 애매모호하다. 단 한 번의 대국이, 두 사람의 인생을…… 그 후의 장기계를 뒤바꾼 것이다.

야이치의 활약상을 접할 때마다, 사카나시 씨는 그 승부를 떠올리며 분통을 터뜨렸을 것이다.

원래라면 자신이 저 자리에 있었을지도 모른다는 상상은, 장기를 둘 때마다 사카나시 씨를 좀먹었으리라. 자신이………… 용왕이 되었을지도 모른다는 상상을 하는 것이다.

어쩌면 그때 입은 마음의 상처 때문에, 지난 기에 승급을 못한 걸지도 모른다.

그렇다면──.

"너를 쓰러뜨리고, 내가 올라가겠어. 나쁘게 생각하지 마."

나쁘게 생각하지 마…….

나는 승부를 펼치면서, 문득 망상에 사로잡혔다.

──만약 야이치가 아직 3단 리그에 있고…… 여기서 그와 싸웠다면?

사카나시 씨가 그 단두대 매치에서 이겼다면…….

그것은 나에게 있어 행복이라 해도 과언이 아닌 망상이었다.

──……그 시점에서 만족했을지도 몰라. 같은 장기판을 사이에 두고 마주 앉았다면…….

하지만, 현실은 그렇지 않았다.

나는 홀로 3단 리그에서 싸우고 있으며, 야이치는 이미 프로의 정점에 서 있다.

공식전에서 야이치와 싸우기 위해선………… 기나긴 계단을 올라가야만 한다.

"…………저도……."

"응?"

"올라가기 위해 이 자리까지 온 거예요!"

기력도, 경험도, 재능도…….

나는 사카나시 씨에게 미치지 못할지도 모른다. 이 자리에 있는 그 누구보다도 뒤처질지도 모른다.

하지만 승급을 향한 마음이라면──.

"반드시! 내가!! 이기겠어!!!!"

나는 기합을 넣으며 강습을 감행했다.

모든 보(步)를 내주고, 수중에 있는 딴 말을 아낌없이 투입한 끝에, 그 대가로 용(竜)을 만들어냈다.

동굴곰의 견고함을 활용해 억지로라도 사카나시 씨의 옥(玉)을 위협하려고 연이어 공격을 펼쳤다!

하지만…….

"동굴곰이라고 자만에 빠진 거냐! 그래가지고는 3단 리그를 헤쳐 나갈 수 없다고!!"

사카나시 씨는 이 순간을 기다렸다는 듯이 내 공격을 전부 막아 냈다.

"결국 너는 정어리야. 반짝반짝 빛나는 겉모습이 특이할 뿐인, 잡아먹히기 위해 존재하는 잡어라고."

내 평가를 마친 사카나시 씨는 그렇게 말하며 나를 쳐다보았다. 상어처럼 흉포한 눈길로 말이다.

"…………큭!"

하지만 나는 말받침에 놓인 마지막 금(金)까지 투입해서 사카나시 씨의 옥(玉)을 잡으려 했다.

"말했을 텐데? 이런 직선적인 장기는 3단 리그에서 통하지 않아!"

그렇게 말한 사카나시 씨에게는, 내가 투입한 금(金)에 대처할 선택지가 두 개 존재했다.

은(銀)을 투입할 것인가.

아니면, 보(步)를 투입할 것인가.

"……정어리의 공격을 막으려고 은을 투입하는 건 아까운 짓이지. 보로 충분해."

사카나시 씨는 그렇게 말하며 말받침에 놓인 보(步)를 움켜쥐더니, 격렬한 소리를 내며 장기판에 뒀다.

──걸려들었어!!

하지만 그것은 내가 늘어뜨린 낚싯바늘이었다.

내가 비장의 카드인 금(金)까지 투입하자, 사카나시 씨는 자신의 은(銀)을 온존했다.

『은을 남겨두면, 카운터로 해치울 수 있다!』

그렇게 생각하며, 사카나시 씨는 첫 기회를 덥석 문 것이다.

그것은 장려회의 법칙에서 벗어난 수였다.

나는 노타임으로 금(金)을 돌입시켜서, 사카나시 씨의 옥(玉)에 장군을 걸었다.

"포기할 줄을 모르는 정어리로군!! 네 공격은 이미 완벽하게 간파했다고!!"

내가 계속 공세를 펼치자, 사카나시 씨는 그렇게 외쳤다.

하지만 나의 다음 수를 본 순간, 그의 얼굴은 새파랗게 질렸다. 자신이 중요한 점을 놓쳤다는 사실을 그제야 눈치챈 것이다.

"용을 뺐어? ⋯⋯⋯앗?!"

어쩌면, 승급을 향한 그의 마음은 나를 능가할지도 모른다.

3단 리그에서 계속 싸워온 경험이, 순위 1위라는 기회가, 그리고 쿠즈류 야이치의 사저라는 내 존재가, 사카나시 씨에게서 냉철한 판단력을 한순간 빼앗은 것이다.

──미안하지만, 이용해 주겠어.

그것은 나에게 혼신의 승부수였다. 만약 상대가 투입한 것이 보(步)가 아니라 은(銀)이었다면, 입장은 정반대였을 것이다.

이제 낚싯바늘에 걸린 상어의 숨통을 서서히 끊어 주기만 하면 된다——.

"빌어먹을!! 정어리 따위에게 상어인 내가 먹힐 것 같아?!"

하지만 열세에 처한 사카나시 씨는 자기 손으로 싸기를 무너뜨리더니, 맹렬하게 옥(玉)을 전진시키며 카운터를 시도했다!

——이 상황에서 이런 수를……?! 역시 3단이야……!!

응수가 어려운 중단 옥으로, 사카나시 씨는 맹렬하게 날뛰었다.

몸을 비틀어서 낚싯바늘을 끊으려 했다. 다가갔다간 거꾸로 잡아먹힐 듯한 이 상어를, 나는 멀찍이 떨어진 곳에서 서서히 약화시켰다. 시간과 체력과 신경을 마모시키는 인내심 대결이다!

이미 서로가 1분 장기를 두고 있었다.

날카로운 이빨에 해를 입지 않도록 거리를 둔 후, 낚싯줄이 끊어지지 않도록 조심하면서, 서서히 상대를 몰아넣었다.

그리고…….

——한 방! 한 방만 더 먹이면 쓰러뜨릴 수 있어!!

갈 곳이 없어진 적의 옥(玉)을 좁은 바위 밭으로 몰아넣은 후, 나는 승리를 확신했지만——.

"앗."

다음 순간, 자신이 치명적인 실수를 범했다는 사실을 깨달았다.

바늘이 빠진 것이다.

사카나시 씨는 상어가 빙글빙글 돌며 회피를 하듯, 장기말 사이에서 자신의 옥(玉)을 반복 운동시켰다.

그것은…….

"처………… 천일, 수…………?"

이 상황에서……?

이렇게 궁지에 몰아놓고…… 처음부터 다시 싸우는 거야?

──하지만 다음번에는, 아까 같은 심리전이 통하지 않을 것이다…….

체력적으로도 거의 한계에 처했다.

게다가 오늘은 대국을 한 번 더 둬야 한다.

어떻게 하지?! 어떻게 하면 되지?! 다가가서 숨통을 끊을까?! 수를 잘못 읽었다간 도리어 물어 뜯겨서 죽을 텐데?!

나는…… 나는…………!!

──천일수가 되어도 돼! 재대국에서 선수를 잡게 되면 오히려 유리하잖아!!

"천일수?! 이런 종반에 말이야?!"

"받아들이려는 건가?! 말도 안 돼!"

내 수를 본 주위 사람들이 그렇게 외쳤지만── 각오를 다지자, 차분하게 국면을 살필 수가 있었다.

왜 천일수를 선택하려 한 건지 이해가 안 될 만큼, 상대방이 압도적으로 유리한 국면이었다.

──외통수가 있는 거야. 그것도…… 어려운 외통수가 아니야.

뜨겁게 달아올라 있던 몸이 급속도로 식더니…… 마치 꿈에서 깨어난 것처럼, 나는 냉정해졌다.

성역 같았던 특별대국실이, 그저 낡은 방처럼 느껴졌다.

눈앞에 앉아 있는 강자가, 대국 전보다 훨씬 왜소해 보였다.

사카나시 씨가 약해진 걸까? 아니면 내가 강해진 걸까?

──…………찾았어.

완벽한 외통수를 찾아낸 나는 고개를 들면서 말했다.

"나쁘게 생각하지 마세요."

"큭……!!"

그리고 천일수를 거부한 나는 사카나시 씨에게 바로 외통수를 걸어서 승리했다.

140수나 걸려서야 대국이 끝난 것이다.

방금 치러진 대국 중에서도 압도적으로 오래 걸린 대국이었다. 고개를 들어보니, 대국을 마친 모든 3단이 이 방에 남아서 우리의 승부를 관전하고 있었다.

"……사카나시 씨가 졌어……."

"……생각했던 것보다 강한걸……."

"……쿠즈류의…… 그…… 왕의 여자라며? 연구수든 뭐든 다 알려주는 거겠지……."

그런 목소리가 들렸다.

대국이 길어졌기 때문에 감상전은 생략했으며, 사카나시 씨는 이 현실을 부정하는 듯이 장기판 위의 장기말을 흐트러뜨렸다.

그리고 떨리는 손으로 장기함에 말을 넣더니, 신음에 가까운 목소리로 말했다.

"너………… 상어였던 거냐……."

"상어도, 정어리도 아니야."

"……뭐?"

나는 떨리려고 하는 무릎에 힘을 주면서, 가능한 한 우아하게 몸을 일으켰다.

그리고 불가사의한 표정으로 나를 올려다보고 있는 모든 3단을 향해, 조용한 어조로 말했다.

"나는 《나니와의 백설공주》. 이 세상에서 가장, 장기를 잘 두는 여자."

태연한 표정을 유지할 수 있었던 시간은 채 10분도 되지 않았다.

"…………아………… 하아, 하아…… 허억……!"

간사에게 승패를 보고한 후, 나는 여자 화장실로 뛰어갔다.

그리고 개인칸에 들어가 문을 잠근 후에야…… 겨우 자유롭게 숨을 쉴 수 있었다.

나는 베니어 합판으로 된 벽에 털썩 기댔다.

──이 낡고 좁은 화장실만이 내 안식의 땅인 거네. ……좋아.

이곳이 《나니와의 백설공주》에게 주어진 영지. 나의 성(城).

비참하지만, 장려회 회원이란 그런 존재다.

──같은 편은 한 명도 없어……. 하지만 장기판 앞에 앉으면 어차피 누구나 혼자야…….

첫 3단 리그.

특별대국실에서의 첫 대국.

대국이 길어진 것도 영향을 끼쳤겠지만, 상상 이상의 피로가 엄습했다.

──이…… 이런 상태에서, 대국을 한 번 더 치러야 해……?

하지만, 도망칠 수는 없다. 장기 스타일을 바꿀 수도 없다.

하다못해 느긋하게 쉴 수 있는 장소가 있으면 좋겠다고 생각하며 숨과 옷매무새를 고른 내가 여자 화장실을 나서자⋯⋯⋯⋯ 화장실 앞에는 빨강머리 여자가 서 있었다.

"여어."

일부러 벽에 기댄 포즈로 기다리고 있던 그 여자는 기다렸다는 듯이 나에게 말을 걸었다.

"화장실에서 점심을 먹는 거야? 성격이 더러워서 친구가 하나도 없는 너한테 딱 어울리는걸."

"⋯⋯⋯⋯⋯."

치기 어린 도발이다. 이런 소리를 하려고 대국이 없는 날에 일부러 연맹까지 온 걸까?

아무 말 없이 그 앞을 지나가려던 순간──.

"5층 구석에 여류기사실이라는 게 있어."

빨강머리 여자⋯⋯ 츠키요미자카 료 여류옥장은 그런 말을 했다.

그리고 걸음을 멈춘 내 등을 쳐다보며, 이런 말을 늘어놓았다.

"거의 창고나 다름없지만, 화장실에서 밥을 먹는 것보다는 나을걸? 그리고 네가 거기를 이용한다고 아무도 불평을 늘어놓지 않을 거야. 여류 2관 님이시니까 말이지."

"⋯⋯."

"아마 지금은 아무도 없을걸? 그리고 두 번째 대국이 시작될 때까지는 아무도 거기에 안 갈 거야."

"…………."

여류기사실은 창고처럼 좁고 더럽지만, 아무도 없어서 조용했다. 그리고 여류옥장이 말한 것처럼, 두 번째 대국이 시작될 때까지 아무도 오지 않았다.

그래서 나는 그곳에서 몸과 마음을 쉬게 해 줄 수 있었다.

인정하고 싶지 않지만, 그 덕분에…….

나는 두 번째 대국에서도 승리했다. 첫 대국을 능가하는 진흙탕 싸움을 펼친 끝에 말이다.

♟ 절반의 죽음

"연승했군. 역시 《나니와의 백설공주》는 대단한걸."

젊은 간사 선생님이 그렇게 말했다.

승자는 리그 표에 패배자의 몫까지 도장이 찍힌다. 즉, 다시 간사 앞에 선 것은 내가 이겼다는 사실을 의미했다.

오늘—— 내 표에는 승리를 나타내는 『○○』이 표시됐다.

그것을 보고서야, 나는 기쁨에 사로잡혔다.

"소라 양을 비롯해, 칸토의 대국에서 연승한 사람은 총 네 명이야. 앞으로도 힘내렴."

"……감사합니다."

태연한 척하고 있지만, 실은 기뻐서 덩실덩실 춤을 추고 싶은 심정이었다. 아까까지 피로 때문에 납처럼 무겁던 발이 지금은 가볍기 그지없었다.

연승.

일시적이라고는 해도 3단 리그에서 선두 집단에 들어간 덕분에, 나는 자신감이 생겼다.

자신의 양옆도 보았다. 그곳은 비어 있었다.

──카라코 씨와 소타는 칸사이에서 대국을 하니 아직 결과를 알 수 없는 거구나…….

개막전을 도쿄에서 치르고 상대가 순위 1위이기에 연패도 각오하고 있었던 만큼, 솔직히 말해『이딴 게 지옥의 3단 리그라는 거야?』라는 생각이 들면서 좀 김이 샜다.

"저기…… 이제 돌아가도 되나요?"

"물론이야."

간사 선생님은 의아해하면서 고개를 끄덕였다.

"그러고 보니 칸사이의 장려회는 아침이 아니라 대국이 끝나고 나서도 미팅을 하지? 그러면 좀 거북하지 않아?"

"그걸 당연시해 왔거든요……."

확실히 탈퇴자가 생기면 꽤 거북했다.

자신한테 이기고 승급한 상대에게 박수를 보내는 것도, 꽤 분했다.

특히 칸사이의 장려회에서는 승급이나 강등이 걸린 중요한 승부에서 라이벌과 맞붙게 하는 전통이 있었다.

그리고 그 라이벌이란, 가장 절친한 이를 가리킨다.

"칸토에서는 탈퇴자가 발생하면 어떻게 하죠? 다음 예회에 일부러 와서 인사하지는 않죠?"

"내가 장려회에 있던 시절에는 그러기도 했는데, 지금은 없어 졌어. 애초에 탈퇴 인사를 하고 싶은 사람이 거의 없지. 다들 소리 없이 관둬."

"……."

"얼마 전에도 급위자였던 여자애가 탈퇴를 하게 됐지. 그 애는 여류기사로 편입하게 되어서 장기회관에 올 테니, 장려회 회원에게는 그 애가 여류기사가 됐다는 걸 내가 알려두긴 했는데……."

간사 선생님은 복잡한 표정을 지으며 한숨을 내쉬었다.

"하지만 그 애는 예전만큼 자주 장기회관에 오지는 않게 됐어. 역시 거북해서 그런 거겠지."

나는 그 사람의 심정을 이해할 수 있었다.

만약 자신이 4단이 되지 못한다면, 어떻게 할까?

여류기사가 될까?

아니면 장기를 관둘까?

혹은……… 인생 그 자체를 관둘까?

"엄청 기대를 받던 여자애였어……. 나도 간사로서 책임을 느끼고 있지. 그 탓은 아니지만, 순위전 최종국에서도 이보(二步)를 둬서 승급을 놓쳤어……."

"……!"

그 순간, 나는 이 간사 선생님이 자신의 인생에 어떻게 관여했는지를 떠올렸다.

하토마치 사토루 5단.

C급 2조 순위전에서 야이치와 끝까지 승급을 다퉜고…… 이 사람이 반칙을 범한 덕분에, 야이치는 단번에 역전해서 승급을 땄다.

　그때, 야이치는 내 무릎에 얼굴을 파묻고 울고 있었지…….

　"…………죄송해요."

　"앗! 아, 아니야! 소라 양이나 쿠즈류 군에게 책임을 떠넘기는 게 아니거든?! 나는 오히려 고맙게 생각하고 있어."

　"예?"

　"장려회 간사로서, 자신이 할 수 있는 일이 있지 않았을까……. 마음 한편으로 그런 후회를 하고 있었다는 걸 깨달은 거야."

　그래서 장려회를 탈퇴한 그 여성에게도 자신이 해 줄 수 있는 일이 있다면, 해 주고 싶다…… 하토마치 선생님은 그렇게 말한 후, 다시 하던 이야기를 계속했다.

　"옛날에는 3단 리그에서 탈퇴가 확정된 사람은 남은 대국을 부전패로 처리하기도 했지만, 요즘은 끝까지 두는 사람이 많아. 그럴 경우, 신기하게도 연승 혹은 연패를 하게 돼."

　승부에 대한 긴장이 풀려서 연패를 하거나, 압박감에서 해방된 덕분에 연승을 한다.

　장기에서 이기려면 체력이 필요하다지만, 이런 말을 들으니 마음으로 치르는 격투기라는 생각이 들었다.

　──그러고 보니…….

　나는 문득 첫 대국 때의 상대였던 사카나시 3단의 결과를 확인했다.

순위 1위인 그의 자리에는──『●●』라는 표식이 새겨져 있었다.

"어."

나는 무심코 신음을 흘렸다.

──연패?! 작년에, 13승이나 했던 사람이……?

"소라 양."

나는 연맹 홍보 직원의 목소리를 듣고 고개를 들었다.

"10분 후에 택시가 도착할 겁니다. 그 사이에 보도용 코멘트를 부탁드려도 될까요?"

"아………… 예."

나는 사카나시 씨 생각을 머릿속에서 떨쳐낸 후, 코멘트를 생각하기 시작했다.

보도진을 헤치며, 택시가 나아가기 시작했다.

하토모리 신사의 옆을 지난 택시가 도쿄 체육관의 옆을 통과해서 센다가야역 앞의 교차로에서 신호에 걸려 멈추자, 조수석에 앉아 있던 여성 직원이 입을 열었다.

"이대로 시나가와역까지 가도 될까요? 혹시 들르실 곳이 없으신가요?"

"없어요. 선물은 역에서도 살 수 있을 테니까요."

"선물? 가족분들에게 드릴 건가요?"

"아뇨. 사부님께 드릴 거예요. 일문이 모임을 가질 예정이거든요. 오늘 결과도 보고──."

문득 창밖을 쳐다본 나는 말문이 막혔다.

내 시선은 횡단보도 앞의 인파를 향했다.

그곳에 아는 사람이 있었던 것이다.

"아⋯⋯."

사카나시 3단이었다.

센다가야역으로 가고 있는 걸까?

하지만 대국 때는 흉포한 상어 같던 그 모습과는, 완전히 딴판이었다.

고개를 숙이고, 등을 굽힌 채 서 있는 그 모습은⋯⋯ 대국 때와는 비교도 안 될 만큼 작아 보였다.

하지만 내가 경악한 것은, 더욱 무시무시한 광경을 봤기 때문이다.

사카나시 씨는—— 선 채로 울고 있었다.

"윽⋯⋯⋯⋯!"

그것은 기묘한 광경이었다.

20대 중반의 남성이 길 한복판에 서서, 하염없이 울고 있었다.

신호가 바뀌었는데도, 사카나시 씨는 횡단보도를 건너지 않았다.

언제부터 저기에 서 있었던 걸까?

몇 번이나 신호가 바뀐 걸까?

다들 못 본 척하며 서둘러 그의 옆을 지나가고 있다.

마치 사카나시 씨가 존재하지 않는 것처럼, 그를 지나치며 걸음을 옮겼다.

헤엄치지 못할 정도로 지쳐서 무리에서 떨어져 나온 끝에, 잡아먹히는 순간만 기다리고 있는 조그마한 물고기를, 내버려 두는 것처럼…….

그 순간, 나는 눈치챘다.

3단 리그에서는 반년 동안 열여덟 번의 대국이 치러진다.

승단 라인은 14승 전후다.

즉, 져도 되는 건 네 번뿐이며…… 연패를 한다는 건 곧, 자신에게 허용된 패배가 절반으로 줄어든다는 것을 뜻한다.

──저 사람은 오늘, 절반은 죽은 것이다.

개막 2연승.

무패로 선두권.

하지만 그것은 겨우겨우 목숨이 붙어 있다는 의미에 지나지 않았다.

──만약 첫 번째 대국을 졌다면…… 지금쯤, 내가………….

날개가 난 것처럼 가볍던 몸이, 갑자기 무겁게 느껴졌다.

무언가가 내 발목을 휘감고 있다.

"……어?"

그쪽을 쳐다보니, 지옥의 망자가 내 발목을 움켜잡고 있었다.

그리고 그 망자는…… 사카나시 씨의 얼굴을 하고 있었다.

"히익……!!"

나는 망상을 떨쳐내려는 듯이 발을 흔들었다.

깜짝 놀란 연맹 직원이 다시 뒷좌석을 돌아보았다.

"소라 양?! 왜 그러시죠?!"

이제야 온몸에서 식은땀이 흘러나왔다.

숨을 쉴 수 없을 정도로 심장이 격렬하게 뛰었다. 가슴이 아팠다. 숨이 막혔다…….

"소라 양? 괜찮으세요? 몸이 안 좋으신가요? 장기회관으로 돌아갈까요?"

"…………괜찮으니 그냥 가 주세요."

횡단보도 앞에 서서 하염없이 울고 있는 사카나시 3단을 내버려둔 채, 차는 다시 달리기 시작했다.

제63기 3단 리그는 이렇게 막을 올렸다.

지옥이 시작된 것이다.

🔔 일문회의

"내는…… 기쁘대이!"

제자와 사손(師孫)들이 모인 자리에서, 키요타키 코스케는 밝은 목소리로 이야기를 시작했다.

"키요타키 일문도 프로 기사 두 명에 여류기사 세 명, 그리고 장려회 3단 한 명을 보유한기다……. 게다가 여류 타이틀까지 합치면 3관이나 보유하고 있대이!"

그날, 나와 히나츠루 아이는 사부님의 집에서 저녁을 먹고 있었다. 케이카 씨가 만든 오코노미야키를 말이다. 아이가 참 좋아하는 음식이다.

참고로 야샤진 아이도 불렀지만, 결석했다.

아무리 동문이라고 해도 사저와의 타이틀전에서 3연패를 한만큼, 얼굴을 마주하는 게 거북할 것이다. 이해는 됐다.

……사실 야샤진 아이에게는 내가 가장 먼저 연락했지만 답장이 없어서 케이카 씨가 따로 연락했다. 그러고 보니 요즘 들어서 LINE으로 연락을 해도 읽음 표시가 떴는데도 답장을 안 주는 일이 잦은데…… 그것과 이번 결석은 상관이 없을 것이다.

상관……없겠지?

제자가 나를 피하는 건…… 아니겠지?

"동문끼리 타이틀전을 펼쳤고, 아이 양도 여류기전에서 승승장구해서 여류명적 리그 입성 일보 직전까지 올라갔다 아이가. 게다가 긴코는 3단 리그에서 연승…… 올해는 키요타키 일문의 해라고 해도 과언이 아닐 기다! 그런고로──."

아까 목욕을 마친 사부님은 맥주를 한 잔을 맛있게 들이켠 후, 이렇게 말했다.

"올해야말로 우리 일문 중에서 누군가가 대표로 참석해야 체면이 슬 기다."

"『기사총회』에, 말이죠?"

"그렇대이."

내 말을 들은 사부님이 고개를 끄덕이더니, 목소리를 낮추며 덧붙여 말했다.

"특히 올해는 중요한 안건이 거론될 거다············ 라는 소문을 들었대이. 아니, 들은 것 같은 느낌이 드는 기다."

애매모호하네······.

칸토에서 한참 떨어진 칸사이의 우리에게 있어, 장기연맹의 운영은 남의 일이나 다름없다.

그래서 도쿄에서 1년에 한 번 개최되는 기사총회는 칸사이 장기 기사에게 아무래도 상관없는 일이라고 할까······ 솔직히 말해, 도쿄까지 가는 것도 귀찮다. 참석하는 사람에게 위임장을 떠넘기고, 칸사이에 남는 게 정석이다.

"이렇게 모인 건 다른 이유 때문이 아닌 기다. 누가 일문의 대표로서 출석한 근지를 이 자리에서 정할까 한대이."

"하지만 투표권이 있는 건 사부님과 저잖아요. 그러니 둘 중 한 명이 가야겠지만요······."

"어? 아이는 출석할 수 없나요? 여류기사인데도요?"

아이가 깜짝 놀란 표정으로 그렇게 말하자, 떨어진 곳에 앉아 있던 사저가 입을 열었다.

"기사총회에 참석할 수 있는 건 일본 장기연맹의 정회원뿐이야. 즉, 프로 기사와 4단 이상의 여류기사 혹은 타이틀 경험자뿐이지. 그런 것도 모르는 거야?"

"아, 알거든요? 그런 건 상식이거든요?"

몰랐던 게 틀림없는 애의 반응이네.

"하지만····· 할아버지 선생님? 그럼 왜 일문 전원을 부른 건가요?"

"둘만 가믄 숫자가 부족하다 아이가."

그 순간, 나와 사저의 얼굴에 긴장이 흘렀다.

"윽……!! 누가 갈 건지, 역시 그걸로 정하려는 거예요?"

"음. 그걸로 정할 기다."

사부님은 씨익 웃으며 고개를 끄덕였다.

유일하게 사태를 파악하지 못한 아이가 우리의 얼굴을 쳐다보면서 외쳤다.

"사부님~?! 그게 뭔가요?! 대체 뭘 하려는 거죠?!"

"기나긴 싸움이 되겠지……. 아이는 이만 자렴."

"예엣~?!"

잠옷 차림인 아이는 사저를 손가락으로 가리키며 항의했다.

"그건 불공평해요! 아주머…… 소라 선생님도 기사총회에 출석하지 못하죠?! 그런데 왜 저만——."

"나는 장려회 회원이라 정회원이 되지 못하는 거야. 만약 여류 기사였다면 옛날 옛적에 정회원이 됐을걸? 분하면 너도 빨리 여류 타이틀을 따지?"

"딸 거야!! 나, 여류명적 리그에 들어가서 타이틀 보유자가 될 거란 거야!"

"뭐? 샤칸도 선생님한테서 타이틀을 탈취해? 너 같은 젖비린내 나는 꼬맹이한테는 무리거든? 농담은 몽고반점이 사라진 후에 하지그래?"

"……자기도 민둥산이면서……."

"그렇게 출석하고 싶으면 하게 해 줄게……. 네 장례식에 말이지!!"

우리 일문은 오늘도 평화롭습니다(빵긋).

특히 아이는 학교 문제는 전혀 개의치 않는 것 같았다. 장기 실력은 늘었지만 아직 어린애라는 생각이 들어 쓴웃음을 지은 내가 제자의 머리에 손을 얹으며 말했다.

"9시가 지났으니까 아이는 슬슬 잘 시간이잖아? 자아, 2층에 데려가 줄게."

"……예~……."

제자를 2층에 있는 아이들 방에 데려가서 재운 후(졸렸는지, 이부자리에 들어가자마자 바로 곤히 잠들었다) 거실에 가 보니……어느새 준비가 되어 있었다.

키요타키 일문의 회의에서, 중요한 안건은 게임의 승패로 결정된다.

전 세계에서 사랑받는 부동산 매매 게임――『모노폴리』다.

"모노폴리에는 장기 기사에게 중요한 것이 전부 들어있다 아이가."

사부님은 지금까지 수백 번은 했을 설명을 또 입에 담았다.

"장기계에 모노폴리를 퍼뜨린 사람은 절대제왕인 명인이대이. 젊은 시절에는 타이틀전 이후의 뒤풀이 자리에서 대국 상대와 사이좋게 모노폴리를 하며 『승부가 끝나면 모두 친구』라는 스포츠맨십을 선보였지……. 그냥 모노폴리가 하고 싶었을 뿐이라는 설도 있지만 말이대이."

"그냥 하고 싶었던 거야."

"틀림없어요."

그 어떤 게임이든 완전히 마스터해야 직성이 풀리는 사람이거든…….

"그 명인과 타이틀전을 치른 츠키미츠 씨가 칸사이에 모노폴리를 퍼뜨렸고, 그 후로 칸사이 기사가 선호하는 게임이 된 기다."

"주사위를 쓰기 때문에 운 요소가 크게 영향을 끼치는 점도 참신해."

"기분전환도 되고요! 그리고 교섭을 통해 게임을 진행할 수 있는 점도 좋아요. 장기는 일대일이지만, 모노폴리는 여러 플레이어의 심리를 읽어야 하니까 리그전의 전략을 세우는 트레이닝이 되기도 할 거고요."

물론 재미있기만 한 것은 아니다.

모노폴리의 승자는 한 명이다. 다른 사람은 파산…… 즉, 장기에서는 모든 장기말을 잃고 지는 것이나 다름없다. 기보 꾸미기 같은 개념 또한 없으며, 촌스럽고 끈질긴 종반전이 펼쳐지는 것이다. 그야말로 칸사이 기사에게 딱 맞는 게임이다.

장롱에서 모노폴리를 꺼낸 케이카 씨가 사부님에게 물었다.

"일반판으로 할까? 아니면 오사카판?"

"물론 오사카판이대이."

참고로 『오사카 순환선판』도 있으며, 여기에는 칸사이 장기회관도 등록되어 있다. 그래서 연맹의 매점에서도 판다!

그리고 게임이 시작됐다.

11년 전부터 이 네 명이서 해 왔기 때문에 다른 이들의 손속은 꿰뚫어 보고 있으며, 결과적으로 초반에는 서로를 견제하기만 하며 큰 움직임은 보이지 않았다.

내 플레이 스타일은 교섭을 통해 판을 휘젓는 타입이다. 타인의 속내를 읽고, 혼돈 속에서 승기를 찾아내는 것을 선호한다.

그 준비 삼아서 우선 잡담하며…… 『교섭 분위기』를 만든다!

"그런데 사저. 3단 리그와 고등학교를 양립하는 건 힘들지 않나요?"

"그렇지 않아. 양쪽 다 순조로워."

그 말대로 순조롭게 자산 형성을 하고 있는 사저가 대답했다.

"학교 사람들도 상냥해. 3단 리그가 시작되기 전에 깜짝 선물로 색지도 주더라니깐."

"롤링 페이퍼군요."

인기가 엄청나네.

"사저가 다니는 고등학교는 《나니와의 백설공주》를 위해 교복 디자인을 바꾸려고 했다죠? 장난 아니네요……."

흰색과 검은색으로 된 세일러 교복을 백설공주에 맞춰 순백색 교복으로 바꾸려 했다고 한다. 뉴스에도 나왔다.

"그건 좀 과한 것 같아서…… 거절했어."

"하지만 학교에서 그렇게까지 해 주니 고맙네요! 장려회 회원이나 여류기사의 입장을 이해해 주는 것 같아요."

"그렇지 않다면 거기로 진학하지 않았을 거야."

"부속대학에도 시험을 치지 않고 갈 수 있죠? 캠퍼스 라이프는 참 좋겠어요!"

"대학까지 갈 생각은 없어. 프로 기사가 된다면 졸업 못해도 상관없거든. ……자아, 빨리 대여료 1억이나 내놔."

그렇게 비싼 돈을 어떻게 내냐고. 네가 무슨 통통이냐.

나는 케이카 씨와 교섭해서 칸사이 국제공항을 300만 엔에 구입한 후, 질문을 할 인물을 바꿨다.

"사부님은 사저의 진로를 알고 계셨어요?"

"그래. 상담도 해 줬대이."

사부님은 주사위를 던지면서 짤막하게 대답했다. 평소에는 딱히 상관없는 이야기까지 늘어놓지만, 모노폴리를 할 때는 꼭 필요한 말만 하는 타입이다.

"어떤 조언을 해 줬나요?"

"고등학교에 갈 경우와 가지 않을 경우의 한 달간 스케줄을 오가 씨에게 짜달라고 한 후, 직접 비교해 보게 한 기다."

"아……!"

"긴코는 중학생 장려회 회원이라서 여류 타이틀 보유의 장기 보급 활동은 봐줬대이. 의무교육 기간 중이니까 기록 담당과 보드 해설 같은 것만, 그것도 최소한으로만 시킨 기다."

사부님은 모노폴리의 정석인 독점을 노리면서 말을 이었다.

"하지만 의무교육이 끝나고, 학교도 안 다녀서 낮에 시간이 생긴다면, 긴코의 인기를 생각할 때 장기계 외부의 이벤트에서도 초청할 거대이."

"관광대사나 명예시민 같은 걸 맡게 될 거야……. 아, 급료 획득~♪"

케이카 씨는 돈을 계속 모으고 있었다.

"아하, 그런 일에 시간을 빼앗길 바에야 학교를 다니는 편이 자유롭게 시간을 쓸 수 있는 거네요……."

나는 사부님이 지닌 고도의 설득술에 감탄했다. 분명 모노폴리로 단련했으리라. 인생에서 중요한 것은 장기와 모노폴리를 통해 배운 것이다…….

"어? 하지만 제가 중학생 기사가 됐을 때는, 사부님이 딱히 조언해 주지 않았잖아요? 오히려 학교를 관두라는 듯한 느낌 아니었어요?"

"니는 용왕전에서 승승장구하고 있지만, 지금의 긴코처럼 이벤트에 불려갈 처지가 아니었다 아이가."

즉, 사저만큼 유명하지도 않거니와 인기도 없었다는 것이다. 인기가 없어서 참 다행이네!!

"그런데 야이치. 왜 아까부터 왼손만 쓰는 기가?"

"죄송해요. 아까 아이를 2층으로 옮기다가 약간 삐끗한 것 같아요……."

"그릇나. 그럼 어쩔 수 없지. 그래도 플레이는 스피디하게 하그라."

"예. 신경 쓸게요."

모노폴리를 할 때면, 사부님은 장기를 지도할 때보다 더 엄격하다.

나는 사과했지만, 실은 전혀 다른 이유가 있었다.

사저가‥‥‥‥‥ 내 손을 움켜쥐고 있는 것이다.

사부님과 케이카 씨에게 보이지 않도록 내 오른손을 움켜쥐더니, 한사코 놓지 않았다. 덕분에 나는 왼손으로만 게임을 해야 했는데⋯⋯.

──뭐야? 이건⋯⋯ 어떤 의미지?

몰래 돈이나 부동산을 넘기라는 건가? 하지만 이건 교섭이 아니다. 그야말로 공갈협박이다.

게다가⋯⋯.

──떨고 있어?

내 손을 잡는 게 싫어서 떠는 건가?

그럼 놓으면 될 텐데⋯⋯ 왜 이러지? 벌칙 게임 같은 건가?

그런 생각을 하던 사이, 나는 파산했다. 게임 오버다.

사저가 내 손을 잡고 있어서 집중을 할 수 없었기에⋯⋯ 뭐, 그런 걸로 해 두겠다.

♟ 잠자리 습격

"하아~. 완전 졌⋯⋯네!"

가장 먼저 파산한 나는 이부자리에 대자로 누워서 투덜댔다.

마지막에는 사부님과 사저가 일대일 진검 승부가 되었으며, 어마어마한 격전이 벌어진 끝에 사부님이 승리했다.

그걸로 끝났다고 생각하지?

아니다. 장기 기사의 모노폴리는 여기서부터 본격적으로 시작된다.

감상전이 시작되는 것이다.

『여기에 집을 지을 걸 그랬어』, 『그때 교섭할 걸 그랬네』 등, 장기와 마찬가지로 첫수부터 게임을 되짚어보면서 논의를 한다.

그런 감상전이 계속 이어졌고…… 오전 3시가 되어서야 끝났다. 게임을 한 시간보다 감상전을 한 시간이 훨씬 길다.

이것이 칸사이 기사의 모노폴리다. 제정신이 아니라니깐.

"공항을 너무 비싸게 샀어……. 300만이 아니라 200만에 살 걸 그랬네! 금전감각이 이상해졌던 거야……."

사저의 방해공작 탓이다. 틀림없다!

그런 사저는 케이카 씨의 방에서 자기로 했으며, 나는 객실로도 쓰이는 거실에서 혼자 자게 됐다.

아이가 자고 있는 아이들 방에서 자도 되겠지만, 나 때문에 깨면 미안할 것 같았다. 게다가 사저와 케이카 씨가 거실에 내 이부자리를 일찌감치 깐 바람에 논의의 여지가 아예 없었다.

"사저는 '이 방 밖으로 나가면 죽일 거야.'라고 말했지. 내가 자기를 덮칠까 걱정하는 걸까? 화장실에 가고 싶어지면 어쩌지? 그 사람은 진짜 악마야."

그건 그렇고…….

"기사총회인가. 재작년에 새롭게 4단이 됐을 때 인사를 하러 참가한 후로 간 적이 없는데…… 엄청 지루하다고. 나 같은 조무래기한테는 발언할 기회도 없잖아."

뭐, 칸토의 기사는 꽤 참석한다고 하니 좀처럼 만나지 못하는 이들과 만날 귀중한 기회이기도 했다.

이참에 다른 예정이라도 잡을까? 연구회 같은 거 말이야.

"그래! 아유무를 만나서 동생에 대해 물어봐야겠어. 그리고…… 맞아. 아이의 다음 상대도 알아봐야지……."

여류명적전 예선 결승에서 아이와 붙을 인물은 칸토의 여류기사다. 그것도 신인인 것이다. 자세한 정보는 칸토에 가서 알아볼 수밖에 없다.

"로쿠로바 씨는 아는 눈치던데, 그 사람은 총회에 올까? 사부님이 장기연맹의 이사니까 올 것도 같은데……."

어두운 거실에서 이부자리 위에 누워 그런 생각을 하고 있을 때였다.

스르륵————……………….

장지문이 조용히 열리는 소리가 들렸다.

——누가 이 방에 들어왔어……?

하지만 발소리는 들리지 않았다. 쿵쾅쿵쾅 소리가 나게 걷는 사부님은 아니다.

게다가 모노폴리에 참가했던 멤버들은 다들 졸려서 의식이 몽롱한 상태일 것이다.

그렇, 다면…….

"아이……니?"

"나야."

에로오오오오오오오오오오틱!!!

"어?! 잠깐…… 뭐, 뭐야?! 케이카 씨가 왜 에로틱한 복장으로 나를 찾아온 건데?! 설마 나랑 같이 자러 온 거야?! 나를 덮치려는 거야?!"

"쉿! 야이치 군, 조용히 해……!"

"우읍?!"

말캉♡ 케이카 씨의 풍만한 가슴 계곡에 내 얼굴이 파묻혔다. 이렇게 행복한 입막음이…… 어, 가슴이 어마어마하게 부드러운데다 너무 커서 숨을 쉴 수가 없어!

"우으읍! 우으으으으으으읍!!"

"미안해, 야이치 군. 숨막히지? 하지만…… 아이나 긴코가 들으면 곤란하니까…… 조용히 해 줄래?"

"에………… 에에~……."

"좋아♪ 참 잘했어요~♡"

케이카 씨가 내 머리를 두드려주자, 그제야 나는 진정됐다. 아니, 갓난아기로 되돌아갔다.

"……우리 집에 온 지 얼마 안 되었을 적이었지? 밤에 혼자서 화장실에 못 가거나 집이 그리워졌을 때, 내가 이렇게 꼭 안아 주고 머리를 두드려줬잖아. 왠지 그립네♡"

"으……응……."

"그러던 어린애가 어느새 이렇게 컸네."

그건 내가 할 소리야!!

당시의 케이카 씨는 아직 고등학생이었고, 지금의 사저와 비교도 안 될 만큼 풍만(0에 몇을 곱하든 결국 0이듯이)했지만……

20대 중반의 성숙한 육체는 진짜 무시무시했다. 에로스 그 자체라 무시무시했다.

"케, 케이카 씨도, 에로…… 어엿해졌잖아. 지금은 어엿한 여유(女乳)기사야."

"툭하면 지고 있지만 말이야. ……어? 방금 이상한 소리 안 했어?"

"케이카 씨가 잘못 들은 거 아니야?"

큰일 날 뻔했네……. 가슴에 온통 신경이 쏠린 바람에 『여류기사』를 『여유기사』라고 말했어……. 발음이 비슷해서 살았다고…….

"그, 그런데 이런 한밤중에 무슨 일이야? 이 방에 이부자리를 깔 때부터 나한테 할 말이 있었던 거지?"

"……긴코 이야기야."

"사저……?"

아무래도 케이카 씨가 나에게 고백을 하는 것 같은 이벤트가 일어날 것 같지는 않았다. 갑자기 졸음이 몰려오네.

"나, 사저가 요즘 어떤지는 잘 몰라. 고등학교에 다니기로 한 것도 가르쳐 주지 않은 데다, 장려회 쪽 이야기는 금기──."

"아까 쭉 손을 잡고 있었지?"

"알고 있었어?!"

"당연하잖아. 눈치 못 챈 건 아마 아빠뿐일걸?"

케이카 씨는 쓴웃음을 짓더니, 갑자기 진지한 표정을 지었다.

"야이치 군도 어렴풋이 눈치챘지? 긴코는 3단 리그에서 연승했지만…… 엄청 불안해하고 있어."

……역시, 그런 의미인 걸까?

쭉 잡고 있었던 사저의 손은 내가 손을 땔 때까지 계속 차가웠다.

하지만 사저는 내가 장려회에서 어땠는지 물으려고만 해도 화를 낸다. 사저가 먼저 말을 꺼내지 않는 이상, 나는 상담 상대가 되어 줄 수도 없다.

게다가…….

"물론 사저가 걱정되기는 하지만, 나는 보살펴야 하는 제자가 있어. 일전의 여왕전 때도 느꼈지만…… 여류기사가 되기는 했어도, 그 아이들은 아직 사저와는 비교도 안 될 만큼 미숙해. 그러니 그쪽을 우선──."

"아이는 내가 잘 돌볼게. 텐짱은 혼자서도 괜찮을 테고, 아키라 씨와 가족들이 있어."

케이카 씨는 딱 잘라 그렇게 말한 후…….

"하지만 긴코한테는 야이치 군뿐이야. 그러니 하다못해 이번 3단 리그가 끝날 때까지는 그 아이를 최우선으로 생각해 줬으면 해."

나……밖에, 없어?

하지만──.

"사저의 가족은 오사카에 살고 있고, 지금도 집에서 학교에 다니고 있잖아? 가족과 사이가 나쁜 것 같지는 않던데……."

"그래. 긴코의 가족들은 옛날부터 우리를 믿고 모든 것을 맡겨 주고 있어. 장기는 잘 모른다면서 말이야."

"그렇다면……."

"그래서야."

케이카 씨는 내 몸을 꼭 끌어안더니, 귓속말을 속삭였다.

"약속해 줘, 야이치 군……. 만약 긴코가 도움을 청했을 때, 다른 누구보다도 그 아이를 우선하겠다고 말이야. 그 아이만을 바라보겠다고……."

이렇게 절박한 케이카 씨는…… 10년 넘게 함께 지냈는데도 처음 봤다.

너무나도 진지한 그 목소리에 압도당한 나머지, 나는 반사적으로 고개를 끄덕였다.

"……알았어. 약속할게."

이 대화가 나중에 어느 정도의 의미를 가지게 되는지, 생각해 보지도 않고서…….

제3권

이
터
널
퀸

a Shakando　샤칸도 리나

©shirabii

◻ 죄의식

"소개합니다! 가쿠메키 여류 2급입니다! 선생님, 무대에 올라와주시죠!"

"아………… 아, 안녕하세예……."

여류기사로 편입한 내 첫 일은 정월에 개최된 백화점 장기 축제였다.

사회를 맡은 여성은 뜻밖이라는 표정을 지으며 내 얼굴을 쳐다보았다.

"어머? 억양이 특이하시네요. 가쿠메키 선생님은 칸사이 출신이신가요?"

"아뇨…… 저기, 오이타 출신이에요. 하지만 도쿄에서 지낸 지 오래되어서, 말투가 뒤죽박죽이여예."

"하하하. 시골별 녀석들의 라무 같아서 좋네요! 인기 좀 얻겠어요!"

객석에서 큰 박수소리가 터져 나왔다.

──어? 그냥 이야기를 좀 했을 뿐인데……?

사투리를 쓴다는 건 나에게 콤플렉스다.

칸토의 장려회에 들어가서 이기지 못하던 시기가 이어질 때, 자기가 다른 장려회 회원에게 뭐라고 불리는지 알았던 탓이다.

『그 녀석의 장기는 촌스러워.』

나는 사투리를 봉인했고, 지금까지 내가 뒀던 장기도 봉인했다.

사형의 연줄로 여러 연구회에 참여했고, 칸토의 장려회 회원이 만들어낸 최신 정보를 접목해서 자신의 모든 것을 새롭게 만들어낸 것이다.

하지만 장려회를 관두면서 긴장이 풀린 건지…… 때때로 사투리를 쓰게 됐다.

"그럼 가쿠메키 선생님의 지도대국을 희망하는 분께서는 이쪽 부스로 와주세요!"

──내 지도대국? 그런 걸 누가 받고 싶어 하겠어.

장려회 유단자조차 되지 못한 내 장기에는 아무런 가치도 없다.

가치가 없다는 것을 알게 되면, 곧 여류기사를 해고당할 것이다. 그렇게 생각했다.

하지만 부스에는 깜짝 놀랄 만큼 장기 팬이 많이 기다리고 있었다.

그리고 나와 장기를 두는 것을 기뻐해 준 것이다…….

"…………이런 세계도…… 있구나……."

장기판 네 개를 사이에 두고 네 명을 동시에 상대하고 있지만, 그 정도로는 부족할 만큼 손님이 몰려왔다. 내가 두는 장기를 보기 위해 인파가 몰린 것이다.

──……나는, 이 세계에서 살아가도 될지도 몰라…….

장려회 회원일 적에는 맛보지 못했던 온기를 접하고, 여류기사로 사는 것을 허락받은 듯한 느낌이 든 바로 그때였다.

나는 봤다.

"으………… 아, 아아………… 사형…………."

인파 사이에 섞여 있는………… 장려회에서 쫓겨났던…… 사형의 모습을…….

그 후로 나는 단 한 수도 두지 못했고, 결국 지도대국은 그렇게 끝났다.

♟ 기사총회

"존경하는 기사는 명인이며, 목표는 타이틀 획득입니다!"

갓 4단이 된 기사가 긴장한 표정으로 인사를 하자, 이 자리에 모인 150명가량의 선배 기사들이 그 상대를 품평하려는 듯한 눈길로 쳐다보며 그 말을 듣고 있었다.

기사총회.

매년 이 시기에 열리는 일반적인 총회에서는 새롭게 정회원이 된 이들이 자기소개를 하는 것이 정석이다.

새로운 정회원이란 바로 4단이 된 사람들. 그리고 조건을 만족시킨 여류기사다.

이번에는 새롭게 4단이 된 네 사람만이 인사를 했으며, 다들 이름과 기사번호, 그리고 일문을 밝힌 후에 간략하게 결의표명만 했다.

──올해는 2년에 한 번 있는 이사 선거도 없으니, 느긋하네.

나는 하품을 곱씹으면서 후배들의 인사를 들었다.

하지만 출석자는 예상보다 많았고, 칸토 쪽 현역 기사들은 대부분 출석했다.

거꾸로 칸사이 쪽 기사의 참가율은 괴멸적이었다.

사부님 이외의 프로 기사들은 내가 출석한다는 사실을 알자 '그럼 내 위임장을 맡아줘.' '내 것도 부탁해.' 같은 소리를 하며 위임장을 나에게 떠넘겼다.

나를 비롯한 칸사이의 기사는 츠키미츠 회장님을 절대적으로 신뢰하고 있다. 현 이사회가 내놓은 안건은 전부 승인하는 것이다. 즉, 나는 위임장 배달부에 지나지 않았다.

어제도 오이시 씨가 전화로 이렇게 말했다.

『우리 위임장도 가지고 가.』

^{오오츠지 일문}

그것으로 두 장이 추가됐다. 내가 지참한 위임장은 총 스무 장이나 됐다.

──뭐, 오이시 씨는 어쩔 수 없겠지. 타이틀을 잃은 직후잖아.

나는 조금 떨어진 곳에 앉아 있는, 학자 같은 풍모의 남성을 몰래 쳐다보았다.

새롭게 옥장(玉將)이 된, 오키토 요우──2관.

행사장은 기사 숫자에 비해 턱없이 좁기 때문에, 발 디딜 틈 없이 놓은 3인용 벤치 의자에 사람들이 꽉꽉 들어차 있지만……구석에 앉은 오키토 씨의 주위는 차가운 결계가 쳐진 것처럼 비어 있었다.

성실한 성격인 오키토 씨는 옛날부터 기사총회에 꼭 출석했다.

오이시 씨가 오면 두 사람이 얼굴을 마주칠 테니, 여러모로 입맛이 쓸 것이다.

──그렇게 격렬한 선승제 승부를 펼쳤잖아. 주위 사람들도 신경이 쓰일 거야.

내가 그런 생각을 하면서, 인사를 하고 있는 이들에게 박수를 보내고 있을 때──.

"새롭게 4단이 된 이들도 전원이 20대 중반인가. 이번 기에도 최연소 기사는 젊은 용왕, 그대인 것 같구나."

옆에 앉아 있던 여성이 그렇게 속삭였다.

"다음 기에는 저보다 어린 기사가 탄생할 거예요."

"그렇게 되었으면 좋겠구나. 긴코가 연승으로 스타트를 한 것 같아 마음을 놓았느니라."

나는 사저가 아니라 초등학생이면서 3단이 된 쿠누기 소타를 언급한 거지만…… 칸토 소속인 샤칸도 리나 여류명적은 초등학생이 4단이 될 리가 없다는 선입관을 가지고 있는 것 같았다.

──뭐, 그렇게 생각하는 것도 어쩔 수 없지.

장려회는 제한시간이 짧기 때문에, 종반에는 초읽기 승부를 하게 된다.

특히 1패의 가치가 큰 3단 리그는 누구나 『지지 않는 장기』를 두기 때문에, 초읽기가 된 후부터 본격적인 승부가 시작되는 것이다.

소타의 재능은 엄청나지만, 그 재능을 죽이지 않는 방향으로 성장시키고 있기 때문에 속기 장기에서는 실력을 발휘하지 못할 때가 있다. 연승하기는 했지만, 이번 기에 4단으로 승급할 수 있을지는 미묘했다.

하지만 프로가 되어서 제한시간이 긴 장기를 두게 된다면……
일본 전체를 뒤흔들 것이다.

『그럼 보도 관계자 여러분은 퇴실을 부탁드립니다.』

의장이 그렇게 말하자, 벽 쪽에서 카메라를 들고 있던 기자들
이 우르르 방에서 나갔다.

나는 샤칸도 씨, 그 옆에 있는 칸나베 아유무에게 물었다.

"보도진이 평소보다 많은 것 같네요? 그만큼 장기계가 주목을
모으고 있는 걸까요?"

"……의제가 의제거든."

아유무는 짤막하게 대답했다. 샤칸도 씨는 옅은 미소를 머금을
뿐이었다.

"그러고 보니 사부님도 뭔가 알고 있는 눈치던데, 오늘 의제는
대체——."

『의장님.』

내가 질문을 하려던 순간, 츠키미츠 회장이 의사 진행에 관한
제안을 했다.

『원래라면 예산 심의를 해야겠지만, 오늘은 중요한 안건이 하
나 있습니다. 우선 그것부터 심의를 했으면 합니다.』

『예. 안건 설명을 부탁드립니다.』

『감사합니다. 그럼…… 오가 양.』

『외람되지만 저, 오가가 설명을 하겠습니다.』

회장의 뒤편에 서 있던 비서, 오가 사사리 여류 초단이 핸드마
이크를 움켜쥐었다.

『작금의 컴퓨터 장기 소프트의 기력 향상에 따라, 장기계 안팎에서 공식전에서의 전자기기 취급에 대한 우려의 목소리가 나오고 있습니다.』

장기 소프트? 전자기기?

설마…….

『이사회에서 그 목소리를 무겁게 받아들인 결과, 이 안건을 제출하게 됐습니다. 이제부터 나눠드리는 자료를 보신 후, 심의를 진행할까 합니다.』

나는 연맹 직원이 나눠준 자료를 받았다. 평소의 자료보다 두꺼워 보였다.

『구체적인 내용을 말씀드리자면, 휴식 시간을 비롯한 대국 중의 외출 금지, 스마트폰 등의 통신기기를 대국 시에 휴대 및 사용 금지, 금속 탐지기를 이용한 대국 직전 및 대국 중의 불시 검사, 그리고 그에 대한 벌칙으로——.』

오가 씨는 담담히 자료의 내용을 읽었다.

충격이, 행사장 안에 파도처럼 퍼져나갔다.

『위 규정은 타이틀전에서도 당연히 적용됩니다. 구체적으로는, 대국 기간 중의 숙박시설 밖으로의 이동 금지, 전자기기의 휴대 불가, 금속 탐지기를 이용한 수하물 검사——.』

묵묵히 듣고 있던 중견 기사가 경악에 찬 목소리로 외쳤다.

"자, 잠깐만요! 2일제에서도 그러는 겁니까?!"

『2일제야말로 이 규정을 철저히 지켜야 한다고 생각합니다.』

츠키미츠 회장이 말했다.

『대국장과 숙소가 떨어져 있는 경우, 대국자는 단독으로 이동하지 말고 반드시 연맹 직원과 함께 행동해 줬으면 합니다. 또한 통신기기와 컴퓨터 등은 일시중단 때를 포함해 대국이 펼쳐지는 동안 계속 맡겠습니다. 가족분과 긴급하게 연락해야 할 때도, 연맹을 통해 해 주셨으면 합니다.』

"즈, 즉…… 사전 검사까지 포함하면, 사흘 동안 호텔에 감금되어 있는 건가요?!"

그 빡빡한 규정이 발표되자, 이 총회에 참석한 기사들은 규제 내용이 아니라 규제를 만들 수밖에 없게 된 원인에 관심을 보였다.

"대체 누구 때문에 이렇게 급히 규칙이 만들어진 거지?"

"그야 최근에 타이틀을 딴 사람이 가장 수상하지 않아?"

"그러고 보니 있었지. 그것도 2일제 타이틀전을 치른……."

"이런 짓을 해 봤자 의미 없지 않아? 머리에 기계를 박아 넣은 듯한 사람이잖아."

기사들은 그런 대화를 들으라는 듯이 나눴다.

그리고 기사들의 시선은 이 행사장의 구석으로 향했다.

"…………."

하지만 오키토 2관은 전혀 개의치 않으며, 손에 있는 자료를 주의 깊게 읽었다.

오키토 씨가 지닌 타이틀은 옥장과 제위다. 양쪽 다 타이틀전이 2일제로 치러진다.

그리고 제위전은 도전자 결정전만을 남기고 있다.

그 대국자 중 한 명은——.

"……만약 젊은 용왕이 제위전 도전자가 된다면, 이 규정이 처음으로 적용되는 2일제 타이틀전을 경험하게 되는 거지?"

"뭐, 어차피 용왕전에서도 체험하겠지만 말이죠. 게다가 칸사이에서는 원래 자주적으로 스마트폰을 기사실 로커에 넣어둔다잖아요?"

소프트를 당연시하는 나를 비롯한 젊은 기사들에게 이 정도 규제는 어찌 보면 당연한 것이다.

오히려 너무 늦게 규제가 된다는 생각마저 들었다.

하지만 질의응답 때는 질문이 꽤 많이 오갔다.

은퇴한 기사를 비롯한 선배 선생님들은 격렬하게 반대 의견을 내놨고…… 츠키미츠 회장과 오가 씨가 규탄당하는 듯한 분위기마저 생겨났다.

『……다양한 의견이 있다는 것은 이해합니다만, 이것은 프로만의 문제가 아닙니다.』

회장은 다시 마이크를 쥐더니, 굳은 목소리로 설명을 했다.

『오히려 아마추어 대회에서의 부정을 방지하기 위해, 우선 프로가 모범을 보일 필요가 있습니다. 자제심과 사회적 지위도 있는 어른이라면 이성적인 판단을 할 수 있지만, 어린이가 유혹에 진 것을 꾸짖을 수는 없으니까요.』

어린이……라.

나는 아이와 여초연 멤버들의 얼굴을 떠올렸다.

그 아이들이 부정행위를 하는 것을 상상조차 할 수 없었다.

그래서 이 안건에서 승인에 투표를 하는 것이…… 필요한 일이라는 것을 이해하면서도, 그 아이들을 배신하는 듯한 느낌이 들었다.

그런 내 마음을 읽은 것처럼, 회장이 마지막 한 마디를 입에 담았다.

『마음이 괴롭겠지만, 이것 또한 프로의 책무라고 생각합니다. 그럼 의장님, 투표를 부탁드립니다.』

제출된 안건은 승인되었다. ……근소한 차이로.

그 후, 예년과 마찬가지로 예산 심의 등이 진행되고, 총회가 끝날 즈음에는 어느덧 해가 졌다.

평소 같으면 총회가 끝난 후에는 화기애애한 분위기 속에서 술을 마시러 가자는 소리가 오간다.

하지만 오늘은 첫 안건의 충격이 아직 남았기 때문인지 다들 목소리를 낮춘 채 주위를 살피고 있었다. ……함께 술자리를 가질 상대를 신중하게 고르는 것 같았다.

그런 상황에서 나에게 말을 건 이는———.

"자…… 젊은 용왕이여."

《이터널 퀸》은 제자에게 부축을 받으면서 자리에서 일어나더니, 반론할 생각조차 나지 않을 듯한 고귀한 목소리로 나에게 말했다.

"나와 식사를 같이하지 않겠느냐? 좋은 가게를 알고 있느니라."

△ 라멘 너무 좋아 샤칸도 씨

"왜 그러느냐, 젊은 용왕이여. 빨리 먹지 않으면 식어버릴 것이니라."

샤칸도 리나 여류명적이 그렇게 말하자, 나는 내 앞에 있는 그릇을 다시 쳐다보았다.

돼지기름 때문에 우윳빛을 띤 국물. 굵고 고불고불한 면발.

그렇다.

……라멘이다.

『호무켄』.

도쿄의 돼지뼈 육수 간장 라멘의 원조이자, 전국적으로도 유명한 가게다. 센다가야 장기회관 근처에 있기 때문에 대국을 마친 후에 이 음식점을 찾는 장기 기사도 많다.

나도 한번은 가 보고 싶었다.

하지만 이런 타이밍에, 그것도 이런 멤버와 함께 카운터 자리에 나란히 앉아서 먹게 될 거라고는 상상도 못했기에…… 충격 탓에 젓가락질을 못하겠다…….

"샤칸도 씨가 라멘을 먹는 게 의외라서……. 그리고 먹더라도 2층 테이블석에서 먹을 거라고 생각했거든요……."

"계단을 올라가는 것도 힘들어서 말이다. 이렇게 카운터에 앉아서 먹는 게 오히려 편하지. 그래서 여기를 자주 찾는 것이니라."

그 말대로, 샤칸도 씨는 왼손에 차고 있던 지팡이를 풀어서 옆에 세워뒀다.

"배가 고프면 하라주쿠의 내 성에서 택시로 여기까지 라멘을 먹으러 온 적도 있느니라."

"지, 진짜 의외네요……."

그런 샤칸도 씨의 옆에는 경애하는 스승이 균형을 잃지 않도록 주의를 기울이며 라멘을 호쾌하게 먹어대고 있는 아유무가 있었다.

저 흰색 망토에 기름을 듬뿍 머금은 라멘 국물이 튀지나 않을지 걱정이 되어서, 식사를 할 수가 없어…….

"어이, 아유무……. 너도 좀 조용히 먹거나, 아니면 손수건을 냅킨 대용으로 쓰는 건……."

"허튼소리는 작작 지껄이고, 빨리 먹기나 해라!"

아유무는 토핑용 파를 넣을 때 쓰는 집게로 나를 겨누며 말을 이었다.

"고귀하신 내 마스터의 섬세한 미각이 인정한 이 면이 퍼지게 둔다는 건, 범죄나 다름없다! 하긴…… 네놈처럼 소스 맛에 물든 오사카의 우민들은 이해하지 못하겠지만 말이다아아아아앗! 하ㅡㅡ하하하하핫!"

"그러고 보니 얼마 전에 네 동생이 우리 집에 왔거든?"

"우매한 동생이 폐를 끼쳤습니다."

아유무는 정색을 하며 고개를 꾸벅 숙였다. 이런 면 때문에 이 녀석을 미워할 수가 없다.

한편 샤칸도 씨가 나에게 같이 식사하자고 한 건, 기사총회 일 때문이 아니라——.

"마리아에 관한 일이니라."

후루룩 하는 귀여운 소리를 내며 면을 먹은 샤칸도 씨가 설명을 시작했다.

"올해 나니와 왕장전은 짐이 심판장을 보기로 되어 있느니라. 여자 아동을 대상으로 장기 보급을 강화하겠다는 명목에 여류기사 회장인 짐이 맡게 된 게지. 갓콜드런도 상금왕전에 출전할 테니, 잘됐다고 생각했다만——."

"내 우매한 동생도 대회에 나가겠다는 소리를 한 거다! 마스터께서 보는 앞에서 당당히 우승을 한다면, 제자가 될 수 있을 거라고 생각한 거지. 못난 녀석……!"

"그래? 나는 마리아 양의 근성에 감탄했는데 말이야. 오사카의 어린이가 칸토의 대회에 나가는 건 흔하지만, 칸토의 어린이가 일부러 오사카의 대회에 참가하는 건 흔하지 않잖아."

게다가 미리 오사카에 와서 살펴본 것을 보면, 필승의 심정으로 이 대회에 임하고 있는 것이다.

말투는 거만하지만, 실제로는 주의 깊고 섬세하다.

그것만으로도, 그 애가 어느 정도의 승부사인지 알 수 있다.

"오빠는 못 되었던 초등학생 명인도 되었고 말이야."

"…………."

아유무는 아무 말 없이 면을 흡입했다. 분한 것 같았다.

마리아 양도 아유무를 깔보는 것 같은데, 두 사람은 사이가 나쁜 걸까?

"하지만 샤칸도 씨는 마리아 양을 아직 제자로 삼지 않은 거예요? 올해 장려회에 수험하려면 슬슬 서둘러야 하잖아요."

전국대회에서 4위 안에 들어간 초등학생이라면, 스승이 없더라도 장려회에 수험할 수 있다.

하지만 샤칸도 씨의 일문에 들어가고 싶어 한다는 건, 그만큼 그녀를 따르고 있다는 것이리라.

"…………그 애는……."

젓가락질을 멈춘 샤칸도 씨는 그릇 안에서 흔들리고 있는 국물을 응시했다.

"마리아에게는 다른 길도 있을 거라고 생각한다만……."

"본명으로 부르네요? 멋진 별명은 안 붙였나요?"

"아직 제자로 받아들이지 않았으니까 말이다."

그런 기준이구나…….

"그 애를 어떻게 하는 게 최선인지는 짐에게서도 골치 아픈 문제. 장기를 가르친 것을 후회하는 날도 있느니라."

"하지만 여성이 프로 기사가 되는 건, 샤칸도 씨의 오랜 소망이죠? 그래서 사저도 응원하고 있는 거잖아요."

"초등학생 명인이 되었다고 해서 프로가 될지는 알 수 없지 않느냐."

"하지만 초등학교 5학년에 초등학생 명인이 됐으니, 객관적으로 봐도 충분한 유망주라고 생각하는데요……."

"가장 큰 문제는 바로 그것이니라."

“예?”

“짐은…… 마리아를 객관적으로 보지 못하느니라. 갓콜드런의…… 제자의 동생이라면, 내 자식이나 다름없지. 자신의 자식을 지옥에 던져 넣는 부모가 어디 있겠느냐.”

“윽……!”

샤칸도 씨…… 마리아 양을 그렇게까지…….

“짐을 순수하게 따르고 있는 그 애가 귀엽지 않을 리가 없지 않느냐. ‘만약 자신에게 딸이 있다면 이런 아이가 아닐까?’ 같은 어이없는 망상을 억누를 수가 없더구나……. 훗. 얼마든지 비웃어도 되느니라.”

“비웃다뇨! 저도 제자들은 가족이나 다름없어요!”

야샤진 아이가 듣는다면 역겹다고 말했을지도 모른다.

하지만 이것은 나의 솔직한 본심이다. 나에게 히나츠루 아이와 야샤진 아이는 사제지간이라는 틀에서 벗어난 존재인 것이다.

“마리아에게 기대하지 않는 건 아니니라. 하지만 장려회에 들어가더라도, 하다못해 좀 더 장기 실력을 갈고닦은 후에…….”

“저도 제자를 데뷔시킬 때, 같은 고민을 했어요…….”

“젊은 용왕은 짐보다 훨씬 대담하구나. 《코베의 신데렐라》는 몰라도, 히나츠루 아이는 너무 이르지 않았느냐? 그 서반을 보면 그렇게 판단할 수밖에 없구나.”

“다들 그렇게 말해요…….”

누가 봐도, 아이의 약점은 서반이다.

그 약점을 상대가 노리는 것도 당연하며——.

"문제는…… 발버둥을 치다 장기가 나쁜 쪽으로 변질될지도 모른다는 거죠?"

"그렇다. 패배라는 형태로 잡초처럼 짓밟히는 것도 강해지기 위해서는 중요하지만, 승리라는 이름의 빛을 쬐지 않았다간 어린 새싹은 잘못된 방향으로 자라날지도 모르지. 그래서는 아름다운 꽃을 피울 수 없을 것이니라. ……고민이라는 건 정말 끝이 없구나."

"샤칸도 씨도 판단을 망설일 때가 있네요."

"툭하면 망설이지. 그래서 혼기도 놓친 것이니라."

샤칸도 씨는 자조 섞인 어조로 그렇게 말하면서 라멘 그릇을 쳐다보았다. 그런 스승의 모습을──.

"…………."

아유무가 뭔가 할 말이 있는 듯한 표정으로 응시했다.

애제자의 시선을 눈치챈 건지는 모르겠지만, 샤칸도 씨는 그릇을 들면서 안에 남아있던 국물을 전부 마시고 말했다.

"역시 용왕도 식사를 함께하길 잘한 것 같구나. 어린 학생을 지닌 동지로서, 이야기를 나눠서 좋았다. 마리아는 장려회에 보내지 않을 거지만…… 젊은 용왕의 학생들이 출전하는 나니와 왕장전의 결과를 보고 판단을 내리는 것도 좋을 듯하구나."

"무슨 소리를 하세요! 제 두 제자라면 몰라도, 다른 아이들은 전국 레벨에서 보면 아직 한참 멀었어요! 초등학생 명인에게 이기는 건 무리라고요……."

"후후후. 우리 마리아는 강하지."

여류명적은 의기양양한 미소를 지었다. 자랑하는 거냐!

"······짐은 지금까지 유망한 아이들을 수도 없이 봐왔느니라. 그중에는 기사로서 대성할 재능을 지녔지만 잘못된 가르침 때문에 무너지고 만 자도 많지. 그런 기억이······ 짐을 겁쟁이로 만드는 걸지도 모르겠구나."

"············."

"최근에도 유망한 재능이 썩어버렸고······ 결국 죽고 말았지."

최근? 재능이······ 죽어?

내가 의아한 표정을 짓자, 샤칸도 씨는 한 사람의 이름을 입에 담았다.

"가쿠메키 츠바사."

"가쿠······메키?! 그, 그 사람은──!!"

라멘을 다 먹은 《이터널 퀸》은 아유무에게 부축을 받으면서 왼손에 지팡이를 착용하더니, 심오한 미소를 지으며 나에게 이렇게 말했다.

"그래. 젊은 용왕의 제자가 다음에 싸울 상대이니라."

♟ 아이 아가씨의 동요

"역시 이 옷으로 할래."

자동차 문을 연 나에게, 아이 아가씨께서는 그렇게 말씀하셨다. 옷을 갈아입는 건 오늘 들어서만 이걸로 여섯 번째다.

"아가씨. 이제 시간이······."

내 이름은 이케다 아키라. 야샤진 가문을 섬기는 자다.

좀 더 구체적으로 설명하자면, 아이 아가씨의 시종 겸 보디가드다.

참고로 아가씨가 초등학교에 계실 시간에는 스마트폰 어플리케이션을 개발하는 회사를 경영해 실업가라고도 할 수 있다. 크나큰 실패도 경험했지만, 그것을 양식 삼은 덕분에 현재는 경영이 순조롭다.

하지만 그런 바람에 돛단 듯한 상황인 나에게도 고민이 있다.

요즘 들어…… 우리 아가씨가 너무너무 귀여운 것이다.

오늘도 장기 스승인 쿠즈류 야이치와 만나기로 한 시간이 다 되었는데……

"신발이 마음에 안 드니까 안 갈래."

"아가씨."

이런 식으로 집에서 한 걸음도 나가지 않으며 다섯 시간이나 경과했다. 아니, 전날부터 안절부절못하셨다.

원인은 판명되어 있다. 아가씨는 숨기려는 것 같지만, 남들 눈에는 뻔히 보였다.

그 점도 너무 귀여웠다.

물론 나는 아가씨를 빼앗겨서 쓸쓸함과 분함을 느끼고 있다. 상대 남성을 이 세상에서 지워버릴까 생각해 봤다. 그 정도는 식은 죽 먹기다. 이미 묻어버릴 구멍도 파둔 것이다.

하지만 나로서는 아가씨의 행복이 가장 소중하다.

나 자신의 감정은 문제가 되지 않는다. 아가씨의 감정이 소중하며, 아가씨의 행복이 곧 내 가장 큰 행복인 것이다.

그리고 무엇보다 나는 귀여운 초등학생을 촬영하는 걸 좋아하는 『초딩 촬영 마니아』이기에, 아가씨가 검은색 이외의 옷을 입으시거나 귀여워지시는 것은 완전 웰컴이다!

그래서 『초딩 탑승 마니아』인 쿠즈류 선생과는 win-win 관계인 것이다.

"오늘은 바람이 세니까 안 갈래."

"아가씨."

하지만 쿠즈류 선생님을 기다리게 하는 데도 한도가 있다.

선생님이 돌아가 버려서 만나지 못한다면…… 아가씨도 매우 아쉬워하시는 것이다.

"아침에 먹은 빵이 퍼석했으니까 안 갈래."

"아가씨. 진정하세요. 그건 이유라고 할 수 없습니다."

"나는 멀쩡하거든?! 진짜로 멀쩡하단 말이야! 내가 그딴 뜨레끼를 만났다고 똥요알 리가 어짠아?!"

"아가씨."

혀가 너무 꼬이셨어요. 그리고 너무 귀여우세요.

자신의 내면에 싹튼 강렬한 감정을…… 의식하면 할수록 츤데레가 되는 것이다. 이해해요. 그래도 이 말은 꼭 해야겠습니다.

"아가씨의 옷차림은 완벽하세요. 평소 같으면 바로 출발하셨을 텐데, 오늘은 왜 이렇게 망설이시는 거죠?"

"…………."

아가씨는 새빨개진 얼굴을 숨기려는 것처럼 고개를 숙이더니……

"…………그게, 복장이 이상하다고 상대방이 생각하면…… 부끄러울 거란 말이야…………"

무지 귀엽잖아!!

"무지 귀엽잖아!!!!!"

"어엇?! 아, 아키라, 왜 그래……? 왜 소리 지르는 거야……?"

"실례했습니다. 마음의 소리가 입 밖으로 나왔어요."

나는 목소리와 함께 터져 나온 코피를 닦은 후, 마음을 냉철하게 유지하면서 지적했다.

"아가씨. 이미 약속 시간이 한참 지났습니다. 야샤진 가문의 당주이신 분께서, 지각하는 건 몰라도 약속 자체를 어기는 건 도리가 아니라고 생각합니다."

"으…………."

아가씨는 복잡한 표정을 지으시더니, 얼굴을 새빨갛게 붉히면서 이렇게 외쳤다.

"나, 나도 알아! 어쩔 수 없잖아! 약속을 깼다는 소리를 듣는 건 싫으니까, 가긴 하겠어! 그, 그 녀석을 만나고 싶은 건 아니거든?! 거짓말쟁이 소리를 듣는 게 싫어서 가는 것뿐이야! 착각하지 말란 말이야!"

"물론입니다, 아가씨. 멋지세요."

그제서야 아가씨께서는 차의 뒷좌석에 타 주셨다.

운전석에 탄 나는 가슴을 쓸어내린 후, 백미러를 조절하며 출발할 준비를 했다.

그리고 백미러에 비친 아가씨와 시선이 마주친 순간…… 나는 모든 것이 처음으로 되돌아갔다는 것을 깨달았다.

"앞머리 상태가 마음에 안 드니까 오늘은 안 갈래."

"아가씨."

⌂ 아가씨와 관람차 데이트

"오래 기다렸지?"

코베역에서 걸어서 10분, 바다 옆의 상업시설 『코베 하버랜드』에서 내가 기다리고 있었던 소녀는 약속 시간보다 한참 늦게 나타났는데도 전혀 미안해하지 않으며 당당히 나타났다.

야샤진 아이.

내 두 번째 제자이자, 열 살인데도 불구하고 이미 여류 2단이며, 타이틀 도전 경험도 있는 천재 소녀다.

"방금 왔어……라고 말하기엔 좀 그런 시간이지만 말이야."

약속 시간보다 다섯 시간이나 늦게 나타난 이유를 물어보고 싶지만——.

"그래도, 와 줘서 기뻐."

나는 솔직한 어조로 고맙다고 말했다.

아이는 내 제자지만, 이미 어엿한 여류기사다. 내가 시간을 내달라고 부탁을 한 만큼, 먼저 와서 기다리는 게 당연했다.

하지만 점심시간은 한참 지났으며, 이미 저녁때가 다 되었다. 뱃가죽에 등에 붙을 것 같았다.

"혼자야? 아키라 씨는?"

"아키라는 근처에 있는 ●빵맨 뮤지엄에서 빵을 굽고 있어."

그곳은 애들이 갈 곳이라고 생각하는데…… 뭐, 괜찮을 것이다. 그 사람의 정신연령은 여섯 살 정도니까 말이다.

이 하버랜드는 호●맨 뮤지엄을 비롯해 유람선과 선물가게, 음식점도 있다. 내가 만나서 할 이야기가 있다고 연락을 하자, 아이가 이 장소를 지정한 것이다. 분명 가 보고 싶은 곳이 있는 것이리라.

"어느 가게에 갈래? 시푸드 뷔페는 어때? 게도 있대."

"저기."

"뭐……?"

아이가 가리킨 것은…… 가게가 아니었다.

그 손이 가리킨 것을 보기 위해 고개를 든 내 눈에 들어온 물체는——.

"……관람차?"

"남들 듣는 데서 장기 이야기를 하는 건 싫어. 관람차 안이라면 아무도 못 들을 거 아니야."

"그래……. 역시 아이는 대단한걸!"

아이가 이곳에서 만나자고 한 것은 관람차 안이라는 밀실에서 대화를 나누기 위해서였던 건가……. 내 제자지만 정말 철저해.

그 후, 우리는 관람차를 향해 나란히 걸었다.

내가 다가가자, 아이는 "좀 떨어져." 하고 말하면서 거리를 벌렸다. 예전보다 나를 더 질색하는 것 같지 않아?

딱히 미움받을 만한 짓은 안 했는데 말이야. 참 어려운 나이대네…….

"그런데 아이는 왜 아까부터 계속 스마트폰을 만지작거리고 있는 거야?"

"데이터베이스에서 기보를 검색하고 있어. 대국 자체도 엄청 길었거든."

"아…… 그래?"

응? 이상하네.

아까 언뜻 보인 화면에는――.

『코베의 추천 데이트 스팟! 이상적인 데이트코스 7선.』

같은 페이지가 표시되어 있었는데…… 하지만 아이가 그런 걸 볼 리가 없으니까, 내가 잘못 본 것이리라.

매표기에서 티켓을 산 후, 직원의 안내에 따라 관람차 안으로 들어갔다.

"오오! 쑥쑥 올라가네!"

"당연하잖아……. 촐싹대지 좀 마."

아이 아가씨는 쿨한 목소리로 그렇게 말하더니, 내 맞은편에 앉아서 다리를 꼬았다.

"그런데, 묻고 싶은 게 뭐야?"

"여류명적전 예선에서 네가 싸웠던 상대―― 가쿠메키 츠바사 여류기사에 대해 가르쳐 줘."

"……히나츠루 아이의 다음 상대이기 때문이야?"

"여기서 너와 나눈 이야기를 본인에게 전하지는 않을 거야. 그 정도로 과보호하진 않거든."

"…………."

아이의 시선이 차가워진 듯한 느낌이 들었지만, 나는 개의치 않으며 말을 이었다.

"나는 네 안에 존재하는 네 부모님의 장기를 발견하고, 내 장기를 너한테 강요하지 않기로 했어. 마찬가지로, 히나츠루 아이의 안에도 그 아이만의 재능이 있어. 그걸 길러주기 위해 계속 노력해 왔지만…… 그게 정말 옳은 건지 고민될 때도 있거든."

"…………데이트 중에 다른 여자 이야기를……."

"응? 뭐라고 했어?"

"진 장기를 떠올리려니 열 받는 것뿐이야. 네가 책임지고 창밖으로 뛰어내려."

그랬다간 죽는다고.

"겨우 그 기억을 머릿속에서 쫓아냈는데………… 뭐, 좋아. 이런 경험도 도움이 될 거야. 마지막에 이기면 되니까 말이야."

"그래! 그런 마음가짐이야."

"죽어버려."

"왜?!"

오늘은 평소보다 더 엄격하지만…… 점점 대화 자체가 스무스하게 오가기 시작했다.

역시 아이에게는 이런 모습이 어울린다니깐!

"그래서…… 어땠어?"

"……기보는 본 거야?"

"물론이지. 네 기보는 전부 내가 살펴보고 너희 부모님에게 보고하거든. 하지만……."

"말 안 해도 돼. 나 스스로도 방심했다는 건 알고 있어."

아이는 질색을 하듯 손을 내저었다.

"상대는 겉보기에 20대 정도로 보이고, 이름도 들어본 적이 없는 여류 2급이야. 나는 타이틀 보유자들과 싸워온 만큼, 상대를 깔보긴 했어."

"서반에서는 아이가 완벽하게 리드했고 말이야."

"중반에서는 더욱 차이가 벌어졌고, 60수 즈음에 승기를 잡았어. 보통은 그즈음에 패배를 인정할 거야."

"하지만 가쿠메키 씨는 끈질기게 버티면서 300수 즈음까지 승부를 이어갔어……. 확실히 네가 방심하긴 했지만, 그 생명력은 범상치 않아."

"응. 옥 하나만 남았는데도 요리조리 도망 다니니까, 무심코 '확 잡아서 숨통을 끊어 줄 거야!' 하고 중얼거렸거든? 그랬더니 그 녀석이 뭐라고 대답했을 것 같아?"

"너, 대국 중에 그런 소리를 한 거냐……."

"'나는 이미 죽었어.' …… 그 인간, 이렇게 말하더라니깐."

"…………!!"

이미…… 죽었다고?

"그 말을 들었을 때는 영문을 몰랐지만, 나중에 생각해 보니 확실히 좀비 같은 녀석이었어. 소라 긴코처럼 두들겨 패면 도리어 내 주먹이 다칠 정도로 『견고』한 건 아니야. 뭐랄까…… 아무리 때려도 감촉이 없어."

아이는 말아 쥔 자신의 주먹을 쳐다보며 말했다.

"마치 시체를 때리는 느낌이야. 간단히 해치울 수 있을 것 같은…… 아니, 애초부터 덤벼들지를 않으니까 쓰러뜨리고 자시고 할 것도 없어."

"그랬구나. 응수라기보다 『대기』인 거네?"

"맞아. 그러니 공격을 펼치면 상대방의 싸기를 간단히 무너뜨릴 수 있어. 아니, 스스로 싸기를 무너뜨리면서——."

"입옥을 노리는 거구나."

옥(玉)이 상대 진지에 들어가는 것을 『입옥(入玉)』이라고 한다.

장기말은 기본적으로 전진만 할 수 있어서, 상대의 옥(玉)이 자신의 후방으로 잠입하면 매우 잡기 어려워지면서 대국 자체가 영원히 끝나지 않게 된다.

그래서 도입된 룰이 바로 『지장기(持將棋)』다.

간단히 설명하자면, 서로가 지닌 장기말로 점수를 매겨서 승패를 가르는 것이다.

입옥 장기가 『전혀 다른 게임이 된다』고 불리는 이유가 바로 그것이다.

"점수 승부가 되면서…… 나는 도중에 투료했어. 시간도 없었고, 초조함 때문에 머릿속이 헝클어져서…… 일반적인 장기 감각이 전혀 통하지 않으니까……."

"룰이 바뀌면 전혀 다른 게임이라고 해도 과언이 아닐 만큼 감각이 달라져버리거든. 그것에 대비한 훈련을 따로 하는 것도 좀 그렇고……."

"맞아! 프로의 장기에서 입옥이 펼쳐지는 건 백 번에 한 번 있을까 말까잖아?! 그런 것에 익숙해져서 감각이 이상해지는 건 싫어! 게다가 나는 소라 긴코와의 타이틀전에 대비해 컨디션을 조절하고 있었단 말이야!"

"그래서 그 대국 자체를 기억 밑바닥에 봉인한 거구나."

중요한 대국이 이어지는 나날 속에서는 그런 마음가짐도 매우 중요한 테크닉이다.

어쩌면 여왕전 서반에서 아이가 실수를 범했던 것도 그 패배가 미세하게나마 영향을 끼친 탓일지도 모른다. ……자존심이 강한 이 애는 절대 인정하지 않겠지만 말이다.

"나중에 안 건데, 그 가쿠메키라는 여자…… 장려회 회원이었대."

"그래. 큐슈 오이타 출신인데, 칸토 장려회에 들어간 것 같아."

샤칸도 씨가 가르쳐 줬다.

엄청난 다크호스다. 타이틀 보유자급…… 아니, 그 이상일지도 모른다.

"연령 제한으로 탈퇴했는데, 작년 말에 여류기사로 편입한 것 같아."

"장려회 출신이라는 걸 미리 알았다면………… 큭!! 다음에는 절대 방심하지 않겠어!!"

짜증이 머리끝까지 치솟은 듯한 아이는 화풀이 삼아 바닥을 힘껏 걷어찼다.

그 충격에, 관람차가 크게 흔들렸다.

"꺄아……!"

균형을 잃은 아이가 귀여운 비명을 지르며 내 품에 안겨들 듯 쓰러졌다.

우와아! 가, 가벼워…….

엉겁결에 안고 만 제자는————— 깃털로 된 봉제인형처럼 가벼웠다.

폭신폭신해서 감촉도 좋았다.

게다가…… 엄청 좋은 향기가 났다…….

대국 때는 부채의 향기를 맡으며 마음을 진정시키기도 하는데…… 대국 때 아이를 데려가서 승부처에 그녀의 향기를 맡고 싶다는 바보 같은 생각을 하고 말았다. 나는 변태인 걸까?

"떠, 떨어지란 말이야…… 바보……."

"미…… 미안해……."

나는 품속에 있는 아이를 상냥하게 안아 든 후, 맞은편 좌석에 앉혔다.

그리고…… 나는 눈앞에 있는 소녀가 어마어마하게 귀엽다는 사실을 다시 실감했다.

특히 오늘은 헤어스타일과 복장이 완전 내 스트라이크존 한가운데라서…….

————……이런 애와 데이트를 한다면, 정말 끝내줄 거야.

어, 어이! 아, 아무리 어른스럽더라도 아이는 아직 열 살이거든?! 게다가 내 제자라고!

나는 동요했다는 사실을 들키지 않기 위해 표정을 굳히며, 다시 이야기를 시작했다.

"그런데, 너라면 어떻게 싸우겠어?"

"…………."

아이는 오랫동안 생각을 한 후, 자신의 생각을 정리하듯 천천히 이야기를 시작했다.

"장려회 회원은 독특한 끈기…… 아니, 성가신 구석이 있어."

『끈기』라고 말하려다 『성가신 구석』으로 바꿨어……. 진짜 지기 싫어하는 녀석이라니깐. 하지만 이 사부는 너의 그런 면을 싫어하지 않아.

"서반에 리드를 하더라도, 그 리드를 유지하며 승리를 거머쥐는 건 쉽지 않아. 구멍투성이인 험한 길을 초고속으로 달리는 듯한 종반전을 펼치게 돼. 한순간이라도 핸들 조작을 실수하면 그대로 차가 뒤집히고 말 거야."

장기라는 것은 젠가와 같다.

서로의 실수가 쌓이고 쌓인 끝에, 가장 마지막에 실수를 범한 인간이 지는 것이다.

"상대의 승리 패턴에 말리면 결코 이길 수 없어. 그러니까……."

"그러니까?"

"서반에 리드를 하는 걸 전제로 삼고………… 종반에 시간을 남긴 후…… 더욱 정확하게…… 두겠어."

© shirabii

"………."

야샤진 아이도 『서반에 리드를 한다』 이외의 구체적인 전략이 없는 것 같았다.

그렇다면…… 그녀보다 훨씬 서반이 약한 히나츠루 아이는 승산이 없을 것이다.

"나도 물어볼 게 있어."

"뭔데?"

"소라 긴코는 프로가 될 수 있는 거야?"

나는 그 기습적인 질문을 듣고 무심코 숨을 삼켰다.

"연령 제한으로 장려회를 관두게 되어서 여류기사가 되는 건 10년도 더 후의 일이긴 해. 그래도 그 녀석이 언젠가 여류기사가 된다면…… 나는, 미리 준비해 둬야만 할 거야."

야샤진 아이는 흥미 삼아 물어보는 게 아니라는 점은 방금 그 말만으로 충분히 알 수 있었다.

오히려, 이 아이는…….

"붙어 보고 알았어. 장려회 회원과…… 소라 긴코와 나는 장기의 질 자체가 달라. 만약 그 녀석이 나와 같은 무대에 서게 된다면, 나도 내 장기를 바꿀 각오를 단단히 해야만 해."

준비. 그리고 각오.

그것이 무엇을 의미하는지…… 아이는 머리가 좋기에, 나는 그 말을 완전히 이해하지는 못했다.

"……모르겠어."

결국, 나는 그 질문에 이렇게 답할 수밖에 없었다.

"연령만 두고 본다면, 열다섯 살에 3단에 올라간 사람은 엄청난 유망주라 할 수 있어."

"그럼 프로가 될 수 있는 거야?"

"진짜로 모르겠어. 될 가능성이 크기는 하지만, 못 될 가능성도 충분히 있어. 사저는 몸이 약하다는 핸디캡을 가지고 있으니까…… 반년 동안 치러지는 리그전을 끝까지 버텨낼 수 있을지가 중요할 거라고 생각해."

특히 여름에는 사저가 눈에 띄게 피폐해진다.

몸과 마음이 전부 궁지에 몰리는 3단 리그의 종반전을 어떻게 버텨낼 심산일까…….

"장려회에서 다양한 사람들을 접했다고는 하지만, 나는 결국 3단 리그의 공포를 모른 상태로 프로가 됐거든. 몰랐기 때문에 프로가 될 수 있었다는 게 정확할지도 몰라."

"……그래. 모르는구나."

아이는 작게 한숨을 내쉬었다.

"뭐, 어찌 됐든 간에…… 언젠가는 또 싸우게 될 게 틀림없어. 그렇다면 지금 이 순간부터 시작할래. 10년 후에 내가 최고이기 위해서 말이야."

"싸워……?"

"그래. 나는 말이지? 이제 도망치지 않기로 결심했어."

야샤진 아이의 검은 머리카락이 날개처럼 흩날리더니, 저녁노을이 스며드는 관람차 안에서 나를 똑바로 쳐다보며…… 선전포고를 했다.

"그러니까 각오해. 야이치."

그리고 소녀는 처음으로 나를 이름으로 불렀다.

작은 악마 같은 그 얼굴은 석양 때문에 붉게 물들어 있었다.

──나는…… 뭘 각오해야 하는 거지……?

하지만 그 답을 듣기도 전에, 관람차는 지상에 도착하고 말았다.

"고마워. 도움이 많이 됐어."

관람차가 한 바퀴 도는 그 짧은 시간 동안, 나는 아이에게서 귀중한 정보를 얻었다.

"오래간만에 네 얼굴을 봐서 마음이 놓여. 일전의 일문회의에도 오지 않았잖아?"

"……동문들과 괜히 친분을 쌓을 생각은 없거든."

"이제부터 어떻게 할래? 뭐라도 먹고 돌아갈까?"

"사양하겠어. 저걸 먹어야 하거든."

아이는 이쪽으로 걸어오는 선글라스를 낀 여성을 가리켰다.

아키라 씨는 어린이들 사이에 섞여서 직접 만든 빵을 한아름 안고 있었다. 종이봉투를 가득 채운 ● 빵맨의 얼굴이…… 금방이라도 흘러넘칠 것 같네…….

맞아! 어린이 하니까 생각난 건데──.

"이번에 여초연 애들이 대회에 출전하게 됐어."

"대회?"

"나니와 왕장전. 너도 알지?"

아이를 오래간만에 만나서 기쁜 나머지, 나는 밝은 목소리로 이런 제안을 했다.

"나와 아이는 일 때문에 이벤트에 참석하게 됐는데, 같이 안 가겠어? 여초연 애들을 응원할 겸 말이야!"

"흥미 없어."

이럴 줄 알았다니까요.

♟ 불멸의 츠바사

야샤진 아이와 헤어진 후, 나는 곧장 칸사이 장기회관의 기사실로 향했다.

내가 찾던 인물은 연습 장기를 두고 있었으며, 한창 감상전 중이었다.

"츠키요미자카 씨. 나 좀 잠깐 봐요."

"아앙? 죽고 싶냐?"

츠키요미자카 료 여류옥장이 나를 돌아보았다. 무섭다. 완전 양아치네⋯⋯.

하지만 나는 그런 무시무시한 상대의 눈을 똑바로 응시하며, 한 인물의 이름을 입에 담았다.

"가쿠메키 츠바사. 아는 이름이죠?"

그 이름을 입에 담자──.

""⋯⋯⋯⋯⋯.""

츠키요미자카 씨뿐만 아니라, 대국 상대인 쿠구이 마치 산성생화도 의미심장한 침묵으로 답했다.

역시 뭔가 있는 걸까⋯⋯ 내 감이 적중했다는 것을 눈치채는 것과 동시에, 나는 이 침묵이 지닌 의미를 생각해 봤다.

『나는 이미 죽었어.』

야샤진 아이에게 한 그 말이 마음에 걸렸다. 장려회 회원 출신. 그리고…… 죽음. 그것이 어떤 의미인지 알기 위해서는 같은 경험을 한 인물에게 물어보는 것이 가장 빠를 것이다.

하지만 그것은 패배한 대국을 돌이켜보는 것보다 더 힘들 일이기에…… 기억의 봉인을 풀지 말지 고민하고 있는 것이리라. 츠키요미자카 씨는 잠시 생각에 잠긴 후, 짤막하게 대답했다.

"복어."

"예?"

"복어 요리로 타협해 주겠어. 복어를 사달라고, 복어."

아니었다. 교환조건으로 뭘 얻어먹을지 생각했을 뿐이다.

"보, 복어요?! 하, 하지만 지금은 돈이 얼마 없는데……."

"료. 좀 봐주그라. 용왕 씨도 난처해하고 있다 아이가."

쿠구이 씨가 도움의 손길을 내밀었다. 역시 부자는 복어를 자주 먹으니, 남의 약점을 이용해 비싼 걸 얻어먹으려는 악랄한 짓을 하지 않았다.

"복어는 겨울 생선이대이. 이 계절에는 고양이도 안 묵을 끼다."

"쳇! 어쩔 수 없지……. 우동 정도로 봐주겠어."

"아, 그 정도라면야……."

나는 가슴을 쓸어내렸다. 우동이라면 얼마든지 사 줄 수 있다.

"하지만…… 가게는 내가 고를 거야."

츠키요미자카 씨는 톱니 같은 치아를 드러내며 그런 의미심장한 말을 했다. 그리고 옆에 있는 쿠구이 씨가 스마트폰으로 가게를 예약하고 있었다…….

""도착~♡""

택시로 그 가게에 도착한 순간, 나는 속았다는 사실을 눈치챘다.

"쓰레기, 왜 그래? 빨리 들어가자."

"우동은 우동이라도…… 여기는 『우동스키』 가게잖아요!!"

같은 거라고 생각해? 아니야! 완전히 다르다고!

우동스키는 오사카의 향토요리다. 스키야키와 비슷한 이름이지만 모둠전골에 가까우며, 우동은 건더기 중 하나에 가깝다.

또한 이곳, 센바(船場)에 있는 이 가게는 우동스키를 처음으로 개발한 가게이며, 맛과 가격이 어마어마하다. 사부님이 기분이 좋을 때 나를 데리고 이 가게에 온 적이 있기는 한데…….

츠키요미자카 씨와 쿠구이 씨는 택시비를 내는 나를 두고 성큼성큼 가게 안으로 들어가더니, 당연한 듯이 가장 비싼 코스를 시켰다. 그리고 개인실에 있는 다리 넣는 마루형 테이블 앞에 앉아서 파티를 시작했다.

""맛있어~!""

두 사람은 연습 장기를 두느라 배가 고팠던 것 같았다. 먹는 건 좋아. 얼마든지 먹어. 그래도 자기 돈으로 먹으라고!

"블랙 우롱차 추가! 아니야, 그냥 드링크 무한으로 가자!"

"여름 한정 『갯장어 샤부』라는 건 시작했나? 아직이가? 아섭대이."

갯장어까지 먹으려고?!

금전 감각이 비정상적인 이 아가씨는 일개 서민을 빈털터리로 만들려고 작정한 것 같았다. 과자를 사 먹는 느낌으로 저런 걸 주문하니까, 심장이 멎을 뻔했다고…….

"……이렇게 비싼 걸 얻어먹었으면, 슬슬 이야기 좀 해 주는 게 어때요? 가쿠메키 츠바사에 관한 엄청난 정보를 가지고 있는 거죠……? 예?!"

"재촉하지 마, 쓰레기. 음식 맛 좀 즐기잔 말이야. 자아, 새우 줄게. 가장 맛있는 머리야~."

"됐어요! 먹다 남긴 거잖아요!!"

나를 놀리며 깔깔 웃은 츠키요미자카 씨는 다 마신 우롱차의 리필을 부탁한 후, 천천히 이야기를 시작했다.

"……츠바사 씨는 말이지? 우리 세대한테 있어서 히어로야."

"히어로?"

"《불멸의 츠바사》는…… 가쿠메키 씨는 우리보다 두 학년 윗분이대이."

쿠구이 씨가 의아해 하는 내 얼굴을 쳐다보며 입을 열었다.

"남자들 사이에 섞여 장기 전국대회에 나가 이름을 떨쳤고, 초등학교 6학년 때는 당시 최초의 여자 초등학생 명인이 되었대이. 그리고 장려회에 들어갔다 아이가. 여자 초등학생이 장려회에 들어간 건 가쿠메키 씨가 사상 최초인 기라. 그런 활약을 보인 그 사람은 당시에 『불멸』이라 불리며 칭송됐재."

"그런 츠바사 씨가 있었기 때문에, 우리 세대는 '여자라도 얼마든지 할 수 있다'고 생각했던 거야."

"장기는 물론이고 행동거지 하나하나까지 동경했다고나 할까…… 존경의 대상이었대이."

"그래! 존경이라는 말이 가장 확 와 닿네."

츠키요미자카 씨와 쿠구이 씨, 그리고 아유무가 초등학교 4학년 때, 가쿠메키 씨는 초등학교 6학년이었다.

확실히 히어로처럼 보였으리라. 나는 무심코 이렇게 중얼거렸다.

"놀랍네요……."

"츠바사 씨의 경력이 말이야?"

"아뇨. 두 사람의 입에서 『존경』이라는 말이 나온 게……."

"이 자식, 확 우동과 함께 삶아버린다?"

츠키요미자카 씨가 그렇게 말하며 인상을 썼고, 쿠구이 씨도 아무 말 없이 가스버너의 화력을 최대로 올렸다. 팀워크가 끝내 주네. 이러지 말라고.

"그런 두 사람과 아유무가 초등학교 5학년일 때의 초등학생 명인전에서 초등학교 3학년인 내가 우승을 했는데…… 나도 존경했나요?"

"그때는 진짜로 열 받았어. 그래서 두들겨 팬 거야."

"당시에 여러 감정을 느끼기는 했지만, 존경심은 느끼지 않았대이."

너무해~.

"용왕 씨한테도 1년 선배 우승자다 아이가. 와 모르는 긴데?"

"그게 예전 우승자한테는 딱히 관심을 가지지 않았거든요…….
초등학생 명인전에 나갔던 것도 사부님이 나가라고 해서 나간 거
고, 우승을 하든 못하든 장려회 수험은 할 예정이었어요……."

"흥! 이래서 장기별 사람은……."

츠키요미자카 씨는 짜증 섞인 어조로 투덜거렸다.

하지만…….

"두 사람이 『존경』한다고 하는 사람에게 이런 말을 하고 싶진
않지만…… 가쿠메키 씨가 두는 장기는……."

"…………장려회에 들어가기 전에는, 지금 같지는 않았어."

츠키요미자카 씨는 화가 난 듯한 어조로 말했다.

"내가 여류기사 활동을 멈추고 장려회에 들어가자마자, 츠바
사 씨의 장기를 보러 갔어. 칸토 장려회는 기보를 남기지 않으니
까, 몇 년 만에 본 건데…… 깜짝 놀랐어. 그건…… 그딴 건 장기
라고도 할 수 없잖아?"

"전혀 다른 룰로 장기를 두고 있다고 저도 느꼈어요. 그 독특한
감각이 그 사람의 강점이라고 생각했는데…… 옛날에는 그렇지
않았던 거죠?"

"완전 정통파 앉은비차파였어. 장려회에 들어가기 전에는 말
이지. 공격형 장기를 두는 내가 보기에도, 공격의 센스가 상상을
초월했어."

《공세의 대천사》라 불리는 사람은 고개를 숙인 채 떨리는 목소
리로 그렇게 말했다.

"나는…… 나는 말이지? 그 사람을 목표로 삼았어. 그런

데…… 젠장!!"

"우리 세대는 누구라도 료와 같은 마음일 거래이."

쿠구이 씨는 친구를 위로하듯 그렇게 말했다.

"불멸이라 여겨졌던 기록은 긴코 양이 전부 깨버려서, 지금은 잊힌 존재가 됐지만…… 솔직히 말해 긴코 양은 너무 강하대이. 비교 대상 자체가 잘못된 기다. 여성이 장려회 2급까지 올라가는 게 얼마나 힘든 일인디……."

"하지만 말이야. 이제 와서 이런 소리를 하는 것도 그렇지만, 나는 츠바사 씨의 재능이 긴코보다 못하다고는 생각하지 않아."

츠키요미자카 씨는 눈을 반짝이며 그렇게 말했다.

"긴코는 확실히 강해. 나도 계속 지기만 하고 있어. 하지만 장려회에 들어가기 전에 츠바사 씨가 두던 장기는 긴코의 장기보다 화려했어. 재능이 찬란히 빛나고 있었지."

재능…….

나는 냄비 안에서 익어가고 있는 우동을 쳐다보며 중얼거렸다.

"……장려회에서 치인 게 나쁜 영향을 준 걸지도 몰라요."

"나쁜 영향?"

쿠구이 씨는 고개를 갸웃거렸다. 이 자리에서 장려회를 경험해 보지 않은 건 쿠구이 씨뿐이다. 그래서 내 말이 바로 이해가 되지 않는 것이리라.

"장려회에 모이는 건 각 지역에서 적수가 없던 천재들이에요. 자기 생각대로 장기를 두기만 해도 이기던 이들이죠. 즉, 공격만 하다 보면 이겼던 거예요."

"하지만 장려회에 들어가서 처음으로 벽에 부딪히는 거야. 천재와 천재의 싸움이 벌어지면서, 비로소 공격 이외의 무언가가 필요하다는 걸 깨닫는 거지. 장려회에는 천재 중의 천재도 있잖아. 평범한 천재는 다른 궁리를 하는 수밖에 없어……. 서반을 공부한다거나 말이야."

츠키요미자카 씨의 설명에는 장려회의 모든 것이 담겨 있었다.

자신의 방식대로 우직하게 살아갈 수 있는 건 극히 일부다.

다른 천재는 많든 적든 변화할 수밖에 없는 것이다.

"그 결과, 극단적인 응수 장기를 두게 되는 사람도 있어요. 원래 기풍이 응수라면 다행이지만, 그렇지 않은 사람이 급격하게 폼체인지를 하다 보면…… 장기 자체가 망가지고 마는 거죠."

응수가 특기인 기사가 나에게 지고 한 말이 있다.

『수명을 깎아먹었는데도 지다니, 너무 괴롭군…….』

내 사부님도 응수 장기를 두며 이를 너무 악문 바람에 어금니가 닳고 말았다.

누구도 응수로 이기고 싶지는 않으리라.

응수 장기를 둔다는 것은, 무리하고 있다는 뜻이나 다름없다.

"사저는 원래부터 밸런스형 기풍이었기 때문에 스타일을 많이 바꿀 필요는 없었어요. 감각이 이상해지지도 않았죠. 하지만……."

"가쿠메키 씨는 망가지고 만 기가……."

"선수든 후수든 천일수를 노리는 극단적인 대기 전술. 그리고 상대가 조바심이 나서 무리한 공격을 펼친다면 그때를 기다린 것처럼 응수로 깨뜨리죠. 그리고 상대가 그 응수를 경계해서 마찬가지로 대기 전술을 펼친다면 틈을 봐서 입옥을…… 어찌 보면 완성된 기풍이라 할 수 있겠네요."

상대의 옥을 잡는 것이 아니라 점수 승부인 지장기를 두는 것이 목적인, 진흙탕 싸움에 특화된 기사다.

그것은 심해어를 연상케 했다.

"누구도 살 수 없는 어둡고 괴로운 해저에 가라앉고서야, 가쿠메키 씨는 장려회라는 거친 바다 안에서 살아남을 수 있었던 거죠."

그 심해에서 보낸 10년이란 세월을 생각하면…….

"……츠키요미자카 씨는 장려회에서 가쿠메키 씨와 대국을 한 적이 있나요?"

"내가 칸토의 장려회에 있었던 기간은 1년밖에 안 돼. 당시에 츠바사 씨는 2급이었어. 6급에서 7급으로 강등된 나는 그 사람과 붙을 기회가 없었지……."

마음의 상처는 간단히 벌어진다. 나는 츠키요미자카 씨에게 이런 이야기를 하게 해서 미안했다.

"료가 장려회에 있었던 건 몇 년 전 일이재? 대체 가쿠메키 씨는 장려회 2급인 채, 몇 년이나……."

"무승부로는 장려회에서 승급할 수 없으니까요. 프로라면 승률이 5할을 넘으면 은퇴하지 않아. 하지만 장려회 회원은 연승해서 위로 올라가지 않으면, 연령 제한이라는 벽에 부딪히게 되죠."

가쿠메키 씨는 특수한 형태로 진화를 하면서, 장려회 안에서 살아남기는 했다.

하지만 하루에 세 번 대국을 하는 장려회에서, 그 모든 대국에서 응수와 지장기로 승부하는 것은 체력적으로 불가능하다.

유단자가 되기 위해서는, 넓은 하늘을 향해 날갯짓하기 위해서는, 수면 밖으로 얼굴을 내밀어야 한다.

하지만 심해어는…… 심해를 벗어나면 숨조차 쉬지 못하는 것이다.

『나는 이미 죽었어.』

그 말의 의미는, 분명…………

"아무튼 말이야."

츠키요미자카 씨는 앞 접시에 담긴 국물을 들이켠 후, 이렇게 말했다.

"입옥 장기의 감각은 하루아침에 터득할 수 있는 게 아니야. 소프트조차도 입옥을 하면 기력이 하락하기 때문에 기보의 해석조차 어렵고, 연습 상대도 없어. 우직하게 공격만 펼치는 너의 제자 1호와는 상성이 최악이야. 어떻게 할 거야?"

"글쎄요……."

츠키요미자카 씨가 방금 말했다시피, 아이에게는 최악의 상대다.

공략법도, 하물며 대책을 세우는 것조차 어렵다.

그런 심해어가 상대라면——.

"하늘이라도 날게 할까요?"

"""뭐?"""

🔔 용왕, 초등학교 데뷔

"차렷!"

마흔 명의 초등학생이 일제히 자리에서 일어났다.

"선생님께 인사!"

마흔 명의 초등학생이 일제히 고개를 숙였다.

그리고——.

"""잘 부탁드립니다! 쿠즈류 선생님!!"""

마흔 명의 초등학생이 일제히 내 이름을 외쳤다.

우와아…….

초등학생이, 잔뜩 있어…….

"저, 저야말로…… 잘 부탁해요?"

나는 교단에 선 채, 딱딱한 미소를 지으며 인사를 했다.

——여기가, 아이가 매일 다니는 교실이구나…….

처음으로 와 본 키타후쿠시마 초등학교 5학년 4반 교실에는, 뭐랄까…… 어린애들이 잔뜩 있었다. 당연한 거겠지만…….

아이는 불안한 표정으로, 미오 양은 흥분한 표정으로 나를 쳐다보고 있었다.

"오늘부터 직접 체험 학습 수업을 도와주실, 프로 기사이신 쿠즈류 야이치 선생님이세요."

그렇게 설명한 사람은 담임인 카네가사카 미사오 선생님이다.

"여러분이 살고 있는 후쿠시마구에는 전국에 두 개밖에 없는 장기회관 중 하나가 있어요. 그리고 여러분의 친구인 히나츠루 아이 양은 이미 여류기사로서 일하고 있으며, 미즈코시 미오 양 또한 여류기사를 꿈꾸며 장기 공부를 하고 있죠."

미리 조사를 했는지, 카네가사카 선생님은 흔들림 없는 어조로 설명을 했다.

"쿠즈류 선생님은 장기계의 최고 타이틀인『용왕』을 보유하고 계시지만, 나이 자체는 여러분과 일곱 살 차이밖에 안 나요. 장기에 관해, 그리고 기사라는 일에 대해 선생님에게 배워서, 여러분의 꿈을 이루는 데 참고해 주셨으면 해요."

"""예~!!"""

5학년 4반의 클래스 목표는『꿈을 향해 날갯짓한다』.

그리고 카네가사카 선생님의 실행력은 엄청났다.

이렇게 학교에서 수업을 하게 해 줬으며, 칸사이 장기회관에서 아이의 대국을 견학하는 것도 허락을 받아냈다. 게다가 그 대국의 기록 담당은 미오 양이다. 덕분에 평일 대국인데도 아이와 미오 양은 학교 출석을 한 것으로 되지만, 나는 츠키미츠 회장과 오가 씨에게서 '용왕은 초등학생이 얽힌 일에는 참 열성적이군요.'라는 여러 의미로 해석 가능한 찬사를 받았다. 그래. 나는 로리콤이라고, 로리콤.

"흐음~? 저 사람의 그 소문 자자한 사부님이구나?"

아이의 옆자리에 앉아 있는 꽤 화려한 인상의 여자 초등학생이 반 전체에 들릴 듯한 목소리로 내 이야기를 하기 시작했다.

"듣던 것과는 다르게 멋지지는 않지만, 듣던 것처럼 쉬운 남자 같네. 내가 준 책과 옷으로 바로 넘어왔지아?"

"미, 미하네?!"

아이는 얼굴을 새빨갛게 붉히더니, "아으아으⋯⋯." 하고 신음을 흘리며 나를 힐끔 쳐다보았다.

저 아이가 내 제자에게『여자 초등학생 4학년』이라는 악마의 교전, 그리고『로리콤을 죽이는 옷』을 준 범인이구나⋯⋯. 요주의 인물이야⋯⋯.

그런 미하네 양처럼 당당하게 말하지는 않지만⋯⋯.

"어른이야⋯⋯." "남자 어른이야⋯⋯!" "우리 오빠와 비슷한 또래 같네~?" "저 사람이 아이의 사부님?!", "가족이 아닌데 같이 사는 사람이지?!"

다들 장기보다 나와 아이의 관계에 흥미가 있는 것 같았다.

"장기말을 옮기는 법은 이미 가르쳐 뒀어요. 그럼 자유롭게 수업을 진행해 주세요."

카네가사카 선생님은 그렇게 말하더니, 교실 구석으로 이동했다.

"⋯⋯교단에 선 이상, 당신도 성직자(聖職者)예요. 절대 성식자(性食者)가 되지 않기를 빌죠⋯⋯."

카네가사카 선생님은 내 옆을 지나가며 그렇게 말했다.

하지만 나는 움츠러들 수 없다. 아이를 내 곁에 두기 위해⋯⋯ 그리고 무엇보다 초등학생 장기 보급을 위해, 내가 가진 모든 보급 기술을 전부 펼치겠어!!

"그럼 옆자리에 앉은 사람과 대국을 해 주겠어? 아이, 도와주렴."

"아…… 예! 사부님!!"

아이가 허둥지둥 자리에서 일어나자, 반 아이들의 시선이 쏠렸다.

아이들을 컨트롤할 때 가장 중요한 것은 우선 주의를 끄는 것이다.

가장 곤란한 것은 아이들이 흥미를 잃고 딴짓을 하기 시작하는 것이다.

"……그러니까 나와 아이에게 흥미를 가져주는 건 오히려 잘된 거야. 이 흥미를 장기로 돌리기만 하면 돼."

"아! ……역시 사부님은 대단하세요……!"

우리는 몰래 그런 이야기를 나눈 후, 대국용 비닐 장기판과 플라스틱 장기말을 나눠줬지만――.

장기 세트를 받고 이것이 『놀이』라고 인식한 건지, 아이들은 멋대로 장난을 치기 시작했다.

"다, 다들! 진지하게 장기를 두자! 응?!"

미오 양이 주의를 줬지만, 다들 관심을 가지지 않았다.

"사, 사부님…… 어떻게 하죠……?"

"……걱정하지 마."

나는 안절부절 못하는 아이를 달랜 후, 큰 목소리로 이렇게 말했다.

"다들! 금방 장기를 잘 두게 되는 필승법이 있는데…… 알고 싶지 않아?"

"""어!!"""

초등학생들은 깜짝 놀라며 나를 쳐다보았다.

좋아! 먹혔어!

"실은 가능하면 가르쳐 주고 싶지 않고, 아이와 미오 양에게도 아직 안 가르쳐 줬거든~? 그래도 특별히 너희한테만 몰래 가르쳐 줄 수도 있는데………… 들어볼래?"

"""…………응!"""

내가 목소리를 낮추며 그렇게 말하자, 초등학생들은 눈을 반짝이며 몸을 쑥 내밀었다.

나는 충분히 뜸을 들인 후, 답을 말했다.

"금방 장기를 잘 두게 되는 필승법, 그건 바로………… 인사야!"

"""인…………사?"""

다들 그 뜻밖의 대답을 듣고 흥미가 생긴 것 같았다.

"레벨을 올리려면 강한 몬스터를 많이 잡아야 하지? 그것과 마찬가지로 장기는 강한 사람과 많이 둬야만 강해질 수 있어. 그리고 강한 사람과 실컷 장기를 두기 위해선, 어떻게 해야 할까?"

"""……?"""

"강한 사람과 친구가 되면 되는 거야! 그래서 인사가 중요한 거야. 스스로 예의 바르게 인사를 건넨다면, 분명 친해질 수 있을 거야."

아이들의 눈에 이해의 빛이 어렸다.

"장기는 둘이서 두는 거잖니? 그러니 친구가 많으면 많을수록 빨리 강해질 수 있어. 거꾸로 싫은 사람이 생기면, 그만큼 자기 자신에게 마이너스가 되는 거야."

그러니까―― 하고 말한 나는 가슴을 펴며 말을 이었다.

"강해지고 싶다면, 똑바로 인사를 해서 누구와도 친해지도록 해. 알았지?"

"""예!!"""

다들 아까와는 다르게 한목소리로 대답을 했다.

그때 미오 양이 "잘 부탁드립니다!" 하고 시범 삼아 인사를 하자 클래스메이트들도 차례차례 따라 했고, 그 뒤를 이어 제대로 된 장기가 시작됐다.

"흐음……."

교실 구석에서 내 수업을 지켜보고 있던 카네가사카 선생님이 감탄한 것처럼 고개를 몇 번이나 끄덕이더니, 뭔가를 메모하고 있었다. 만세! 점수를 딴 것 같아!

"좋아～! 그럼 오늘은 특별히 뭐든 가르쳐 주겠어! 질문 있는 사람?! 뭐든 물어봐도 돼!"

"저, 저기……!"

얌전해 보이는 여자애가 마음을 단단히 먹은 듯한 표정을 지으며 손을 들더니――.

"아이와 결혼한다는 게…… 사실인가요?"

엄청난 폭탄을 투하했다.

"""뭐엇～?! 결호오오오오오온――――?!"""

교실 전체가 경악으로 휩싸였다. 당연했다. 나도 경악했다.

한편, 아이는 벌떡 일어나 소리쳤다.

"아, 아니야! 결혼 '할지도' 모르는 거야~!! 결혼(예정)이란 말이야!!"

YES이자 NO라고 할 수 있는 그 해명은 불에 기름을 끼얹는 결과를 낳았으며, "미오도 쿠즈류 선생님의 집에 묵은 적 있대!" "그럼 사귀는 거네!" 같은 이야기까지 나오면서 사태는 초등학생 특유의 발상의 비약에 따라 심각해졌다.

"그래! 쿠즈류 선생님은 친구가 아니라 애인이 많아서 강한 거구나!"

"친구보다 애인이 더 중요한 거네!"

"하지만 결혼하면 애인이 말고 아내 아니야?!"

"그럼 쿠즈류 선생님은 초등학생 아내가 잔뜩 있는 거구나!!"

와~ 쿠즈류 선생님 짱~! 같은 뜻밖의 형태로 초등학생에게 존경을 받게 됐지만…… 조용해졌던 교실은 아까보다 더 시끌벅적해졌다.

초등학생을 가르치는 건…… 어려워……!!

♟ 헛소동의 애프터스쿨

방과 후가 되자, 아야노 양과 샤를 양도 초등학교에 왔다.

"시, 실례……합니다."

"샤우, 일뽄의 쪼등악꾜에, 쩌음 와써~!!"

텐션이 하늘을 찌를 듯한 샤를 양은 교실에 들어오자마자 구석에 있는 청소 도구함을 열어보고, 반에서 사육하는 햄스터를 잡으려고 하는 등, 여전히 자유분방했다.

나는 일단 두 사람을 자리에 앉힌 후, 상황을 설명했다.

"으음…… 카네가사카 선생님의 호의로, 방과 후에 이 교실을 여초연을 위해 개방하게 됐습니다!"

내 아파트에 모이는 게 금지되어서 이런 고육지책을 취하게 됐지만…… 수업을 해 보니 아파트보다 좋은 환경이었다.

책상과 칠판이 있기 때문에, 자택이나 연맹 도장에서 하기 힘든 강의 타입의 지도도 가능하다.

평소 같으면 이론 수업을 질색하겠지만, 학교라는 환경에서라면 집중해서 할 수 있는 것이다!

아야노 양과 샤를 양은 미오 양의 집에서 묵기로 했으니, 늦은 시간까지 수업을 해도 된다. 걸어서 갈 수 있는 거리이며, 카네가사카 선생님이 데려다주겠다고 한 것이다.

이렇게 장점이 넘쳐나는 것이다. 이야…… 초등학교는 정말 최고야!

"그럼 특훈을 시작하자!"

"""예!"""

여초연 멤버인 네 사람이 힘찬 목소리로 대답했다. 카리스마 학원 강사라도 된 듯한 기분이다.

"아마추어 대회는 제한시간이 짧은 속기 장기야. 그러니 속기 장기의 극의(極意)를 익히면 대회에서 반드시 좋은 결과를 낼 수 있어. 그걸 위한 공식이…… 바로 이거야!"

나는 칠판에 그 공식을 적었다.

『자기 옥이 몰리지 않는다 + 상대의 옥을 몰아넣는다 = 승리』

"이거야! 이게 바로 속기 장기의 극의!"

나는 칠판을 치며 설명했다.

"초읽기에서는 외통수를 읽는 게 어렵지? 그렇다면 무리해서 상대의 옥을 잡을 필요가 없어. 자기 옥이 안전하기만 해도 이길 수 있거든."

옥(玉)을 잡을 수 있는지 없는지를 완벽하게 읽는 능력은 하루 아침에 익힐 수 있는 것이 아니며, 재능에 크게 좌우되기도 한 다.

그렇다면 단기간에 비약적으로 실력을 늘리기 위해서는 어떻 게 하면 될까?

읽는 것이 불가능하다면, 외우면 된다.

"그러니 우선 『지지 않는 전형(戰形)』을 암기하는 거야! 외워 두기만 해도 강해질 수 있으니까, 팍팍 외워둬!"

요즘의 자유로운 교육을 역행하는 교육 방법이지만, 효율은 이 게 가장 좋다.

『지지 않는 전형』을 정리해 둔 프린트를 돌리자, 미오 양은 깜 짝 놀란 것처럼 몸을 뒤로 젖혔다.

"우왓! 꽤 많네요~."

"『장군을 당하지 않는 전형』은 얼마 안 되지만, 『장군을 당하더라도 지지 않는 전형』은 많거든. 그것 말고도 『상대에게 비차나 금이 없을 때는 지지 않는 전형』이나 『상대에게 계마가 없을 때는 지지 않는 전형』 같은 것도 있어!"

확실히 그 숫자는 많았다. 조건도 다양하기 때문에 외우는 게 쉽지 않을 것이다.

하지만 아야노 양은 눈을 반짝이며 이렇게 말했다.

"이 『지지 않는 전형』만 외워 두면, 아슬아슬한 종반전을 펼치면서도 자기 옥이 잡힐지 수읽기를 할 필요가 없네요! 저는 종반이 약하지만 외우는 건 잘하니까, 최선을 다할게요!"

"샤우도~! 샤우도, 쫑반에 깡애찌래~!"

자기 옥(玉)이 안전하면 적의 옥을 해치우는 데 집중할 수 있다.

상대보다 절반의 수읽기만 해도 된다는 것은, 상대보다 절반의 기력으로도 이길 가능성이 있다는 의미다.

"완벽하게 암기하면 상도 줄게! 오늘 안에 다 외우자!!"

"""와아~, 상이다~!!"""

눈앞에서 당근이 대롱거리자 집중력이 상승했다! 초등학생을 다루는 건 식은 죽 먹기라고!!

"저기…… 사부님?"

다른 이들이 프린트와 씨름하는 가운데, 유일하게 지시를 받지 못한 아이가 손을 들며 질문을 던졌다.

"저는 프린트를 안 주시는 건가요?"

"아이는 다른 메뉴를 소화해 줘야겠어. 공식전을 앞두고 있으니까 말이야."

이제까지 나는 아이가 다음에 싸울 상대…… 가쿠메키 츠바사 씨에 대해 다양한 정보를 모았다.

그런 정보를 종합한 결과──.

"다음에 싸울 상대는 아마 지금까지 맞장기를 둔 상대 중에서 가장 강할 거야. 쉽게 이길 수는 없겠지. 하지만 철저하게 준비한다면 충분히 승산이 있어."

"윽! ……예! 제가 뭘 하면 되죠?!"

나는 긴장한 제자에게 다른 프린트를 건네며 이렇게 말했다.

"장기 묘수풀이를 풀어."

"예? ……장기 묘수풀이, 요?"

"응. 문제는 준비해뒀어. 오늘은 시간도 잴 거야."

"저, 저기…… 하지만………… 마리아 양이 '장기 묘수풀이는 아무 의미도 없다.' 라고 했는데…… 그리고 하나다치 선생님도 잡지의 대담에서 같은 말을……."

"의미는 있어. 스승인 나를 믿고, 해 보자."

"……예. 알았어요."

아이는 대답을 했지만, 완전히 납득하지는 않은 것 같았다.

그럴 만도 했다. 방금 내 입으로 『상대의 옥을 잡을 필요는 없다』하고 말했으니까 말이다.

하지만 아이는 장기 묘수풀이를 정말 좋아한다.

"…………이렇게…… 이렇게…… 이렇게, 이렇게, 이렇게, 이렇게…………."

곧 문제를 진지하게 풀기 시작했다.

"카네가사카 선생님. 아이가 다 풀면, 시험 문제 풀이를 하는 느낌으로 답을 체크해 주세요. 저는 다른 애들을 가르치겠어요."

"알았어요."

"이게 문제와 해답이에요."

선생님은 내가 준 것을 보더니, 미심쩍은 표정을 지었다.

"…………이게 뭐죠?"

"장기 묘수풀이인데요?"

"말도 안 돼요. 제가 서점에서 산 장기 묘수풀이 문제집에는 이런 영문 모를 마법진 같은 문제는 없었어요. 그것보다 이건 풀 수가 있는 건가요?"

"어떤 책을 샀죠?"

"핑크색 표지의 책이었어요. 가장 많이 팔리는 장기 묘수풀이 책이라고 들었어요."

"아, 그건 세 수 묘수풀이나 다섯 수 묘수풀이겠네요. 그것도 대단한 책이지만…… 그게 초등학생 문제라면, 아이가 풀고 있는 건 대학원 입시 수준의 난이도예요."

"그렇게 차이가 나나요?!"

"예.『장기 묘수풀이 해답 선수권』의 문제니까요."

"장기 묘수풀이…… 해답 선수권?"

"프로 기사도 출전하는 어엿한 대회예요. 대회를 운영하는 장기 묘수풀이 작가도 온 힘을 다해 어려운 문제를 만들기 때문에,

프로도 풀 수 없는 문제가 나오죠."

아이가 풀고 있는 건, 그 대회 제1라운드의 문제다.

어려운 문제가 즐비한 제2라운드보다는 쉽지만, 그래도 평범한 장기 묘수풀이와는 비교도 안 될 만큼 레벨이 높다.

제한 시간은 90분이지만, 올해 우승자는 절반도 안 되는 40분만에 모든 문제를 풀었다.

아이는 장기 묘수풀이가 특기지만, 아마 고전할 것이다.

"저기…… 사부님?"

"응? 아이, 왜 그래? 문제가 이상한 거야?"

"다 풀었어요."

"뭐?"

"다 풀었어요."

"으…… 응! 그렇구나! 하, 하지만 빨리 푸는 것보다, 저기…… 정확성이 중요하거든! 카네가사카 선생님? 어떤가요?"

"……………………전부 정답이에요."

어?

으음…… 아직 10분밖에 지나지 않았는……데……?

"사부님? 저기…… 시간이 너무 걸렸나요? 틀리면 안 될 것 같아서 몇 번이나 확인을 해 보느라 시간이 더 걸렸는데……."

뭐? ……뭐?

장기 묘수풀이가 특기인 건 알았지만…… 이 정도일 줄은…….

"그, 그래도 다음번이 진짜배기거든?! 아까 건 워밍업 같은 거라고!"

"알았어요! 최선을 다할게요!!"

이번에는 제2라운드의 문제를 건넸다.

이 문제는 전부 다 맞춘 사람이 없을 정도로 어렵다. 아이도 문제를 보자마자 얼마나 어려운지 눈치채고 충격을 받은 것 같으며…….

"이렇게, 이렇게, 이렇게이렇게이렇게이렇게이렇게이렇게이렇게이렇게이렇게————."

뇌를 풀로 가동하면서 문제에 몰두했다.

이렇게 각자 열심히 과제를 수행하고 있는 여초연 멤버들을 보면서, 카네가사카 선생님이 말했다.

"……장기란 참 대단하네요."

"예?"

"자랑삼아 하는 말은 아니지만, 저는 초등학생 때부터 우등생이었어요."

선생님은 자랑스러워하는 것이 아니라 오히려 부끄러워하는 듯한 어조로 말을 이었다.

"중학교, 고등학교, 대학교 전부 부모님과 교사가 권하는 대로 지역에서 최고로 꼽히는 학교에 다녔고, 교사가 되었어요. 하지만 대학에서 배운 건, 사회에 나와 보니 전혀 도움이 안 되더군요……."

"선생님……."

"처음으로 담임이 되어 보고…… 저는 학교 밖 세상을 전혀 알지 못한다는 걸 실감했어요. 그래서 학교 밖의 세상에서 자신만의 길을 개척하며 나아가는 아이들을 보면, 제가 남을 가르칠 자격이 있는지 불안해져요."

나는…… 그 말을 듣고 놀라면서도, 마음 한편으로 공감했다.

내가 아이를 어떻게 기르면 좋을지 고민하듯, 카네가사카 선생님도 교육자로서 고민을 안고 있는 것이다.

"……중학생 때 공부를 때려치운 제가 이런 말을 하는 것도 이상할지도 모르지만——."

"어?"

"저는 카네가사카 선생님 같은 분이 아이의 담임이어서 안심했어요!"

"예……?"

"중졸인 제가 가르쳐 줄 수 없는 것을, 선생님께서 저의 제자에게 가르쳐 주세요! 장기 이외의 세계를, 그곳에서 무엇을 배울 수 있고, 무엇을 배울 수 없는지를……."

"쿠즈류…… 씨……."

"그리고 뻔뻔한 부탁일지도 모르지만…… 공식전이 있는 날에 학교를 빼먹는 걸 좀 관대하게 봐주셨으면 좋겠다고나 할까요. 아하하!"

"……선처할게요."

방법은 얼마든지 있다며, 선생님은 믿음직한 소리를 했다.

"정말인가요?! 이야, 감사합니다!"

카네가사카 선생님은 엄격하지만, 장기계에 대해 몰이해한 사람은 아니다. 그것만으로도, 아이와 미오 양은 행운아다.

"저도 학생 시절에는 기록 담당과 공식전 때문에 고생했어요~. 학교를 빼먹을 방법만 궁리했다니까요. 그래도 제자에게 학교를 빼먹으라는 소리를 할 수도 없으니까요. 지도자로서 한계를 느끼고 있다고나 할까, 저 자신이 한심하다고나 할까……."

"쿠즈류 군도 나이만 보면 아직 고등학생이죠? 어른 앞에서 괜히 무리할 필요 없어요."

"으! …………선생님……."

난생 처음으로 다정한 말을 듣고, 나는 학생으로 돌아간 듯한 느낌을 받았다.

나는 사실 연상의 여성에게 약하다.

그리고 무엇보다…… 선생님이라는 존재를 좋아한다.

첫사랑도 유치원 선생님이었고…… 다음으로 좋아하게 된 사람은 케이카 씨였으니까…….

카네가사카 선생님은 잠시 망설이는 듯한 반응을 보인 후——내 귓가에 입을 댔다!

"…………쿠즈류 군. 실은——."

선생님이 무슨 말을 하려던 바로 그때였다.

"윽?!"

오싹! 소름이 돋는 듯한 느낌을 받고 뒤를 돌아보니——.

"……………………………………………………"

프린트를 손에 쥔 아이가 아무 말 없이 서 있었다. 왠지 무섭다.

"다 풀었어요."

"그, 그래…………. 금방 풀었네……."

아직 30분도 지나지 않았다. 너무 빠르네. 지릴 뻔했어.

그리고 만약…… 만점이라면…….

"피, 피곤하지? 답은 나중에 맞춰 보기로 하고, 일단 쉬는 게 어때? 아이가 좋아하는 딸기 맛 그것도 준비해뒀으니까——."

"와아~."

아이는 어린애처럼 온몸으로 기쁨을 표현하더니, 나를 향해 얼굴을 내밀며 이렇게 말했다.

"그럼 사부님. 평소처럼 딸기맛 뽀뽀를 해 주세요. 오늘은 볼에 해 주시면 좋겠어요."

그 순간, 교실 안의 공기가 얼어붙는 느낌이 들었다.

"쿠즈류…… 씨? 방금 그게 대체 무슨 소리죠……?"

갓 생겨났던 친근감이 덧없이 사라지더니, 카네가사카 선생님은 끝 부분이 둘로 나눠진 창 같은 것을 로커에서 꺼내 들었다.

"어…… 카, 카네가사카 선생님? 왜 수상한 침입자를 잡을 때나 쓰는 제압봉을 꺼내는 거죠……?"

"수상한 사람을 발견했기 때문이에요."

어? 어디에요? ………어디에요?

"연구회 후에 항상 다 같이 사부님에게 상을 받아요! 다들~, 내 말 맞지~?"

어어어어어어어어어어어어어어어이! 겨우겨우 불길이 잡히고 있는데, 왜 네이팜탄을 투하하는 듯한 짓거리를 하는 건데?!

"어?! 상?! 아이, 약았어! 미오도 받고 싶어~!"

"샤우도~! 샤우도 쩐부터 바꼬 시픈 쌍이 있어~!"

"저, 저도…… 쿠즈류 선생님에게 상을 받고 싶어요…….”

여초딩 일동은 『상』이라는 말에 반응했다.

"설마…… 그렇게 파렴치한 짓을 하는 건가요?! 장기 연구는 어디까지 구실이며, 역시 그 아파트에서 불순 로리 교제를……!!"

카네가사카 선생님은 수상한 사람을 보는 듯한 눈길로 나를 주시하며, 제압봉을 들고 서서히 다가왔다.

"잠깐만요?! 제가 준비한 상은 딸기맛——."

"딸기맛?! 상으로 뭘 준비한 건가요?! 역시 당신은 저열한 성식자(性食者)예요!!"

으윽, 말이 안 통해!

"아이?! 상황이 잘 마무리되려고 하는데, 왜 그런 말도 안 되는 소리를 한 거야?!"

"몰라요! 사부님은 모지리!!"

아이는 볼을 한껏 부풀리며 그렇게 말했다.

……아무리 어려운 장기 묘수풀이도, 초등학교 5학년의 마음에 비하면 아무것도 아니었다.

△ 여초연 붕괴

"쿠즈류 선생님~. 바이바이~.”

"그래. 조심해서 가렴.”

프린트 다발을 옆구리에 낀 나는 가방을 메고 돌아가는 아동들을 향해 손을 흔들었다.

초등학교 교사는 바쁘다.

수업이 끝나도 집에 돌아갈 수는 없다. 숙제로 내준 장기 묘수풀이 답안을 체크해야 하고, 다음 숙제를 준비해야 하며, 수업 준비도 해야 한다. 그러고 나면 방과 후 여초연 지도를 하는 것이다.

"휴우…… 초등학교 선생님은 진짜 바쁘네!"

하지만 충실하기 그지없는 나날이기도 했다.

불행한 오해에서 비롯된 여초연 in 초등학교지만, 5학년 4반의 장기 수업과 함께 순조롭게 궤도에 오르고 있었다.

전에도 말했다시피 학교라는 장소는 교육을 위해 세워진 시설이기에, 가르치기 쉬웠다.

『이런 도구가 있으면 좋겠네!』

『이런 장소에서 장기를 두면 좋겠네!』

……싶은 것이 전부 구비되어 있기 때문에 지도의 폭을 넓힐 수 있었다. 초등학교는 정말 최고야.

하지만…… 장기계의 얼굴인 용왕이 인근 초등학교에서 지도를 하고 있다는 점이 화제가 되고 있는 건지──.

『요즘 쓰레기 용왕이 초등학교에 출몰하나 봐.』

『완전 범죄예비군이네.』

『장기회관에도 안 가고 뭐 하는 거야…….』

『장기회관보다 초딩과 쾌감을 우선한 로리왕은 진짜 로리왕.』

……그런 소문도 인터넷에 퍼지고 있었다.

그래도 괜찮아!

대회에 나가서 기력이 쑥쑥 느는 여초연 멤버들을 보는 기쁨에 비하면…… 내가 로리콤 소리를 듣는 건 사소한 거야. 조그마한 로리보다 더 조그마한 일이라고.

카네가사카 선생님과 진행하고 있는 직장 체험 학습도 순조롭다.

아이의 대국을 견학할 준비도 착착 진행되고 있으며, 학교 전체에서 장기가 유행하고 있다.

『쿠즈류 선생님에게 장기를 배운 후로, 아동들이 인사를 똑바로 하게 됐어요!』

『역시 젊은 나이에 장기계의 정상에 선 용왕답군요!』

『부디 우리 반에서도 장기 수업을 부탁드리고 싶어요!』

교장 선생님을 비롯해, 학교 측의 평판도 좋다.

교무실에 내 전용 책상까지 준비되자, 진짜로 초등학교 교직원이 된 느낌이 들었다. 나, 이쪽에 재능이 있는 걸까?

그런 식으로 미오 양을 비롯한 여초연의 멤버들도, 지도를 하는 나도, 수업을 진행하는 카네가사카 선생님도, 성취감을 느끼고 있었다.

……단 한 사람을 제외하고 말이다.

"응? 아이, 교무실 앞에서 뭘 하고 있는 거야?"

"꺄앗?!"

내가 뒤편에서 말을 걸자, 복도를 네발로 기며 교무실 안을 몰래 훔쳐보고 있던 내 제자가 고양이처럼 펄쩍 뛰었다.

왜…… 네발로……?

"혹시 교무실에 몰래 들어오려고 한 거야?"

"으음…… 저기, 그게………… 으으…….."

"왜 그래? 할 말 있으면 해 보렴."

"저, 저기! 그게………… 저, 사부님에게 사과드려야만 할 일이 있어요!!"

네발로 기고 있던 아이가 그대로 넙죽 엎드렸다.

사과드려야만 할 일? 설마…… 시험문제를 몰래 훔쳐보려고 한 건가?!

"사부님에게 선물 받은 장기말 스트랩을 잃어버렸어요! 죄송해요!!"

"…………뭐야. 그런 일이구나."

괜히 긴장했네. 나는 아이의 손을 잡고 일으켜주면서 말했다.

"연맹 매점에서 잔뜩 파는 그거지? 또 사줄게."

"아, 안 돼요!! 그건 사부님이 처음으로 사주신 소중한 스트랩이라서…… 부적처럼 쭉 가방에 달고 다녔는데…….."

아이는 금방이라도 울음을 터뜨릴 듯한 표정을 지으며 그렇게 말했다.

수백 엔 하는 싸구려 스트랩을 그렇게 소중하게 여겨줬다는 사실에 감동하면서, 나는 물었다.

"어디서 잃어버린 건지는 알아?"

"학교…… 같은데요…… 교내의 다른 장소는 다 찾아봤고, 유실물 보관함도 확인해 봤어요. 남은 곳은 교무실인데⋯⋯."

그래서 교무실에 몰래 들려가려고 한 것일까.

"알았어. 나도 찾아볼게. 그리고 다른 선생님에게도 물어보고."

"감사합니다!!"

아이는 인사한 후에도 돌아가지 않았다.

"왜 그래? 혹시 신경 쓰이는 일이 더 있어?"

"⋯⋯⋯⋯이대로, 괜찮을까요⋯⋯?"

아이는 마음속에 쭉 담아두고 있던 생각을 쥐어짜는 듯한 어조로 말하기 시작했다.

"나니와 왕장전에는 초등학생 명인이⋯⋯ 갓 선생님의 동생이 출전하죠? 그런데 암기를 하거나 장기 묘수풀이를 풀면서 종반 트레이닝만 해도⋯⋯."

"서반을 더 공부해야 한다고 생각하는 거야?"

"⋯⋯⋯⋯."

침묵이 곧 대답이었다.

"여류명적전의 예선 결승 때문에 초조한 건 알아. 하지만 지금은 종반력의 양성이 가장 중요해. 여초연 멤버들에게도, 그리고 아이에게도 말이야."

"저는 괜찮아요! 그것보다——."

"오늘부터 새로운 트레이닝을 시작할 거야. 먼저 가서 준비하고 있어."

"⋯⋯⋯⋯예."

아이는 완전히 납득한 것 같지 않은 표정을 지으며 고개를 끄덕인 후, 돌아갔다.

　제자의 조그마한 등을 쳐다보며 배웅한 나는 교무실에 들어가서 내 책상에 짐을 내려놨다.

　"휴우‥‥‥‥‥ 종반력, 인가."

　나는 책상 위에 놓인 채점을 마친 프린트를 손에 들고 봤다.

　그것은 아이의 장기 묘수풀이 답안이었다.

　그리고 장기 묘수풀이 선수권 챔피언전의 올해 결과도 그 프린트에 실려 있었다.

　3위　사카나시 스미토 3단　82점　180분(제한시간 180분)

　2위　시노쿠보 타이시 7단　80점　180분(제한시간 180분)

　우승　츠키미츠 세이이치 9단　94점　180분(제한시간 180분)

　히나츠루 아이 여류1급　　100점　30분 (제한시간 180분)

　"‥‥‥‥천재라도 너무하잖아‥‥‥. 영세명인의 6분의 1밖에 안 되는 시간에 전부 맞추다니‥‥‥."

　2위인 시노쿠보 씨도 타이틀 경험자다. 츠키미츠 회장은 장기 묘수풀이 작가이자 현역 A급 기사다.

　광속이라는 소리마저 듣는 그 연산속도를 아득히 능가하는 아이의 재능을 어느 쪽으로 이끌면 좋을지‥‥‥ 누구보다도, 나 자신이 가장 망설이고 있었다.

"정렬!! 앞으로…… 나란히!!"

체육복 차림인 나는 하와이 대국 때 산 선글라스를 오래간만에 쓴 후, 목에 건 휘슬을 불었다.

내 앞에 일렬로 선 여초연 멤버 또한 체육복과 반바지(샤를 양만 블루머를 입고 있었다)로 갈아입었다.

"오늘은 체육관에서 특훈을 하겠어!!"

나는 열혈 체육교사가 된 듯한 심정으로 그렇게 외쳤다. 이런 건 태도부터 신경을 써줘야 하거든!

나와 마찬가지로 체육복 차림인 카네가사카 선생님은 차가운 목소리로 나에게 물었다.

"저기…… 왜 체육관에서 수업을 하는 거죠? 장기를 두는 데 이렇게 넓은 장소는 필요 없지 않나요? 부자연스러운데……."

"그 부자연스러움에 익숙해지는 특훈을 할 겁니다!"

"예?"

"나니와 왕장전은 오사카 시민체육관에서 펼쳐지죠. 그곳과 비슷한 환경에서 두면 실제로 대국을 할 때 긴장하지 않을 테니까요."

"환경의 변화가 대국에 그렇게 영향을 주나요?"

"물론이죠! 땀 때문에 장기말을 놓치는 등, 육체적인 조건이 대국에 크게 영향을 끼쳐요. 장기는 엄연한 스포츠니까요!"

이미 5월 중순이다. 확연하게 더워진 것이다. 방과 후라고는 해도, 체육관 안은 후덥지근했다.

대회 당일은 장마철일 가능성도 있다.

"고온다습한 체육관에서 장기를 두기 위해선, 체력이 필수죠. ……그래서 운동도 할 수 있도록, 아이들에게 체육복을 입힌 겁니다! 제 취향이라서 입힌 게 아니에요!!"

"그런 말은 안 했는데요……."

농구부가 이용하고 있는 체육관의 절반을 빌려서, 특훈을 시작했다!

"오늘은 실전 형식으로 대국을 할 거다!"

지지 않는 전형의 암기가 어떤 성과를 낳는지, 실전을 통해 시험할 것이다.

중요한 것은———.

"자신의 직감을 믿으며 공격하는 거야!"

수비를 먼저 가르친 것은 지키는 것으로 이기기 위해서가 아니다.

바로 공격에 집중하기 위해서다!

"안전한 승리를 노리게 되면, 여차할 때 공격을 못하는 체질이 되고 말아. 그러니까 의도적으로 공격을 해서 승부를 하는 습관을 길러. 대국을 연이어 두면서 그 감각을 몸에 새기는 거야!!"

"""예!! 쿠즈류 선생님!!"""

"지금은 코치라고 불러!"

"""예!! 코치!!"""

운동부 분위기를 자아내서, 이론이 아니라 무의식적으로 앞으로 나아가려 하는 마음을 먹게 한다. 결코 내 취향이라서(이하 생략).

나는 두 명을 동시에, 아이는 한 명을 상대하며 대련을 시작했다.

기력 차이가 크기 때문에, 전부 접장기로 대국했다.

"미오 양은 자기 자신을 믿어! 직감에서 나온 수만 깊이 읽는 거야!"

"예, 코치!!"

"아야노 양! 외통수를 놓쳐도 개의치 마! 그럴 때를 대비해 싸기가 있는 거야! 포기하지 않고 몇 번이든 승부하고 또 승부하는 거야!!"

"아, 예!!"

"샤를 양! 템포 좋게 수를 둬! 초읽기 때는 시간을 다 쓰는 게 아니라, 최대한 빨리 두는 거야! 타임오버로 지는 건 절대 안 돼!"

"오~! 샤우, 빠리 뚤꼬야~!"

대회에 대비한 연습 장기는 평소보다 격렬하며, 접장기로 아이에게 진 아이들이 자신감을 잃을 수도 있는 극약 처방이지만…… 나는 성취감을 느꼈다.

여초연 멤버들…….

그리고── 아이의 장기에서 말이다.

"좋아. 잠시 쉬자."

"예~……. 실컷 뒀어!"

두 시간 동안 쉬지 않고 장기를 둔 미오는 체육관 바닥에 넙죽 엎드렸다.

"으으~. 너무 둬서 손가락이 아파요……."

"샤우 마리지? 온몸이, 땀 뻑뻑이야~."

수를 둘 때 오랫동안 생각하는 타입인 아야노 양은 속기 장기가 익숙하지 않아서 그런지 손가락이 아픈 것 같았고, 샤를 양은 땀에 젖은 체육복이 기분 나쁜지 벗으려고 했다. 안 돼~!!

바닥에 드러누운 채 숨을 고르던 미오 양이 말했다.

"······괴롭기는 하지만, 여초연 멤버들이 다 같이 학교에서 장기를 두니까 즐거워!"

"그래?"

"응! 아이와 미오는 학교가 같지만, 아야농과 샤를은 다른 학교잖아? 이런 느낌으로 다 같이 이것저것 하고 싶었어······."

미오 양은 그렇게 말한 후, "영차!" 하면서 바닥을 박차고 일어서더니······.

눈을 반짝이며 나에게 조르기 시작했다.

"저기~ 코치! 모처럼 체육관에 모였으니까, 다 같이 스포츠를 하자~! 평소 한 적 없으니까, 기념 삼아서 말이야!"

"그럴까······."

솔직히 말해, 대회에 맞춰 해야 할 것은 정말 많았다.

게다가 이것은 나와 아이만이 알고 있는 점인데, 나니와 왕장전에는 초등학생 명인인 칸나베 마리아도 출전한다.

──초등학생 명인에게 이기기 위해선, 제아무리 수련을 해도 모자란 것이다······.

하지만, 이제 와서 초조하게 굴어선 효율이 떨어질 것이다.

1년 넘게 지도를 해오면서, 이 아이들의 성격은 파악했다.

장기를 좋아하지만, 주입식 지도는 이 아이들의 적성에 맞지 않는 것이다.

그래서 나는 미소를 지으며 이렇게 대답했다.

"그럼 저쪽에서 하고 있는 농구에 끼워달라고 할까?"

여자 초등학생에게 최적의 스포츠를 꼽자면 그것은 바로 농구일 것이다.

"만세~! 미오가 농구공을 가지고 올게!"

미오 양은 체육창고로 뛰어가더니, 농구공으로 드리블을 하면서 돌아왔다.

샤를 양도 기뻐했다.

"오~. 샤우, 농꾸 쪼아해~."

"저, 저는 구기 종목은 잘 못하는데…… 아이 양은 어떤가요?"

"…………완전 꽝이야."

"""어?"""

홀로 장기판 앞에 앉아 있던 아이가 차가운 목소리로 되풀이해서 말했다.

"완전 꽝이라고 말했어. 안 들린 거야?"

농구를 말하는 게 아니다.

다른 이들과 장기를 두며, 아이는 나와 같은 것을 느꼈으리라.

"방금 장기, 다들 종반이 엉망진창이었지?"

"그, 그게…… 아이처럼 종반에 외통수까지 몰아가는 건, 우리에겐 아직 무리지만——."

"그럼 언제 할 수 있게 되는데?"

아이는 굳은 목소리로 따지듯 말했다.

"못한다면 연습해야 하지 않아? 게다가 사부님이 외우라고 한 것도 아직 완벽하게 기억하지 못했지? 그런 건 집에 가서 외워서 와야 하지 않아?"

아이는 옳은 말을 담담히 입에 담았다.

같은 초등학생이기에 배려하지도, 주저하지도 않았다.

"그런데 뭐? 공놀이? 할 마음이 있기는 한 거야?"

"있어! 그러니까 매일 연구회를 하는 거잖아! 아이도 참가하고 있으니까, 우리가 얼마나 진심인지 아는 거 아니었어?!"

"연구회? 이게 말이야?"

아이는 코웃음을 치더니, 마치 도발하듯 말했다.

"이건 연구회가 아니야. 나한테는 지도대국이야."

그 차갑고 날카로운 그 말에——.

"…………그런 식으로 생각했던 거야?"

미오 양은 마음에 깊은 상처를 입은 것처럼, 들고 있던 농구공을 무심코 놓쳤다.

"그렇잖아? 접장기거든? 중요한 공식전 직전에 장기 묘수풀이와 접장기만 두고 있단 말이야. 이건 연구회가 아니야."

"윽!! ……미오도, 좋아서 접장기를 두는 게——."

"접장기를 두기 싫다면, 강해져야 하지 않아? 그런데 왜 농구 같은 거나 하려고 하는 건데?"

터엉!

미오 양은 공을 바닥에 집어던지면서 외쳤다.

"그럼 됐어! 미오도 아이한테 안 배울 거야!!"

"사부님."

아이는 굳은 목소리로 나를 부르더니, 이렇게 말했다.

"저는 이미 여류기사예요. 혼자서 연구도 할 수 있고 중요한 공식전을 앞두고 있어서 집중하고 싶으니, 이 연구회를 관두겠어요."

과, 관둬?! 여초연을?!

확실히 기력과 지위의 차이를 생각하면, 여초연은…… 아이에게 있어 공부가 아니라 지도라고 해도 과언이 아닐지도 모른다.

하지만 나는 나만의 생각을 가지고, 아이를 지도해 왔다. 지금은 그 의도를 전할 수 없지만…….

게다가…… 아무리 생각해도 아이의 발언은 이상했다.

아이는 아까 교무실 앞에서 자기 걱정이 아니라——.

그런 내 생각을 뒷받침하듯, 아이는 체육관을 나가려 했다.

"아이!!"

내가 아이의 등을 쳐다보며 소리치자, 그제야 걸음을 멈췄다.

"장기 묘수풀이를 풀어. 그것도 지금까지 풀지 못했던 걸 필사적으로 푸는 거야. 풀 때까지는 절대로 답을 보지 마."

대답은 들리지 않았다. 아이는 두 번 다시 뒤를 돌아보지 않으며, 체육관을 나갔다.

　미오 양과 아이의 만남에서 비롯된 여초연은, 그 두 사람의 결별에 따라 허무하게 끝을 맺이했다.

♟ 자매

　여초연에 균열이 생긴, 그날 밤의 일이에요.
　저는 샤를 양을 데리고, 마치 언니의 저택을 찾았어요.
　샤를 양이 '장끼 더 둘래!' 하고 말하며 떼를 써서, 마치 언니 말고는 의지할 곳이 없었어요.
　갑작스럽게 찾아왔는데도, 마치 언니는 싫은 기색 하나 보이지 않으며…… 저와 샤를 양에게 장기를 가르쳐 주셨어요.
　그뿐만 아니라 제가 걱정되는지, '오늘은 우리 집에서 자고 갈끼재?' 하고 말해 주셨어요.
　실은…… 저는 장기를 두면서 울음을 터뜨렸거든요.
　"난처하게 됐대이. 마치 내가 울린 거 같다 아이가."
　"으흑…… 훌쩍…… 죄, 죄송해요……."
　"마음이 찰 때는 말이재? 우선 몸부터 따뜻하게 해 주는 기다."
　지쳐서 장기판에 엎드리듯 잠든 샤를 양을 이부자리에 옮긴 후, 마치 언니는 저에게 같이 목욕하자고 했어요.
　사형제라고는 해도…… 둘이서 같이 목욕하는 건 오늘이 처음이에요.

"친구를 아끼는 아이 양이 그런 소리를 한기가? 그건 그렇고…… 후후. 아이 양에게 접장기를 두게 하다니, 역시 용왕 씨 대이. 착안점이 재미있다 아이가."

제가 자초지종을 이야기해 주자, 마치 언니는 웃음을 흘리며 이렇게 말씀하셨어요.

"하지만 장기 묘수풀이를 하는 이유를 모르겠대이. 어려운 장기 묘수풀이를 풀어봤자 실전에 도움이 안 된다는 건 상식인디…… 게다가 《불멸의 츠바사》와의 종반전은 깔끔한 외통수가 읎는 진흙탕 시합이 될 거대이. 그건 용왕 씨도 잘 알고 있을 텐디…… 무슨 생각인 기고……."

"……예?"

"아, 방금 그건 내 혼잣말이대이. 아야노는 편하게 있으래이."

"꺄앗……?! 아아……."

마치 언니가 물 안에서 상냥하게 마사지를 해 주자, 저는 무심코 신음을 흘렸어요.

부, 부끄러워요……!!

저는 마치 언니에게 남자들의 우정이 사랑으로 발전하는 얇은 책을 빌린 적이 있는데…… 여자들 사이에서도 그런 일이 일어나는 걸까요……?

좀 불안해진 저는 이야기를 돌렸어요.

"……마치 언니는 친구와 싸운 적이 있으세요?"

"대학 친구 같은 평범한 친구와는 그런 적이 없대이. 내는 누그든 거리를 잘 두고 사이좋게 지내자 한다 아이가. 하지만—."

© shirabii

"하지만?"

"료와의 타이틀전은…… 싸운 거라고 할 수 있을지도 모르겠대이. 우리 둘 다 진심이었다 아이가."

"아……."

그 싸움은 저의 기억에도 선명하게 남아 있어요.

카모가와 강가에 만든 무대에서, 두 사람은 화려하고 격렬한 불꽃을 피우며 격돌했어요.

산죠 강가에서 바라본 그 모습을 떠올리고 있을 때…… 실오라기 하나 걸치지 않은 마치 언니가 저의 볼을 향해 손을 뻗으면서 이렇게 말씀하셨어요.

"아무튼, 아이 양의 다음 대국을 봐두그라."

"여류명적전 예선 말인가요……? 중계가 되나요?"

"여류기전, 그것도 예선이 중계되는 건 이례적이지만 『주목도가 높다』는 이유로 내가 밀어붙여봤대이. 그래도 참으로 될지는 몰랐다 아이가."

"역시…… 아이 양은 대단하네요. 인기도, 재능도……."

연수회에서 처음으로 아이 양과 붙었을 때, 저는 겨우 34수만에 투료하고 말았어요.

"지금은 실력이 더 벌어져서………… 지금은 접장기로 붙어도, 저는 엉망으로 져요……. 전에는 입옥을……."

그러니…… 우리는 아이 양에게 짐만 되는 걸지도…….

"재능은 사람마다 다른 기다. 타고 나는 기니까 말이재."

마치 언니는 매몰찬 어조로 그렇게 말씀하셨어요.

"아야노는 그런 재능의 우열만으로 승패가 갈린다고 생각하는 기가?"

"그렇지는…… 않다고 생각해요. 노력이나…… 다른 요소도 영향을 끼친다고…… 생각해요."

"그르면『재능의 차이』는 변명밖에 안 된대이. 고민해 봤자 부질읍는 기다."

"으으……."

"9년 전, 내도 재능을 지닌 누군가에게 왕창 깨진 적이 있대이."

마치 언니는 그렇게 말씀하셨어요.

"상상을 초월하는 그 재능을 보고, 내는 승부 자체를 관두고 말았던 기다. 이기는 건 고사하고, 같은 무대에 서서 승부를 하는 것도 무리라고 생각한 거재."

"윽?! 그, 그런 일이 있었나요……?"

"하지만 요즘 들어, 내 선택이 잘못된 걸지도 모른다는 생각이 들기 시작했대이."

마치 언니는 풍만한 가슴에 손을 대며 말했다.

"내가 처음부터 포기한 것에, 내보다 어리고 아름다운 애가 도전했고, 그 목표를 향해 다가가는 모습을 보자…… 마음이 갑갑해졌대이. 즉, 질투를 하는 기다."

마치 언니가…… 질투?

여성으로서, 여류기사로서, 선망의 대상이 되고 있는 이 완벽한 사람에게도, 그런 감정이……?

"마, 마치 언니? 그 사람이 누구——."

"아야노가 내와 같은 실수를 반복하지는 말았으면 한대이. 재능을 이유 삼아 뭔가를 포기하믄, 후회만 남을 기다."

"후회……."

저는 그 말을 듣고 떠올렸어요.

무엇을 위해, 미오 양과 함께 나니와 왕장전에 나가기로 한 것인지를……

샤를 양이 왜 이렇게 장기에 의욕적인지를……

그리고 바로 그때, 저는 깨달았어요.

아무리 재능에서 차이가 나도, 나이와 성별이 다르더라도…… 같은 인간이라면, 누구나 고민하고, 슬퍼하며, 두려움에 사로잡히고, 상처 입는다는 것을요.

그러니 분명, 아이 양도ㅡㅡㅡㅡ.

"그리고 말해둘 게 하나 더 있대이. 여류명적전 예선 결승을 중계하는 건 아이 양을 위한 것도, 용왕 씨를 위한 것도 아니대이."

"예? 그럼 누구를 위한 건가요?"

마치 언니는 저를 꼭 안더니, 귓가에 입을 대며 이렇게 속삭였어요.

"자기 맘도 모르는 못난 선배에게 보내는 응원이자…… 귀여운 동생에게 주는 진급 선물인 기다. 잘 받아도 ♪"

불멸의 츠바사

basa Gakumeki 가쿠메키 츠바사

©shirabii

△ 원정

　칸사이 장기회관에 온 것은 석 달 만이다.

　"……장려회 회원 때는 한 번도 온 적이 없는데, 여류기사가 된 후로는 벌써 두 번째네……."

　이곳에 오면 마음이 편하다. 나를 아는 사람이 없는 것이다.

　도쿄의 장기회관에는 가고 싶지 않다. 그곳에 가면, 나를 아는 사람과 마주칠지도 모른다.

　그것은…… 싫다.

　그래서 나는 이번에 칸사이에서 대국을 하고 싶다고 요청했다.

　시합과의 직원은 의아한 표정을 지으며 이렇게 말했다.

　「대국 상대는 초등학생이니, 가쿠메키 선생님이 원정을 가주신다면 저희로서도 감사하지만…… 정말 괜찮겠습니까?」

　칸토 소속인 여류기사 중에서 일부러 칸사이 대국을 희망하는 사람은 없다.

　평생 칸사이에서 대국을 하지 않는 사람도 있는 것이다.

　「저기…… 실은, 이 대국에 관련해 요청드릴 사항이 몇 개 있습니다만…….」

　전부 오케이했다. 어떤 환경에서 장기를 두든, 상관없다.

　집중을 못해서 진다면, 그것으로 충분하다.

　누구도 나를 알지 못하는 장소에서…… 그 누구에게도 알려지지 않은 채, 조용히 최후를 맞이하고 싶다.

그런 생각을 하면서 대국실에 가보니──.

"좋은 아침입니다!"

"좋은………… 아침……?"

어린 여자아이가 나에게 인사를 했다. 기운이 넘쳤다.

앞으로 몸을 쑥 내민 채 장기판을 닦고 있던 그 조그마한 여자애는 나를 보더니, 다다미에 손을 대며 정중하게 고개를 숙였다.

"처음 뵙겠습니다! 쿠즈류 야이치 문하(門下)인 히나츠루 아이라고 합니다!!"

이 아이가 오늘 대국 상대라는 사실을 깨닫는데, 몇 초가 걸렸다.

──그래. 야샤진 아이란 애의…… 사형제였지?

스승은 쿠즈류 야이치 용왕.

동문은 소라 긴코 3단.

장기를 익히고 겨우 1년 만에 여류기사가 된 천재소녀. 예선인데도 불구하고 이 장기가 중계되는 이유는 바로 이 아이 때문이다. 내 장기는 누구도 보고 싶지 않을 테니까.

"만나서 반가워. 가쿠메키 츠바사라고 해."

이 아이라면──.

"……나를, 죽여 줄 거야?"

♟ 견학자

"여러분, 잘 들으세요. 대국실에서는 절대 말을 하면 안 돼요. 시끄러운 소리를 내도 안 된답니다. 알았죠?"

카네가사카 선생님은 얼굴 앞에 든 손가락으로 ×를 만들며, 초등학생들에게 단단히 일러뒀다.

"양말을 신지 않은 사람은 없나요? 양말을 안 신으면 다다미방에 들어가지 못하니까, 신지 않은 사람은 손을 드세요. 선생님이 가져온 양말을 빌려줄게요."

오늘, 5학년 4반의 학생들은 같은 반 친구의 직장을 견학하러 왔다.

교외 학습.

장기 직장 체험 학습의 마무리로, 초등학생들은 드디어 학교를 벗어나 칸사이 장기계의 성지에 발을 들인 것이다⋯⋯!

게다가 한두 명이 아니다.

약 마흔 명의 초등학생을 데리고 연맹에 들어서는 나를 본 사람들은⋯⋯.

"역시 용왕⋯⋯.", "저렇게까지 하니 오히려 존경스러워.", "아이들을 진짜로 좋아하나 봐!"

⋯⋯라며, 장기 보급에 힘쓰고 있는 용왕을 칭송했다.

준비를 마친 것을 확인한 후, 나는 대국실 입구에서 설명했다.

"이 5층은 『어흑서원(御黑書院)의 방』이라는 이름으로 불려요. 옛날에 장군님 앞에서 장기를 두는 행사가 있었는데, 그 행사가 치러지던 에도 성(城)의 방을 재현했죠."

"성~!", "우와~!"

아이들은 눈을 반짝이며 그렇게 외쳤지만, 곧 입을 다물었다. 귀여운 반응이다.

대국실인『어하단(御下段)의 방』에 들어서자, 대국자들은 장기말을 배치하고 있었다.

　상석에는 가쿠메키 츠바사 여류1급이 앉아 있었다.

　아이와 마찬가지로, 여류명적전 예선 결승에 진출하면서 여류2급에서 승급한 것이다.

　——저 사람이…….

　실제로 만난 건 처음이지만, 신비한 분위기를 지닌 여성이다. 위압적이지는 않지만…… 생기가 느껴지지 않는 것 같았다.

　아이는 하석에 앉아 있었다. 여류기사가 된 건 아이가 다소 빠르지만, 가쿠메키 씨가 연상이니 경의를 표하는 의미에서 상석을 양보했으리라.

　그리고 기록 담당은—— 연수생인 미즈코시 미오다.

　"아이가 저기 있어……!", "미오도 옆에 있네……. 카메라도 잔뜩 있어……!"

　아는 애들과 보도진을 보자, 초등학생들은 흥분을 감추지 못했다.

　"상대인 저 사람은 머리카락이 기네…….", "왠지 무서워 보여…….", "셀 것 같아…….", "어른과 싸우는구나…….", "아이, 이길 수 있을까……?"

　"서! 서, 서서, 선후수를 정하겠습니다!!"

　미오 양은 긴장한 건지 떨리는 목소리로 그렇게 말했다.

　관심에 찬 눈길로 쳐다보는 동급생들을 일부러 쳐다보지 않으며, 미오 양은 장기말을 섞어서 던졌다.

"⋯⋯⋯⋯보가 다섯 개 나왔으니, 가쿠메키 선생님의 선수입니다⋯⋯."

그 목소리는 평소보다 힘이 없었다.

아이를 여러모로 유리한 선수로 만들어 주지 못해서 미안한 건지, 아니면 아직 화해하지 않아서 서먹한 건지⋯⋯ 어쩌면 기록 담당을 제대로 할 수 있을지 불안한 탓일지도 모른다.

──동급생을 『선생님』이라 호칭하면서 차를 내주는 건 힘들 텐데⋯⋯.

미오 양이 용케 기록 담당을 하고 있다는 생각이 들었다.

연수생이 기록 담당을 맡는 경우가 없지는 않다.

하지만 장려회도 포함해 원칙적으로 기록 담당은 중학생부터 하게 되어 있기에, 미오 양은 처음으로 기록 담당을 맡은 것이리라. 긴장하는 게 당연했다.

──그 긴장은 대국자에게도 전염될 거야⋯⋯. 아이, 차분하게 싸워!

나는 눈을 감고 정신을 집중하고 있는 제자를 향해, 마음속으로 그렇게 말했다.

게다가 오늘은 학교 친구들도 보러 왔다.

대국실에서 견학하는 건 서반 몇 수만이지만, 전법 선택 자체에 영향이 간다면 장기 전체에 악영향을 미칠지도 모른다.

그래서 프로 중에는 견학자가 있을 때는 수를 두지 않는 이도 있다. 그래서는 견학에 의미가 없다고 생각하지만⋯⋯.

"시, 시간이 됐으니 가쿠메키 선생님의 선수로 대국을 시작해 주십시오!!"

미오 양이 상기된 목소리로 소리치듯 말하자…….

""잘 부탁드립니다.""

아이와 가쿠메키 씨가 서로를 향해 고개를 숙였다.

견학을 하고 있던 아이들도 화들짝 놀라며 허둥지둥 고개를 숙였다. 관전기자인 쿠구이 씨, 그리고 몇몇 매체의 기자들이 일제히 카메라의 셔터를 눌렀다.

"…………."

가쿠메키 씨는 딱히 주저 없이 각(角)의 길을 열었다.

"흐읍……………………하얏!"

아이는 크게 심호흡을 한 후, 앞으로 고꾸라지듯 몸을 기울이며 비차(飛車) 앞의 보(步)를 전진시켰다.

그 후에도 가쿠메키 씨는 딱히 시간을 들이지 않으며 수를 뒀고, 아이는 매번 잠시 생각에 잠겼다.

"……카네가사카 선생님. 그럼 슬슬……."

몇 수가 진행되며 전법이 각교환으로 굳어지자, 나는 견학 중이던 초등학생들을 데리고 대국실을 나섰다.

이제부터 아래층에 있는 다목적 룸에 이동해서, 장기회관 안을 탐험할 것이다!

하지만 그 전에…….

"오늘 이 칸사이 장기회관을 구석구석까지 견학할 건데…… 저와 함께 여러분을 안내해 줄 멋진 게스트를 소개하죠!"

"여류기사인 키요타키 케이카예요. 잘 부탁드려요."

"""잘 부탁합니다~!"""

"우후후. 기운이 넘치는 아이들이네!"

초등학생들이 힘차게 인사를 하자, 케이카 씨는 눈을 가늘게 뜨며 미소 지었다.

"그럼 자기소개 대신 퀴즈를 하나 낼게. 여기 있는 쿠즈류 선생님에게 있어서, 나는 장기 세계에서 어떤 존재일까? 아는 사람은 말해 보렴."

"으음~? 뭘까?" "누나?" "선배?" "애인?"

전부 틀렸다. 애인은 내 마음속에서 정답이지만 말이다.

아이들이 대답을 마쳤을 즈음, 케이카 씨는 정답을 발표했다.

"정답은………『동생』이에요! 좀 어려웠나 보네."

"이런 아줌마가 동생이라는 걸 어떻게 맞추느냔 말이야."

미하네 양이 반사적으로 그렇게 말했다.

그 말이, 즐거운 교외 학습 시간을…… 후회 학습 시간으로 만들었다.

"아줌…………마?"

쩌저적.

케이카 씨가 뿜는 아우라에 의해, 공간에 균열이 생겼다!

다목적 룸은 순식간에 아비규환의 지옥으로 변했다. 연령 제한의 공포와 직면하며 지옥에서 기어 올라온 케이카 씨의 살기는 범상치 않았다. 케이카 씨 앞에서 나이 이야기를 하면 진짜로 위험하다고.

미하네 양은 케이카 씨의 살기를 느끼더니…….

"우…… 우에에엥……."

발치에 조그마한 샘이 생기고 말았다. 실례를 했나 보네요…….

"어머, 괜찮니? 이 언니가 깨끗하게 해 줄 테니까 울음을 그치렴. 응?"

케이카 씨는 상냥한 미소를 지으면서 은근슬쩍 자기 호칭을 고쳤다.

대국장과는 전혀 다른 장소에서 장기 기사의 생생한 살기를 체험한 초등학생들은 대부분 울음을 터뜨렸다. 그리고 극히 일부지만 열이 난 것처럼 얼굴을 붉히며 케이카 씨를 쳐다보고 있는 애도……. 특이한 성적 취향에 눈뜬 건 아닌지 걱정되는걸.

"아, 그러고 보니 대국의 진행 상황도 걱정되니까, 좀 체크해 봐야겠네."

대략적인 종국 시간은 예상이 된다.

하지만 진행 속도에 따라서는 견학 시간을 단축해서 보드 해설과 감상전의 견학을 해야 할 필요성이 있으며, 그런 고생은 타이틀전 때나 별반 다르지 않다.

하지만 장기는 이제 막 시작됐다.

"벌써 승부처에 돌입했을 것 같지는 않지만——."

혹시나 싶어서 스마트폰을 꺼내서 확인해 보니…….

"엇?!"

나는 너무 놀란 나머지, 무심코 입 밖으로 목소리가 튀어나왔다.

국면을 몇 번이나 살펴본 나는 그제야 이해했다.

아무리 사전에 정보를 모으더라도, 가쿠메키 츠바사라는 인물의 장기는 이해할 수 없다는 것을.

"······듣던 것보다 더 엄청난 상대인걸."

"야이치 군, 왜 그래? 벌써 본격적인 승부가 시작된 거야?"

"아니, 끝났어."

"뭐?"

나는 종국도를 케이카 씨에게 보여주면서 말했다.

"천일수가 됐어. 가쿠메키 씨가 자신이 유리한 선수를 아무렇지도 않게 내팽개친 거야."

"············."

케이카 씨는 소리 없는 절규를 터뜨렸다.

나와 마찬가지로, 그 얼굴에는 『이해불능』이라고 적혀 있었다.

⌂ 불사(不死)의 저주

네 번째 동일 국면이 장기판 위에 출현한 순간, 미즈코시 미오는 고함을 질렀다.

"앗! 으음······ 처, 천일수! 천일수입니다!!"

처음으로 기록 담당을 맡았을 때 천일수가 발생할 가능성은 매우 낮다. 미오는 머릿속이 새하얗게 변하고 말았다.

──천일수가 나왔을 때는······ 어떻게 하더라?!

"30분 후······ 11시 15분에 재개하는 걸로 알죠."

하지만 가쿠메키는 익숙한 어조로 그렇게 말하더니, 장기말을 정리하고 대국실을 나섰다.

아이도 미오와 눈도 안 마주치고 방을 나섰다. 방금 장기를 잊고 머릿속을 리셋하기 위해, 다른 장소에서 휴식을 취하려는 것이다.

하지만 기록 담당은 그럴 수 없다.

대국이 끝났다고 사무국에 연락한 후, 출력한 천일수 대국 기보를 대국실에 가져가고, 대국실 쓰레기를 정리한 다음, 방석의 위치를 조절하고, 차를 다시 끓여야만 하는 것이다.

그것을 전부 마치고 나니, 어느새 대국을 재개할 시간이 됐다.

"시간이 됐으니, 아이…… 앗! 죄, 죄송합니다! 으음, 히나츠루 선생님의 선수로 대국을 시작해 주십시오!"

아이를 무심코 이름으로 부른 미오는 거북한 듯한 어조로 자신의 발언을 정정했다. 하지만 아이는 전혀 개의치 않으면서 대국 상대에게 인사한 후, 첫수를 뒀다.

아이의 제한시간은 절반으로 줄었다. 그래서 그런지 서반부터 의도적으로 수를 빨리 두고 있었다.

반대로 가쿠메키는 제한시간에 여유가 있었다. 하지만 아이와 같은 페이스로 두면서, 제한시간을 통한 우위를 유지하려 했다.

——어어엇! 너, 너무 빨라서 기록하기 힘들어~!

미오는 수순을 틀리지 않도록 조심하며 정신없이 따라갔다.

그리고 순식간에 오전 대국 시간이 흘러갔다.

"점심 휴식에 들어가겠습니다."

미오가 말하자, 아이와 가쿠메키는 바로 대국실을 나섰다.

대국실에 홀로 남게 된 미오는 그제야 한숨 돌렸다.

"휴우…………. 기록만 하는데도 지쳐버렸어……. 앉아 있기만 하니까 편한 일일 거라고 생각했는데……."

쭉 정좌 자세로 앉아 있어서 저린 발을 펴려던 순간————장지문이 힘차게 열렸다.

"어?! 벌써 돌아온 거야?!"

깜짝 놀라며 다시 정좌 자세를 한 미오는 문을 연 인물을 보고 또 한 번 놀랐다.

——우와! 여, 여류옥장과 산성앵화가 일부러 보러 왔어!

중계 담당인 쿠구이 마치는 몰라도, 칸토 소속인 츠키요미자카료까지 보러 오는 건 흔치 않은 일이다.

——그만큼 이 대국에 주목하고 있는 거겠지? 아이는 진짜 천재구나…….

하지만 국면을 살펴본 츠키요미자카는 혀를 찼다.

"쳇! 그 꼬맹이…… 저승길 노잣돈 삼아 선수를 받자마자, 츠바사 씨의 술수에 걸려들었잖아."

"흐음? 여류옥장은 이 대국을 어떻게 보는 기고?"

"천일수가 되려면 쌍방의 동의가 필요해. 즉, 아까 천일수는 츠바사 씨가 바란 게 아니야. 그 꼬맹이가 원해서 이렇게 된 거지. 왜일까? 『선수를 가지고 싶다』고 그 꼬맹이 얼굴에 적혀 있었던 거야."

일반적으로 장기에서는 선수가 유리하다.

후수에서 선수가 된 시점에서, 아이는 목적을 달성했다. 그러니──.

"선수를 가진 상태에서 또 천일수가 되게 하겠어? 절대 안 해. 그 꼬맹이가 다음번에 천일수를 거부할 거라는 걸, 츠바사 씨는 꿰뚫어 보고 있는 거야. 즉, 상대가 어떤 카드를 낼지 알고 있는 상태에서 트럼프를 하는 거나 마찬가지지."

──그렇구나! 그래서 아까는 그렇게 간단히 천일수가 된 거야!

정상급 여류기사의 통찰력에 미오는 혀를 내둘렀다.

──장기의 수를 읽기만 하는 게 아니야. 상대의 마음도 읽으니까…… 강한 거야!

"역시 대천사대이. 재미있는 해설이다 아이가. 방금 말은 기보 코멘트에 써먹어도 되재?"

"놀리지 마."

츠키요미자카는 짜증 섞인 어조로 말을 이었다.

"뭐, 그 쓰레기의 제자가 츠바사 씨의 상대가 될 리가 없는 거야. 그 쓰레기, 내가 그렇게 정보를 줬는데 자기 제자에게 아무 대책도 세워 주지 않은 거잖아. 제자가 불쌍하네. 역시 츠바사 씨는 내가 성불시켜 줘야……"

"우리한테도 버거울 거대이. 이렇게 체면을 내던지며 대기 전술을 펼친다면, 그걸 뚫는 건 쉽지 않을 기다. 게다가 종반력은 가쿠메키 씨가 한 수 위다 아이가."

──《유린의 마치》라도 버거운 거야?! 아이는…… 그렇게 강한 사람과 싸우고 있구나…….

미오는 전율했다.

이대로 가면————— 아이는 진다. 틀림없이 말이다.

대국이 재개되자, 그 국면이 다시 찾아왔다.

"윽! 또……?!"

지금까지 주저 없이 수를 두던 아이의 손이 움직임을 멈췄다.

가쿠메키가 중앙에 있던 은(銀)을 스텝박스를 오르락내리락하 듯 반복운동 시키기 시작한 것이다.

——공격을 하려는 걸까? 그렇다면……!

아이는 상대의 주장을 간단히 들어줄 생각이 없었다.

자신의 옥(玉)을 단단히 지키고, 공격의 거점을 만든 후…… 가 쿠메키에게 연거푸 탐욕스러운 요구를 했다.

아이는 장기판 위에서 그 누구보다도 욕심쟁이였다.

하지만 가쿠메키는 은(銀)의 반복운동을 멈추지 않았다.

"그렇다면……!!"

아이는 드디어 천일수를 타개했다. 이 정도로 자신의 요구가 통했으니, 충분히 이길 수 있다고 형세판단을 한 것이다.

장기판 옆에서 기록을 하고 있던 미오는 뭔가 할 말이 있는 것 처럼 입을 열었지만…… 곧 고개를 숙이며 수를 기록했다.

이제, 돌이킬 수 없다.

"이걸 기다리고 있었댔이."

그 순간, 가쿠메키는 맹렬하게 공격을 하기 시작했다.

지금까지의 망설임은 어디 버린 건지 보(步)를 차례차례 희생하 고, 손해를 감수하면서 오른쪽 장기말을 휘젓더니, 아이의 옥(玉)

을 향해 일직선으로 돌진했다!

수에서 밀릴 뿐만 아니라, 장기말도 손해를 보고 있지만, 가쿠메키는 흔들림이나 망설임 없이 수를 두고 있었다.

"윽?!"

아이는 극심하게 동요했다.

가쿠메키는 모든 수를 노타임으로 두고 있다! 제한시간을 전혀 쓰지 않으며, 말 그대로 순식간에 아이를 궁지에 몰아넣었다.

그 속도에 겁먹은 것이 아니다.

"이, 이 사람의 장기…… 마치 프로 같아……!"

초중반에 전혀 제한시간을 쓰지 않고 정답이라 할 수 있는 수를 찾는 건 불가능하다.

즉, 연구를 한 것이다.

레벨이 올랐다고 해도, 여류기사의 서반은 허술하다.

프로 기사와 다르게 『최선』보다 『자신의 특기 전형』으로 몰고 가는 것에 주안점을 두고 있기에, 서반이 약한 아이라도 종반에서 뒤집을 틈이 있었다.

하지만 연구의 최전선을 달리고 있는 칸토 장려회에서 실력을 갈고닦은 가쿠메키에게, 최신 정석은 잘나가는 천재들과 싸우기 위해 꼭 필요한 무기다.

"……지식으로 이길 수 있다니, 진짜 식은 죽 먹기대이."

순식간에 리드를 가로챈 가쿠메키는 혼잣말을 중얼거렸다.

이것이 그녀의 승리 패턴이었다.

이기기 위해서라면 천일수 같은 흙탕물도 서슴없이 들이켰다.

하지만 그것은 연구라는 부단한 노력을 통해서만 비로소 성립되는 전술이다. 그것이 있기 때문에, 흙탕물을 들이킬 각오를 할 수 있는 것이다.

국면은 압도적으로 우세하다. 제한시간도 곤절은 된다.

그리고 설령 역전을 당할지라도, 가쿠메키에게는 입옥이라는 최종 수단이 있다.

"아무래도, 이번에도 못 죽나 보구마."

"크……윽!"

한편, 아이는 자신에게 남은 수가 없다는 사실을 깨달았다.

누구보다 빨리 수를 읽을 수 있는 자는, 자신의 패배 또한 누구보다 빨리 깨닫는다.

──미오가 옆에서 보고 있는데! 지면 안 되는데!

타인의 시선에서 힘을 얻을 것인가?

──사부님도 보고 있어! 반 친구들도……!

누군가의 기대에서 힘을 얻을 것인가?

아니다.

──미오를 위해서도, 사부님을 위해서도 아니다…….

"나는………… 나 자신한테, 지고 싶지 않아!!!!"

이곳에서, 아이는 항상 지기만 했다.

긴코에게 졌다. 야샤진 아이에게 졌다.

그리고 무엇보다 자기 자신에게 계속 졌다. 지금도 마음이 꺾일 것만 같았다.

그런 한심한 자신을 향한 분노가—— 아이를 나아가게 했다!

"나는 여류기사야! 두 번 다시 스스로 승부를 포기하지는 않을 거야!!"

그것은 기사의 본능이다.

아무리 괴로워도, 힘들어도…….

처음으로 찾아낸 마음을 거머쥐며, 아이는 최후의 순간까지 계속 싸우는 길을 택했다!

"크아아아아아아아아아앗!!!!"

사부님을 쏙 빼닮은 기합을 내지르며, 다시 장기판과 격투를 시작했다!

하지만…….

"윽……!! 큭…………?! 커억! …………하………… 아아아아아아아앗!!"

——깊어!!

가쿠메키의 연구는 아이가 지금까지 싸워왔던 이들과는 비교도 안 될 만큼 깊었다.

게다가 장기 묘수풀이와 달리, 현실의 종반에는 답이 있는지 알 수 없다.

그런 국면에서 전력을 다해 생각하고 생각하면—— 뇌가 터지고 말 것이다.

괴로움에 떨며 헛구역질을 반복하던 아이는 그때마다 자리에서 일어나 복도에서 숨을 골랐다.

하지만 결국, 그것조차도…….

"윽?! 눈이……?!"

안구와 코의 모세혈관이 터지면서 시야가 새빨간 색으로 물들 더니, 코피가 다다미에 떨어졌다.

아이의 뇌는 성인 프로 기사를 능가는 처리속도를 지녔다.

하지만 몸은 아직 열 살배기 여자 초등학생에 지나지 않는다.

그런 언밸런스가 아이에게 지옥의 고통을 안겨 줬다.

"커억……!! 하아앗………… 아아, 아아아아…………."

만신창이.

장기판 앞에 앉아 있을 뿐인데 진짜로 주먹다짐을 하고 있는 것 처럼, 아이의 어린 몸은 너덜너덜해졌다. 이제는 자리를 벗어나 호흡을 가다듬을 수조차 없다.

——…………여기까지, 인 걸까……?

시력을 잃었다.

숨도 쉴 수 없다.

그래도 승리를 갈구하며 다다미 위에서 버둥거리는 아이의 손에—— 무언가가 닿았다.

"…………어?"

그것은 부채였다.

대국 때마다 항상 방석 옆에 두는, 바로 그 부채다.

"윽…………!"

아이는 감촉에 의지해 그 부채를 펼쳤다.

거기에는 경애하는 사부님의 글씨체로, 어떤 말이 적혀 있을 것이다.

아이가 사부님에게 받은 가장 큰 무기의 이름이…….

아무리 마음이 꺾일 것 같을 때도 다시 일어서게 해 주는……최강의 부활주문이.

『용기』.

탁! 소리가 나게 부채를 접고, 그것을 왼손으로 쥐었다.

오른손으로 코피를 훔친 후, 자신의 무릎을 움켜쥐었다.

그리고, 아이는 다시 장기판과 마주했다.

"스으으읍————……………………."

소녀는 천천히, 천천히, 숨을 들이마셨다.

시력이 없어도 상관없다. 머릿속에 있는 열한 개의 장기판과 함께, 이제부터 상상을 초월할 만큼 높은 장소에 올라가야만 하는 것이다.

적의 옥(玉)이 외통수순에 걸린 순간, 가쿠메키 츠바사는 복잡한 심정에 사로잡혔다.

——이겼어. 하지만, 이걸로 또 장기를 둬야만 한대이…….

그것은 마치 저주였다.

왜 장기를 계속하는 건지, 왜 이기려 하는 건지, 스스로도 알 수 없었다.

눈앞에서 괴로워하는 소녀를 보자…… 져 주고 싶다는 생각마저 들었다.

"……윽! ……읍?! …………으으윽!!"

히나츠루 아이라는 이 초등학생은 한순간 진 듯한 반응을 보였지만…… 곧 존재할 리 없는 승리를 찾으려는 듯이 다다미 위에서 신음을 흘리고, 버둥거리며, 괴로워했다.

기록 담당인 여자애는 아마 친구일 것이다.

대국이 시작되기 전부터 쭉 아이를 쳐다보고 있었다.

——좋겠네……. 나한테도 저런 친구가 있다면, 장기를 즐길 수 있었을까?

자신은 남자뿐인 장려회에 끝까지 익숙해지지 못했다.

연구회를 할 동료는 있지만, 친구는 한 명도 없었다.

그런 동료들도, 지금은 대부분 장려회에서 탈퇴했다. 이제 연락을 취하지도 않는다. 장기를 선택한 바람에, 가쿠메키는 장기 이외의 모든 것을 잃었다.

그때였다.

"응?"

절망적인 국면을 응시하고 있던 히나츠루 아이의 입에서…… 무슨 말이 흘러나온 듯한 느낌이 들었다.

장기판 너머에 앉아 있는 소녀가——

"……………………………………………………이렇게."

숨소리 같은 조그마한 목소리로 말한 것이다.

"이렇게………… 이렇게………… 이렇게………… 이렇게………… 이렇게………………."

장기판에 이마가 닿을 것만 같을 정도로 고개를 내민 히나츠루 아이는 몸을 앞뒤로 흔들면서, 몇 번이나 그렇게 중얼거렸다.

© shirabii

가쿠메키는 왠지…… 필승의 국면인데도 불구하고, 등골이 서늘해지는 느낌을 받았다.

"이렇게…… 이렇게…… 이렇게, 이렇게, 이렇게, 이렇게, 이렇게, 이렇게——."

"히나츠루 선생님! 이, 이제부터 1분 장기를 부탁드립니다!"

"이렇게!!"

따아아아악! 아이는 기록 담당인 미오의 목소리에 답하듯 힘차게 장기말을 뒀다.

하지만, 뜻밖에도 그 수는 평범했다.

——……내 착각인가?

눈앞에 있는 초등학생은 스스로 옥(玉)을 빼며, 형세를 악화시키는 수를 뒀다. 종반의 정석과 정반대의 수다. 기보 꾸미기처럼 보이는 수였다…….

가쿠메키는 정석에 따라 상대의 옥(玉)을 외통수순으로 압박했다.

"이걸로 거의 『필지(必至)』대이!"

이제부터는 만일의 사태도 일어날 수 없다.

——하늘이라도 안 날믄, 이 주박에서는 벗어날 수 없대이.

장기말이 움직일 수 없는 방향으로 움직이거나, 장기판 밖으로 도망치는…… 어린애가 흔히 할 법한 반칙이지만, 가쿠메키도 장려회에서 연패를 거듭할 때에 그런 말도 안 되는 망상을 한 적이 있다.

자신의 옥(玉)이 잡힐 수밖에 없는 상황에 처한 아이는———.

"이렇게!!!!!"

이번에는 갑자기 장군 러시를 펼쳤다.

하지만 가쿠메키는 당황하지 않았다. 아이가 이 상황을 뒤집기 위해서는 자신의 옥(玉)을 잡는 수밖에 없다. 그러니 아이가 이렇게 나올 거라는 건 이미 예상했던 바이다.

가쿠메키가 예상하지 못한 건…… 아이의 공격 방식이었다.

"윽?! ……아래쪽에서?!"

공격의 거점이 되고 있던 성은(成銀)을 버려서 가쿠메키를 낚아 올리더니, 빈 공간에 각(角)을 투입해 아래편에서 몰아붙이기 시작한 것이다.

『옥은 정면에서 공격하라』라는 격언과 정반대가 되는 짓을 한 것이다.

게다가 입옥 장기가 특기인 가쿠메키에게, 옥(玉)이 중단으로 올라가는 건 오히려 환영해 마지않을 일이다. 즉, 아이는 연이어 악수를 둔 것이다. 아이의 노림수가 뭔지, 거꾸로 불안해지기 시작했다.

그리고 그 노림수를 금방 알게 됐다.

"2중 장군?! 장기 묘수풀이에서나 나올 법한 수네……!"

아이는 멀찍이 떨어진 곳에 둔 각을 레이저 광선처럼 사용해, 사각지대에서 가쿠메키를 돈사시키려 했다.

──위험했어……. 의외로 방심 못할 애대이.

곡예 같은 수순을 보고 동요한 가쿠메키는 차분하게 생각해 보려 했다.

바로 그때, 미오가 시간을 알렸다.

"가쿠메키 선생님, 제한시간이 5분 남았습니다!"

"뭐?!"

어느새 그렇게 많던 제한시간이 바닥나고 말았다.

──기백에 압도당해서 너무 신중해졌던 걸까?! 하지만 이제부터는 절대 실수하지 않을 거대이!

그렇다. 실수할 리가 없다.

아이의 노림수는 이미 파악했다. 그리고 강대의 옥(玉)은 이미 필지라는 사슬에 묶여서 꼼짝도 못한다.

하늘을 날 방법이 없는 이상…… 자신이 승리한다는 사실에는 변함이 없다!

하지만──.

"이렇게이렇게이렇게이렇게이렇게이렇게이렇게이렇게이렇게이렇게────────이렇게!!!"

아이가 둔 수는, 가쿠메키가 보던 세상을 송두리째 뒤집었다.

7육계.

계마(桂馬)를 거저 내주는 수가 이 장기판에 출현한 순간…….

"날…………았, 어…………?"

가쿠메키는…… 장기에는 하늘을 나는 수가 존재한다는 것을 깨달았다.

그 순간, 분명히 본 것이다.

눈앞에서 장기판을 덮듯 몸을 내밀고 있는 소녀의 등에—— 새하얀 날개가 자라나는 광경을…….

♟ 우화(羽化)

그 국면이 출현하기 직전, 나는 초등학생들에게『필지(必至)』에 대해 설명했다.

『당한 쪽이 어떤 식으로 막든, 다음에 옥을 잡히는 형세예요.』

『즉, 응수할 방법이 없는 상태죠.』

『필지에 걸리면, 아무리 노력해도 지고 말아요.』

그렇기에…… 아이는 이미 절체절명의 상태다.

반 아이들은 실망을 금치 못했다.

여자애 중에는 울음을 터뜨리려 하는 애도 있었다.

하지만 111수에 각(角)을 잡히면서 더는 어찌할 수 없게 된 그 순간부터, 아이는 후수의 옥(玉)을 집요하게 노리기 시작했다.

두 대국자 전부 1분 장기로 공방전을 펼치고 있었다. 장군을 못 하게 되면, 그와 동시에 아이는 지고 만다.

그래서 특기인 종반력을 살려서 맹렬히 장군 러시를 펼치고 있지만——.

""입옥?!""

가쿠메키 씨의 옥은 소문대로 불사신 같은 내구력을 발휘하며, 장기판 한가운데에서 요사하게 어슬렁거리고 있었다.

그 순간, 아이는 이해할 수 없는 수를 뒀다.

ㅡㅡㅡㅡ7육계.

방금 투입한 계마(桂馬)를 그냥 내준 것이다.

그것은, 30수에 걸쳐 아이가 만들어낸 함정이었다.

그리고 가쿠메키 씨가 그 계마(桂馬)를 잡은 순간, 있을 수 없는 사태가 발생했다.

아이의 옥(玉)이 필지에서 벗어난 것이다.

나와 함께 대형 보드의 장기말을 조작하고 있던 케이카 씨는 쥐고 있던 계마(桂馬)를 무심코 놓치더니, 아연실색한 목소리로 중얼거렸다.

"필지에서………… 풀려났, 어?"

"저기, 키요타키 선생님? 질문이 있어요."

카네가사카 선생님은 초등학교 수업 때처럼 반듯하게 손을 들면서 질문을 했다.

"필지는 사라질 수 있나요?"

사라지지 않는다.

반드시(必) 죽음(死)에 이르기(至)에, 그 상태를 필지(必至) 혹은 필사(必死)라고 부른다.

"……장기의 룰을 지킨다면, 필지는 사라지지 않아요. 아이 양이 자력으로 그것을 풀 수는 없죠. 즉, 가쿠메키 씨가 실수를 범한 거예요. 하지만……."

케이카 씨는 뭐라고 설명하면 좋을지 모르겠다는 듯한 반응을 보였다.

당연했다.

누구도 본 적이 없는 것을 말로 설명하는 건 불가능하다.

아이가 한 것을 말로 표현하자면——.

"하늘을 날았어."

내 말을 들은 카네가사카 선생님이, 되물었다.

"날았……다고요?"

"예! 아이의 장기에는 『높이』가 있어요! 이해가 되나요?!"

나는 흥분한 나머지 소리쳤다.

아이라면 할 수 있다. 나는 그렇게 믿었다.

하지만 용왕인 나도 할 수 없는 걸 초등학교 5학년 여자애가 해냈다는 사실, 그리고 눈앞에서 펼쳐진 엄청난 장기 때문에 피가 끓어올랐다.

이런 장기를 보고 감동하지 않는다면, 프로를 관두는 편이 나을 것이다.

"휘젓기와는 달라요! 종래의 종반력과는 말 그대로 차원이 다른 힘…… 2차원적인 장기판에서 3차원을 표현할 수 있는 상상력! 그것이, 아이의 날개에요!!"

"노, 높이?! 야이치 군, 지금 무슨 소리를 하는 거야?! 장기에 그런 게 있을 리가 없잖아! 평면인 장기판에——."

"높이는 존재해, 케이카 씨. 장기는 그것을 내포하고 있는 거야. 우리가 그걸 써먹지 못할 뿐인 거라고."

그렇다. 높이는 존재한다.

날개를 가지고, 타인을 뛰어넘는 능력을 지닌 것이, 장기에는 존재한다.

그 해답을 찾아낸 사람은, 장기에 대한 지식이 아예 없다 해도 과언이 아닌 카네가사카 선생님이었다.

"계마……인가요?"

딩동댕.

"예. 다른 장기말을 뛰어넘을 수 있는 계마는 『높이』를 지닌 유일한 장기말이죠."

나는 케이카 씨가 바닥에 떨어뜨린 장기말을 줍고 설명했다.

"그것 말고도, 대각선으로만 움직일 수 있는 계마는 다른 장기말 사이로 통과하는 것처럼 보여요. 그런 비정상적인 움직임이 가능한 장기말을 완전히 장악한 끝에, 아이는 가쿠메키 씨의 필지에서 풀려난 거죠."

아이들, 그리고 카네가사카 선생님은 얼이 나갔다.

케이카 씨만이 이 일련의 수에 충격을 받고 있었다.

"하, 하지만…… 이런 건 처음 봤어. 프로의 장기에서도 본 적 없어……. 아이는 대체 어떻게 이런 발상을 익힌 거야……?"

"장기 묘수풀이의 영향일 거야."

"장기 묘수풀이……?"

"아이는 『장기도교』와 『장기무쌍』을 풀면서 장기를 익혔어. 장기 묘수풀이에는 계마나 각처럼 인간이 착각하기 쉬운 움직임을 이용한 작품이 많으니까──."

"어려운 장기 묘수풀이가 실전과는 상관이 없다는 건 상식이 잖아?! 장기 묘수풀이 창작을 하는 기사조차도 인정하는 사실이야!"

"맞아. 실전에서는 그런 국면이 나타나지 않았어. 지금까지는 말이야."

다들 그것이 필요 없다고 착각하고 있다면…….

"그 문제를 장기판 위에 만들어낼 수 있다면, 누구도 아이의 옥을 잡을 수 없어."

"마, 말도 안 돼…………. 그런 건, 불가능───."

케이카 씨는 『불가능』이라는 말을 하려다, 입을 다물었다.

그것이 가능하다는 사실이, 지금 눈앞에서 증명된 것이다.

"아이에게 장기 묘수풀이는 상대를 쓰러뜨리기 위한 무기가 아니야. 누구도 아이를 잡을 수 없는 장소에………… 미지의 국면으로 날아가기 위한 날개인 거야."

하지만, 이것은 아직 완성되지 않았다. 이것은 시작에 지나지 않는다.

아이에게 있어, 장기 묘수풀이는 커다란 날개다.

하지만 그 재능의 근간은, 전혀 다른 곳에 있다.

다른 천재들과 근본적으로 다른, 아이의 재능이란────.

"야샤진 아이는 서반에 재능이 있었어. 하지만 그것은 동시에, 성장하는 데 있어 족쇄가 돼. 서반은 잊을 수가 없거든."

"……뭐? 야이치 군, 무슨 소리를……?"

지혜의 열매를 먹고 만 아담과 이브가 두 번 다시 에덴에 돌아갈 수 없듯, 지식을 얻으면서 영원히 잃게 되는 것도 있다.

"거꾸로, 히나츠루 아이는 깨끗한 상태였어. 그리고 그것이야 말로 그 아이의 가장 큰 재능이었던 거야."

"…………잠깐만. 설마————."

케이카 씨는 그제야 눈치챈 것 같았다.

아이라는 존재가 얼마나 기적적인지를…….

"종반에 강해지기 위해서는, 역전의 테크닉을 얻기 위해서는, 철체철명의 상황에 처해야만 해. 종반에 목숨을 걸고 싸워야만 하는 거야. 즉, 서반에서 리드를 하면 안 돼."

그러기 위해선, 장기의 지식을 지니지 못한 채 장기로 강해져 야만 할 필요가 있다.

명백하게 모순되는 기적이 일어날 리가 없다.

그렇게 생각했다. 1년 전까지는 말이다.

"아이를 기를 거라면, 가능한 한 서반에 관한 지식을 주입하지 말자고 생각했어."

그런 기적이 1년 전 어느 날, 내 방에 날아 들어왔다.

하늘에서 천사가 내려온 것처럼, 느닷없이…….

"접장기의 정석은 가르쳐 줬고, 연수회에서 접장기를 둘 때에 대비한 최소한의 몰이비차 요령도 알려줬지만——."

하지만 되도록 아이에게 지식을 전수하지 말자고 생각했다.

"그러니 연구회를 하는 상대도, 기사가 아니라 아마추어, 그것 도 순진무구하게 정면대결을 펼쳐주는 아이들이 좋을 거라고 생 각했어."

그리고 실력이 낮은 이들과 접장기를 두면서, 아이에게는 입옥을 몇 번 경험하게 했다. 장기말이 적은 상태에서 이기기 위해서는 입옥을 노릴 수밖에 없다.

입옥의 감각과 장기 묘수풀이의 감각이 맞물리면서, 아이는 아슬아슬하게 가쿠메키 씨를 상회할 수 있었다.

그런 지도의 목적과 가쿠메키 씨에 관한 정보를 아이에게 알려 주지 않은 이유.

그것은 바로── 아이를 절체절명의 상황에 몰아넣기 위해서다.

"어………… 언제, 부터……? 언제부터…… 그런 생각을 한 거야……?"

"처음으로 아이와 장기를 둔, 바로 그때부터야."

처음에는 황당무계한 계획이라는 생각이 들었다.

수천 번도 넘게 고민했다. 수만 번도 넘게 자문자답을 했다. 아이의 순수하고 성실한 성격을 살려, 정석을 하나하나 가르쳐 주는 편이 나을지도 모른다고 생각한 것이다.

하지만── 오늘 확신했다.

"저 애는 무너지지 않는 강한 마음을 지녔어. 그런 저 애한테는 이 방법이 가장 좋아."

"그래서…… 재능만으로 죽이게 한 거야? 스물한 살까지 장려회에서 싸워온 사람을, 장기를 배운 지 1년가량 된 초등학생에게…… 서반에 관한 지식조차 제대로 지니지 못한 어린애에게……!!!"

케이카 씨는 극도로 분노했다.

　당연했다. 아무리 아이의 적일지라도, 가쿠메키 씨의 경력을 알고 감정이입을 하지 않는 게 무리일 것이다.

　나는 가쿠메키 씨를, 아이가 각성하기 위한 양분으로 삼았다.

　그것이 얼마나 잔혹한 행위인지는 알고 있다.

　그 사실에 상처 입은 사람은 가쿠메키 씨만이 아닐 것이다.

　"…………나도…… 아이한테는, 그 정도 존재에 지나지 않았던 거네……."

　케이카 씨 또한, 연수회에서 아이에게 졌다.

　그때도 아이는 서반에 형세가 무너지며 밀렸지만…… 종반력만으로 승리를 거뒀다.

　이 장기를 보고 은퇴를 결의하는 여류기사도 있을 것이다.

　오늘은 그러지 않더라도, 앞으로 아이와 대국을 하면서 자신의 인생을 덧없다 느끼는 인간이 수십 명, 수백 명 생겨날 것이다. 천재라 불리는 이들의 마음이 꺾이고, 그 재능 때문에 스스로 죽음을 택할 것이다.

　하지만 나는 믿는다.

　아이의 장기가———— 더 많은 이들의 마음을 움직일 것이라고…….

　"……야이치 군."

　케이카 씨는 모든 감정을 억누른 목소리로 물었다.

　"너는…… 저 아이를 어디로 이끌어갈 생각이야? ……아니, 질문이 잘못됐네."

케이카 씨는 고개를 젓더니, 말을 바꾸며 다시 질문을 했다.

"저 아이라면 어디까지 갈 수 있을 거라고 생각해?"

"······."

"너는 설마··········· 설마, 아이도······?!"

"그건, 아이가 결정할 일이야."

드디어 《불멸의 츠바사》의 공세를 완전히 떨쳐내며 거꾸로 외통수로 몰아가는 제자의 종반력에 전율에 가까운 공포와 만족을 느끼며, 나는 이렇게 대답했다.

천사에게 나는 법을 가르쳐 줄 수는 있다.

하지만 그 날개로 어디로 날아갈 건지는———— 천사만이 알 것이다.

⌂ 날개를 주세요

7육계 이후로는 거의 기억이 나지 않았다.

그저 강렬한 인상으로 남아있는 건, 장기판 너머에 앉은 어린 여자애의 등에 달린 한 쌍의 커다란 날개가 펼쳐져 있는 듯한 이미지다.

나는 그것을 보고 싶지 않았다.

──내 이름에도 날개가 있지만······ 나는 결코 가지지 못했던 것이다.

그래서 지워버렸다.

적의 옥(玉)을 궁지에 몰기 위해 금(金)을 후퇴하면서까지······.

──하지만…… 그게 패착이었어.

그래도 나는 1분 장기를 두며 최대한 끈질기게 버텼다. 최후의 순간까지 포기하지 않았다. 장려회에서 보낸 10년이라는 세월 동안 유일하게 익힌, 꼴사나운 발버둥을 쳤다.

하지만 눈앞의 천사는 머나먼 하늘 위에서, 내 옥(玉)을 간단히 잡았다.

"……아아…………."

──나에게 이런 날개가 있었다면, 더 자유롭게 장기를 둘 수 있었을 텐데…….

후회와 선망이 뒤섞인 감정이 내 마음속에 감돌았다.

결국, 7육계 후로 서른 수 넘게 두고 나서야, 나는 투료를 했다.

"감사합니다."

──이걸로…… 끝났어…….

이리하여 나는 진정한 죽음을 맞이했다. 내가 그렇게 바라던, 죽음을…….

감상전은 시끌벅적하게 진행됐다.

견학을 온 초등학생 단체(히나츠루 양과 기록 담당인 연수생의 같은 반이라고 한다)에 둘러싸인 채, 나는 종반의 변화만이 아니라 여류기사로서 다양한 질문을 받았다.

"왜 장기를 시작한 거야?" "왜 기사가 되려고 했어요?", "지면 어떤 기분이 드나요?" "어떤 장기를 두고 싶나요?"

어른에게 받았다면 가슴이 헤집어지는 듯한 질문이겠지만, 어린이가 이렇게 해맑게 물으니 신기하게도 솔직한 마음으로 대답할 수 있었다.

전부 끝내고 대국실을 나설 때, 박수를 받았다.

그리고 나와 나이가 비슷해 보이는 젊은 담임선생님이 엘리베이터 앞까지 쫓아오더니, 나를 향해 깊이 고개를 숙였다.

"피곤하실 텐데, 수고 많으셨어요! 아이들이 아직 철이 없어서 무례한 질문만 하는 걸 보고 정말 죄송했어요……. 그래도 아이들이 잊을 수 없는 체험을 했다고 생각해요. 벌써부터 가쿠메키 선생님이나 히나츠루 양 같은 기사가 되고 싶다는 소리를 하는 애들이 있네요……."

"아뇨, 저야말로…… 좋은 추억이 생겼습니대이."

자신의 장기가 마지막으로 누군가의 도움이 됐다면 충분하다.

그렇게 생각하며 엘리베이터를 타고, 1층으로 내려갔다.

그곳에서 나는 재회했다.

"어?"

칸사이 장기회관에, 있을 리가 없는 사람과 말이다.

나, 사형과 함께 칸토 장려회에서 싸우고, 졌으며, 장기계를 떠난 이들.

탈퇴한 후로 연락 한 번 한 적 없는 연구회 동료들이, 그곳에 있었다.

"다, 들…………? 왜 여기에……?"

내가 망연자실한 어조로 그렇게 묻자, 상대방도 애매모호한 대답을 했다.

"그게…… 그냥?"

"딱히 여기서 만나자고 약속을 한 건 아닌데, 다들 자연스럽게 여기에 모였네."

"이기면 여류명적 리그에 들어가는 거였지? 신경 쓰여서 칸사이까지 와버렸어!"

동료들만이 아니었다.

"가쿠메키 양. 저기…… 아쉽게 됐어."

"하토마치 선생님……?!"

칸토 장려회의 간사다.

나에게 여류기사 전향을 권한 이 사람은 내 대국에 맞추기 위해 일부러 칸사이에서 대국을 잡았다고 한다.

게다가 오늘만이 아니라 지금까지 몇 번이나 그렇게 했다고 한다.

"요즘 도쿄의 장기회관에서는 못 봐서 말이지. 대국이 끝날 때까지 기다리면 만날 수 있을 거라고 생각했는데, 천일수에 이어 그렇게 뜨거운 대결이 펼쳐질 줄은 몰랐어. 정말 아쉬웠어!"

"죄송…… 죄송해요…………!"

그 자리에서 멈춰선 나는 눈을 꾹 감더니…….

"나, 나…………."

대국 중에도 어렴풋이 눈치챘던 것을, 처음으로 입에 담았다.

"나, 장기를………… 관두고 싶지 않아……!!"

장려회의 연령 제한, 여성에게만 인정되는 여류기사 전향.

처음에는 너무한 제도라고 생각했다.

왜 미련이 남게 하냐고 생각했다. 어차피 죽일 거면, 단칼에 죽여 주면 좋겠다고 생각했다.

장려회를 그만둬야 했던 동료들을 볼 면목이 없었고…… 부끄러웠으며, 마음에 걸렸다.

그러니 절대로 이런 말을 하면 안 된다고 생각했지만……!

"그래도, 오늘…… 겨우 깨달았어. 내가 얼마나 장기를 좋아하는지…… 내가 얼마나 장기를 두고 싶어 하는지를……."

——장기를 시작한 것은, 장기를 좋아했기 때문이다.

"오늘, 정말 대단한 장기를 두 눈으로 보고, 느끼면서…… 나도, 저런 장기를 두고 싶다고 생각했어."

——기사가 되려고 생각한 것은, 장기를 좋아했기 때문이다.

"장려회 시절에는 어떻게든 이기기 위한, 장려회에서 살아남기 위한 장기를 뒀지만…… 그렇지 않은 장기가 있다면…… 나도 그런 장기를 두고 싶어!"

——졌을 때는, 매우 분하다.

"무리일지도 모르지만, 그래도 도전해 보기도 전에 포기하고 싶지 않다고 생각했어……. 그러니까……."

——그리고, 두고 싶은 장기는…… 이 손가락이 아직 기억하고 있다.

"그러니까………… 관두고 싶지, 않아…………."

이기적인 소리라는 것은, 알고 있다.

장기의 길을 관둬야만 하는 동료들에게 이런 말을 하는 것이 얼마나 잔혹하고 무례한 짓인지도, 알고 있다.

매도를 당해도 싸다.

눈을 감고 그 말을 기다리고 있는 내가 들은 말은————.

"그건 다들 알고 있어."

어……?

"츠바사의 장기를 보면 한눈에 알 수 있거든? 너만큼 '지고 싶지 않아!' '관두고 싶지 않아!' 하고 장기로 외치는 녀석은 장려회뿐만 아니라 전 세계를 뒤져도 없을 거야."

이 자리에 있는 이들 모두가 고개를 끄덕이는 모습을, 나는 얼이 나간 채 쳐다보았다.

게다가…… 다들 약간 부끄러워하며 이렇게 말했다.

"네가 장기를 계속해 준 덕분에, 나는 장기를 싫어하지 않게 됐어."

"맞아. 신경이 쓰여서 무심코 중계를 보고 만다니깐."

"츠바사가 열심히 활약하면, 자랑할 수도 있거든. '나는 그 가쿠메키 츠바사에게 이긴 적도 있어!' 하고 말이지. 그러면 장려회에 있었던 것도 헛되지 않았다고 생각할 수 있을 거야."

나는 그 따뜻한 말이 믿기지 않은 나머지, 입을 쩍 벌렸다.

"하, 하지만……! 그래도………… 여기에 모인 사람들은 그렇게 말할지도 모르지만………… 사형은…… 분명, 나를…… 원망……."

"원망? 말도 안 돼! 그 녀석이 가장 츠바사를 걱정한다고."

걱……정……해?

"이벤트에 츠바사가 나간다는 걸 알고 '말은 제대로 할 수 있을까?' '지도대국을 해본 적은 있을까?' 같은 소리를 하며 걱정하더라니깐. 폐가 될 테니까 관두라고 말렸는데도, 걱정이 되어서 보러 갔다고. 자기도 회사에 들어간 지 얼마 안 되어서 정신이 없을 텐데, 귀중한 휴일을 날려버리면서 말이야."

그 말을 들은 순간── 지금까지 내가 갇혀 있던 세계에 금이 갔다.

그 금을 타고, 강렬한 빛이 스며들어왔다.

그 눈부신 빛 때문에…… 눈가가 젖어 들어갔다.

"그 녀석, 오늘도 반차 내고 오사카에 오겠다고 했거든? 바보라니깐~. 뭐, 남 말 할 처지는 아니지만 말이야!"

"지금 생각해 보면, 장려회 회원 때는 장기 생각만 하면 되어서 편했어. 취직하니까 일 때문에 피곤해서 장기 생각도 못하겠다니깐."

"정석 공부를 할 생각도 안 나. '왜 쉬는 날까지 남의 지식에 따라 장기를 둬야 하는 거냐고!' 같은 생각이 들더라고."

"프로의 장기는 진짜 재미없거든~!"

하토마치 선생님이 난처한 표정으로 "어이어이, 프로 기사 앞에서 그런 소리 하면 어떻게 해~." 하고 말하자, 다들 폭소를 터뜨렸다.

그 웃음이 잦아들었을 때…….

"어이쿠. 저 녀석도 양반은 못 되겠는걸."

"윽! ……사……… 사형……………!"

눈가에서 흘러내리는 눈물을 참을 수가 없었다.

그래서 내 눈에는 뿌옇게 보였다.

양복 상의를 벗어서 어깨에 걸치고, 땀범벅이 된 채 칸사이 장기회관 안으로 뛰어 들어오는 사형의 모습이……

♟ 작별의 노래

"오늘은 정말 귀중한 체험을 했어요! 장기 대국이 그렇게 처절할 줄은 상상도 못했어요……. 실제로 봐야 알 수 있는 거군요! 저, 감격했어요!"

견학을 마치고 연맹 사무국에 감사 인사를 하러 온 카네가사카 선생님은 사무국 밖의 3층 복도에서 나를 잡더니, 흥분한 목소리로 이런 말을 늘어놓았다.

한편, 미오 양을 비롯한 다른 학생들은 4층에서 케이카 씨에게 여류기사에 관한 이야기를 듣고 있었다. 그리고 아이는 다른 방에서 오늘 장기에 관해 관전기자에게 해설하고 있었다.

"히나츠루 양은 이제 여류명적 리그에 진출한 거죠?! 타이틀을 획득한다면 전교 조회 자리에서 표창…… 아뇨! 그 정도의 규모의 이야기가 아니죠?! 저희 반에 그렇게 엄청난 재능을 지닌 어린이가 있다니…… 이제 와서 떨리기 시작했어요……!"

"그렇죠? 그렇죠?"

확실히 오늘 장기는 누가 봐도 감동할 듯한 내용이다. 만약 흔하디 흔한 대국이었다면 반응이 달랐을 것이다.

그런 의미에서 본다면, 아이는 자신의 힘으로 자신의 길을 개척했다 할 수 있을 것이다.

"그럼, 저기…… 제가 아이와 같이 사는 것은, 허락해 주신 걸로 알아도 될까요……?"

이 반응을 보면 허락을 해 줄지도 모른다고 생각해서 물어봤지만…….

"…………솔직히 말하자면, 오늘 대국을 본 바람에 어쩌면 좋을지 판단이 안 서게 됐어요."

"예?"

"쿠즈류 씨가 학교에서 수업을 하실 때는, 이 사람에게라면 감수성이 풍부한 시기의 어린이를 맡겨도 괜찮을 거라고 생각했어요. 하지만 오늘, 히나츠루 양을 지도한 방법은…… 적어도 제가 지금까지 배운 『교육』과는 명백하게 달랐어요."

"…………"

"강해지기 위해서는 인사가 중요하다, 장기의 길보다 사람의 길이 중요하다고 이야기하던 당신과…… 오늘 이 자리에서 본 쿠즈류 야이치라는 기사는, 마치 딴 사람 같았어요. 그래서 아직…… 결론을 내리지 못하겠어요."

"……알았습니다."

원래부터 나니와 장기대회의 결과로 판단을 내리자는 약속을 한 만큼, 지금 이 자리에서 허락을 받지 못하는 것도 어찌 보면 당연했다.

하지만, 내가 원치 않는 결론이 내려질 듯한 예감이 들었다.

카네가사카 선생님이 보기에, 내가 하는 짓은 비상식적이리라.

제자를 초주검 상태로 몰아넣고, 상대방의 존엄을 짓밟는다.

내가 하는 짓이란 결국, 그런 것이다.

고작 장기 따위를 위해서.

"그런데…… 미즈코시 양 말인데요."

"미오 양 말인가요? 처음으로 기록 담당을 맡은 것치고는 꽤 잘했다고 생각해요. 차도 맛있었고요."

아슬아슬하게 합격점에 턱걸이한 느낌이었다.

"이번에 아이의 기록 담당을 맡은 것이 여러모로 생각을 할 계기가 될 거라고 생각해요. 동급생을 『선생님』이라고 부르며 차를 대접하는 게 분하기도 하겠지만, 그것을 발판 삼아서 쑥쑥 강해질 수도 있을 테고…… 기력 또한 대회 우승도 불가능하지 않은 수준이라고 생각해요. 하지만, 이번에는 엄청 강한 애가 출전한다고 하니까──."

"아뇨. 대회 이야기가 아니에요."

카네가사카 선생님은 내 말을 끊더니, 뜻밖의 이야기를 시작했다.

"미즈코시 양의 아버님은 오사카에 본사가 있는 제약회사에서 일하고 계신데…… 그 회사가 해외의 커다란 회사를 매수한다고 해요."

"……예?"

나는 그 뜻밖의 이야기를 듣고 있을 수밖에 없었다.

확실히 그 매수 이야기는 뉴스에서도 다뤄지고 있기 때문에, 잘 알고 있다. 하지만 그것이 자신들이 살고 있는 세계와 어떤 연관이 있는지는 알지 못한다.

"개학식 날, 미오 양이 저를 찾아와서 이야기했어요. 2학기 때부터 아버지가 유럽으로 전근을 가게 될 가능성이 커서⋯⋯ 가족 모두가 그곳으로 가게 될지도 모른다고요."

"예?"

가족이 해외로 간다.

그건, 즉──.

"미오 양이⋯⋯⋯⋯ 전학⋯⋯⋯⋯?"

그것도 해외로?

국내라면, 연수회에 다닐 수 있다. 연수회는 일본 각지에 있으니까 말이다.

하지만 해외라면 그럴 수 없다.

애초에 해외에 살면서 프로 기사나 여류기사가 활동하는 것 자체가 불가능하기 때문에, 육성기관인 연수회에 다녀도 의미가 없다.

결국 연수회도 관두게 되는 것이다.

그리고 그것은⋯⋯ 장기를 직업으로 삼는 것을 포기한다는 의미다.

여류기사가 진심으로 되고 싶다고 말하며, 나의 조언에 따라 대회에도 나가려 하고 있는 그 애가⋯⋯.

"그, 그걸, 다른 애들도 알고 있나요⋯⋯?"

"미즈코시 양은 반의 리더 격이니까요……. 전학을 간다면, 학생들이 큰 충격을 받을 거예요. 그러니 신중하게 알려야 한다고 생각해서, 아직 아무에게도 말하지 않았어요."

"아이에게도 말인가요?"

"물론이죠."

"…………미오 양은 나니와 왕장전에서 좋은 결과를 얻으면 일본에 남아서 장기 수행을 할 수 있을 거라고 생각하나요?"

"그건…… 미즈코시 양이 어떤 생각으로 대회에 나가겠다고 말한 건지는, 저도 아직 모르지만——."

카네가사카 선생님은 나를 "선생님." 하고 부르더니…….

"설령 당신이 제아무리 무시무시한 사람일지라도…… 장기에 관해서는 쿠즈류 선생님에게 부탁할 수밖에 없어요. 마지막까지 아낌없는 지도편달을 부탁드립니다."

깊이 고개를 숙이며 그렇게 말했다.

🔔 미오의 결의

"……역시 아이는 대단해~."

미오는 집에 돌아간 후에도 오늘 기보를 살펴보았다.

처음으로 기록 담당을 맡으며, 직접 기록한 기보다.

기록 담당 란에는 『미즈코시 미오』라는 이름이 적혀 있었다. 그리고 대국자 란에는 『히나츠루 아이』라고 적혀 있었다.

소중한 기념품이다.

하지만, 솔직히 말해…… 어쩌다 이렇게 된 것인지 모르겠다.

필지가 풀리는 게 말이 돼? 아이는 진짜 괴물 아니야?

"미오가…… 이런 식으로 이기는 건, 불가능할 거야……."

그것도 그럴 것이, 재능이 없다.

재능뿐만 아니라, 아이만큼 노력하지도 않았다.

나름대로 노력해 왔다고 생각했지만…… 오늘 대국을 하는 아이를 보니, 자신이 지금까지 해온 것이 노력이 아니라는 사실을 깨달았다.

애초에 미오는 전학을 하면서까지 장기를 배우려 하지 않았다.

집 근처에 장기회관이 있어서 연수회에 들어갔을 뿐이며, 진지하게 장기를 공부하지도 않았다.

그것은 연수회에서 아이에게 접장기로 졌을 때도 느꼈다.

지금까지 무언가를 해낸 적도, 도전한 적도 없다.

그러니 분명, 이번에도…….

"…………역시 대회 우승은 뻔뻔한 목표일까……?"

바로 그때, 미오의 스마트폰에 알림이 왔다.

"아!『블랙캣』씨가 또 나한테 대전을 신청했네!"

얼마 전부터 장기 어플리케이션으로 빈번하게 대국을 하고 있는 상대였다.

단위는 최고위인 9단이며, 등급이 꽤나 떨어져 있는 엄청난 강자다.

아마추어라면 전국대표 급이리라.

"이 사람과 계속 붙다 보니, 미오의 등급이 꽤 떨어졌다니깐.

혹시 저 사람의 신경을 건드리는 짓을 한 걸까~?"

고생고생해서 올린 등급이 떨어지니, 역시 분했다.

하지만 아이와 다툰 바람에 대국을 할 상대가 없어서 난처하던 시기라, 미오는 적극적으로 이 사람과 장기를 두고 있었다.

"그리고 『블랙캣』 씨는 감상전을 엄청 세세하게 해 주잖아! 채팅 때 말투는 무뚝뚝하지만, 정석도 엄청 자세하게 가르쳐 줘!"

많은 걸 배울 수 있는 상대다.

학교 수업 때 쿠쭈류 선생님도 말했다시피, 장기 실력이 늘기 위해서는 강한 상대와 장기를 잔뜩 둬야만 한다. 원래라면 내가 엎드려 절이라도 하며 대국을 부탁드려야 할 상대가 이런 식으로 나에게 대국 신청을 해 주다니…… 말도 안 되는 행운이야!

"좋아~!"

미오는 두 손으로 자신의 볼을 때리며, 잡념을 전부 떨쳐냈다.

"시간은 얼마 남지 않았지만…… 최선을 다할 수밖에 없어!"

제5보

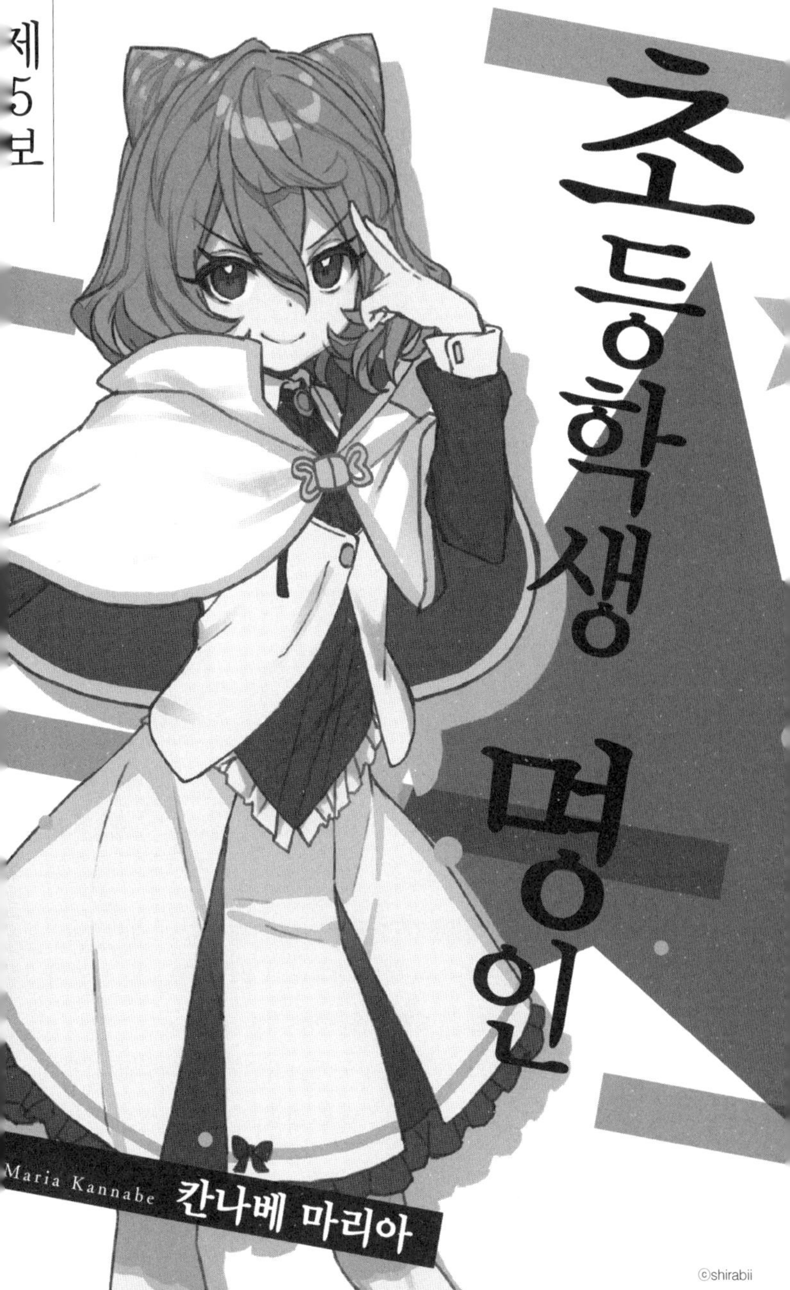

♟ 나니와 왕장전

"어어어어어………엄청 장기판이 많네요~!!"

행사장에 들어선 아이는 눈을 크게 뜨고 그렇게 외쳤다.

아직 아무도 없는 행사장에는 천 개가 넘는 장기판이 놓여 있다.

주로 칸사이의 각 지역에서 이곳, 오사카시 중앙체육관으로 모이는 초등학생의 숫자는 1630명이나 된다. 아이들과 동행하는 보호자를 포함하면, 삼천 명이 넘는 사람들이 이곳에 운집하는 셈이다.

"아이는 순수한 아마추어 대회에는 한 번도 나가 보지 못하고 여류기사가 됐네."

나는 양복 가슴 부분에 프로임을 나타내는 명패를 달면서 그렇게 말했다.

"도쿄 빅사이트에서 더 큰 대회가 열린 적도 있는데, 그때는 3200명이나 되는 초등학생이 모여서 1600대국을 일제히 펼쳤대. 아마 그게 당시에 기네스 기록이 됐을걸?"

"우와~…… 장기판을 가져다 놓는 데만 하루는 걸리겠어요!"

깜짝 놀란 아이도 가슴에 여류기사임을 알리는 명패를 달았다. 거기에는 『여류 초단』이라는 글자가 적혀 있었다.

여류명적전 도전자 결정 리그에 들어가면서 승단한 것이다. 야샤진 아이 여류2단에 이어, 사상 두 번째로 어린 나이에 유단자가 된 것이다.

야샤진 아이도 그렇지만, 아마추어 대회에 나가본 적이 없는 이가 기사 자격을 획득한 것은 전대미문의 일이다.

　"이렇게 출전자가 많은데, 하루 만에 우승자가 정해지나요? 대체 어떻게 정하죠?"

　"우선 블록 대국을 해."

　대국자는 여러 블록으로 나뉘고, 거기서 3연승을 한 자만이 토너먼트전에 진출하게 된다.

　"고학년과 저학년으로 나뉜다면서요?"

　"맞아. 그래서 저학년인 샤를 양이 여초연 애들과 격돌하게 될 가능성은 없어. 미오 양과 아야노 양은 가능하면 좀 블록이 달라졌으면 좋겠네……."

　"다들…… 괜찮을까요?"

　"샤를 양은 1승이 목표가 될 거라고 생각해."

　저학년부에도 요즘은 당연하다는 듯이 유단자가 있다. 초단이 될까 말까 한 실력인 샤를 양이 그들을 상대로 얼마나 잘 싸울 수 있을지…….

　"그리고 미오 양과 아야노 양은 연수생이잖아. 지면 '여류기사가 될 거라는 애들이 정말 약해빠졌네.' 같은 비판을 들을 거야. 아마 부담도 심하겠지."

　"…………."

　아이는 아무 말 없이 고개를 숙였다.

　이런 대규모 대회에서는 프로와 여류기사는 식사를 할 짬도 없을 만큼 바쁘다.

지인들의 대국을 지켜보는 건 불가능하다. 하다못해 토너먼트 전까지 이기고 올라와 준다면⋯⋯.

"아이. 미오 양 말인데——."

"예?"

"⋯⋯아무것도 아니야."

바로 그때, 운영 측 사람이 우리에게 말을 걸었다.

"쿠즈류 선생님, 히나츠루 선생님. 참가자 환영과 기념 촬영 준비를 부탁드립니다."

""예!""

그 후로는 폭풍처럼 시간이 흘렀다.

"좋은 아침입니다! 다들 오늘은 힘내세요!"

"조, 좋은 아침입니다!"

나란히 선 나와 아이는 해일처럼 입장하는 초등학생과 보호자들 전원을 맞이했다.

이때, 말을 걸어오는 숫자를 통해 그 기사의 인기를 알 수 있다.

"히나츠루 선생님이야⋯⋯!" "히나츠루 선생님, 귀여워!!" "아이 선생님과 사진 찍고 싶어!" "히나츠루는 본처 쪽이지?", "승단 축하드려요!!" "옆에 있는 로리왕이 눈에 거슬려."

아이는 참 인기가 많네.

아이와의 기념 촬영을 희망하는 사람들이 몰려오자, 입구는 혼잡하기 그지없었다. 게다가 아이를 보러 온 보도진까지 몰려오자⋯⋯ 으으~ 완전 엉망진창이네!

아무리 내가 초등학생을 잘 다뤄도 1600명이 넘는 초등학생을 대처하는 건 어렵다. 나와 아이는 반사적으로 손을 놀리고, 말을 하며, 시종일관 미소를 머금은 채 행사장 안을 뛰어다녔다.

심판장인 샤칸도 씨는 대회 운영의 총지휘를 맡고 있고, 아유무는 그런 스승의 시중을 들고 있다. 그러니 팬서비스 업무는 필연적으로 우리가 떠맡게 된 것이다.

한 시간에 걸친 참가자 환영이 끝난 후…… 지도대국 부스로 이동한 우리는 그제야 한숨 돌렸다.

"하아…… 하아…… 하아………… 아이, 다른 애들은 봤어?"

"아, 아뇨…………. 하지만 카네가사카 선생님이 언뜻 보이긴 했어요…… 하아하아……."

우리 둘 다 목소리와 체력이 한계에 도달해 있었다.

"아이, 지도대국 말인데…… 예선에서 떨어진 애들이 왕창 몰려올 거야."

게다가 오늘은 장려회의 예회일이라서 장려회 회원들이 도우미로 와주지도 않았다. 그래서 평소보다 더 일손이 부족했다.

"…………그러니까 지금 쉬어둬. 이제부터 본격적인 지옥이 시작될 거야……."

"…………으으……."

그런 이야기를 하고 있을 때, 마이크를 통한 사회자의 목소리가 들렸다.

『그럼 대국을 시작하기에 앞서, 오늘의 심판장이신 샤칸도 리나 여류명적께서 한 말씀 해 주시겠습니다!』

땀으로 범벅이 된 우리와 달리, 샤칸도 씨는 태연한 표정으로 단상에 모습을 드러냈다.

그 옆에는 경애하는 스승의 걸음을 돕고 있는 아유무가 있었다.

그림책에서 튀어나온 듯한 여왕과 기사 그 자체 같은 모습을 본 오사카의 초등학생들은 깜짝 놀란 건지, 술렁거리던 행사장 안이 정적에 휩싸였다.

『짐이 바로 여류명적인 샤칸도 리나이니라.』

그리고 샤칸도 씨는 독특한 일인칭으로 초등학생들의 하트를 거머쥐더니…….

『프로 기사를 제쳐두고 여류기사가 심판장을 맡는다는 건, 원래 불손한 일이지. 하지만 이번에 등장하는 프로는 짐의 제자와 그 라이벌이노라. 그러니 양해해 줬으면 한다.』

샤칸도 씨는 그렇게 양해를 구한 후, 이야기를 시작했다.

『짐이 어린 시절에는 어른을 위한 장기대회밖에 없었다. 장기를 두는 아이들이 매우 적었고…… 하물며 여자는 어디를 가도 짐밖에 없는 상황이 이어졌지.』

맞아. 나와 사저가 어릴 적에도 장기를 두는 여자는 극단적으로 적었다.

샤칸도 씨가 어린 시절에는 담배 냄새로 충만한 도장에서 아저씨들과 장기를 둬야 했으리라.

하지만 그런 상황에서 실력을 갈고닦았기 때문에, 샤칸도 씨의 기력은 나이를 먹어도 쇠퇴하지 않는다는 평가를 받고 있다.

『저출산이라는 작금의 파도를 거부하듯, 장기를 두는 어린이는 늘어나고 있노라. 특히 이곳 오사카에는 장려회 3단 리그에서 싸우고 있는 소라 긴코를 비롯해, 사상 최연소로 여류기사가 된 야샤진 아이 여류 2단, 그리고 오늘 이 자리에 온 히나츠루 아이 여류 초단 등의 활약 덕분에 오늘 참가자 중에도 여자가 매우 많지. 짐도 감동하고 있노라. 아, 그리고──.』

그리고 샤칸도 씨는 검사검사 말하는 투로 폭탄을 투하했다.

『올해 초등학생 명인도 여자였지. 그리고 오늘 이 대회에 참가할 것이니라. 그러니 이 대회에 우승한다는 건, 그 나름의 가치가 있을 테지.』

술렁!

정적이 감돌던 행사장이 갑자기 뜨겁게 달아올랐다.

"……마리아 양을 말하는 거겠죠?"

"그래. 이 자리에서 그걸 밝혀서 참가자들을 의욕적으로 만든 건지, 아니면 마리아 양을 압박한 건지……."

아마 양쪽 다일 것이다.

샤칸도 심판장은 순식간에 흥분의 도가니가 된 행사장 안의 분위기에 만족한 것처럼 고개를 끄덕이더니, 엄숙한 어조로 나니와 왕장전의 개최를 선언했다.

『그럼── 싸움을 시작하거라!』

◊ 초등학생 명인

──한 번만…… 한 번만 더 이기면 결승에 진출해! 반드시 이

기겠어!!

대국시계가 초를 새기는 소리가 들리는 가운데, 미즈코시 미오는 자신의 볼을 때리며 기합을 넣었다.

고학년부 예선. 세 번째 대국.

서로가 외통수순을 걸 수 있는 종반을 맞이하자, 미오의 심장은 격렬하게 뛰기 시작했다.

하지만 그 두뇌는 맑기 그지없었다.

——대단해! 쿠쭈류 선생님이 가르쳐 준 전형이 만들어졌어!

앞선 두 대국에서도 마찬가지였다.

복잡해 보이는 국면도, 전형을 외워두면 간단히 풀 수 있다.

"이건 계절전…… 이건 계절전……."

『계마를 넘겨주지 않는 한 절대 지지 않는 전형』이라는 조건을 잊지 않도록 입안으로 반복해서 중얼거렸다.

그리고 상대방 옥(玉)의 약점도 계마(桂馬)였다. 계마가 있으면 단숨에 잡을 수 있지만, 다른 방법으로는 수백 번을 더 둬도 절대 지지 않는 전형…….

상대는 그것을 눈치채지 못했다.

미오는 장기판 구석에 떨어져 있던 계마(桂馬)를 입수했다.

"……?"

그 한 수의 의미를 이해하지 못한 상대는 미오가 장기전에 대비해 장기말 확보를 우선하고 있다 착각하며 은(銀)을 보충하려 했다. 가치만 보면 은이 계마(桂馬)보다 뛰어나다.

하지만 이 순간에 가장 가치가 있는 장기말은—— 계마(桂馬)다.

"아자!!"

"…………앗?!"

방금 손에 넣은 계마(桂馬)를 투입한 미오의 수를 보고서야, 상대는 그 의도를 눈치챘다.

그리고 곧 투표했다.

"졌습니다……."

"감사합니다!"

미오는 껑충껑충 뛰고 싶은 마음을 억누르며, 깊이 고개를 숙였다.

감상전이 끝나고 자리에서 일어난 미오는 달아오른 얼굴에 페트병을 대면서, 아직 이어지고 있는 대국을 견학하러 갔다.

"휴우~………… 이걸로 3연승이네. 생각보다 쉽게 이겼어!"

본인은 자각하지 못했지만, 미오 또한 상당한 재능을 지녔다.

지금까지는 그 뛰어난 감각으로 『왠지』 이길 때가 많았으며, 질 때도 『왠지 이제 틀린 것 같다』며 마음이 꺾여서 투료할 때가 많았다.

하지만 야이치에게서 형세 판단의 명확한 기준을 배우면서 들쑥날쑥하던 마음에 심지가 생겼으며, 단기간에 비약적으로 기력이 상승한 것이다.

그리고, 그런 미오보다 더욱 성장한 이는——.

"우와! 아야농도 3연승 했어?"

"예! 쿠즈류 선생님이 가르쳐 주신 방법으로 싸웠더니, 상대가 금방 투료해 줘서…… 제가 가장 빨리 3연승을 했어요!"

사다토 아야노는 그렇게 말하며 가슴을 폈다.

평소에는 내성적이지만, 오늘은 자신감이 넘쳤다. 그 자신감이 힘이 되면서, 세 번 대국에서 전부 외통수로 승리한 것이다.

"컨디션 좋네! 오늘은 아야농과 맞붙지 않았으면 좋겠어~."

"후후후……. 저는 쿠즈류 선생님 말고 다른 분에게도 몰래 조언을 받았거든요."

"뭐어~?! 약았어, 아야농! 누구야?! 누구한테 배운 건데?!"

"저한테 이기면 가르쳐 줄게요~♪"

토너먼트 진출이 확정된 두 사람은 농담을 나누며 즐거워했다.

하지만 그 기쁨도 곧 자취를 감췄다.

"아야농, 저기 봐! 저쪽! 사람들이 엄청 몰려 있어!"

"윽!! 저 사람은…….'

아직 대국 중인 장기판을 향해 두 사람은 뛰어갔다.

그곳에서 펼쳐지고 있는 건── 장기라고 할 수 없었다.

대국자 중 한 명은, 이상한 복장을 한 여자애였다. 그리고 다른 한 사람은 엉엉 울고 있는 남자애였다.

머리에 짐승귀를 단 소녀는 연극 톤으로 이렇게 말했다.

"크크큭…… 아까 그 기세는 다 어디 간 게냐? 계집애한테는 질 수 없다고 지껄여놓고, 대국 중에 울음을 터뜨릴 줄이야. 누가 더 계집애 같으려나~?"

미오도 소문은 들었다.

올해 초등학생 명인은 여자애이며, 엄청 개성적일 뿐만 아니라, 칸나베 아유무 6단의 동생이라는 이야기를 말이다.

──이 애야! 이 애가 틀림없어!!

『~이니라』, 『이 몸』 같은 괴상한 말투, 그리고 그것보다 더 괴상한 옷차림⋯⋯. 딱 봐도 칸나베 아유무 6단의 관계자 같아 보였다.

그 장기판에 다가간 미오는 또 한 번 충격을 받았다.

"윽?! 모든 말을 잡혔어?!"

상대방이 지닌 모든 말을 전부 앗아간다고 하는 최악의 형태로, 마리아는 승리를 거둔 것이다.

그 결과, 대국 상대인 남자애는 울음을 터뜨렸고⋯⋯.

투료조차 못한 채, 타임 오버로 지고 말았다.

"우와, 비참해⋯⋯." "역시 《차세대 명인》의 동생이야⋯⋯." "진 애도 초등학생 명인전에서 오사카 대표가 됐던 애지?", "저 실력이면 장려회에 충분히 들어가겠는걸.", "대체 왜 이런 대회에 나온 거지⋯⋯?"

마리아는 주위 사람들의 말을 들으며 기분 좋은 듯한 표정을 지었다.

미오는 투료도를 보면서, 무심코 중얼거렸다.

"무지무지⋯⋯⋯⋯ 강하네⋯⋯!"

기력이 상승한 덕분에, 미오와 아야노도 마리아가 얼마나 강한지 이해할 수 있었다.

초등학생 명인과 자신이 얼마나 실력 차이가 나는지도⋯⋯.

예선 종료 후, 결승 토너먼트 대진표가 발표됐다.

벽에 붙은 토너먼트 대진표 앞으로 초등학생들이 몰려갔다.

"아야농은…… 이 블록이네. 미오는 저쪽 블록이니까, 결승에서나 붙겠어! 다행이야~."

미오는 가슴을 쓸어내렸다.

하지만 옆에 선 아야노의 얼굴은 새파랗게 질려 있었다. 그 이유는——.

"제 블록에………… 칸나베 양이, 있어요……."

"아……."

꽤 떨어진 곳에 배치되어 있어서 눈치채는 데 시간이 걸렸지만, 아야노와 마리아는 같은 블록이었다.

순조롭게 이기고 올라간다면, 두 사람은 준결승에서 붙게 된다.

1회전에서 마리아와 붙게 된 초등학생의 얼굴에는 『절망』이 드러나 있었다. 마리아 본인은 누구와 붙어도 이길 수 있다고 생각하는 건지, 토너먼트 대진표를 보러 오지도 않았다.

토너먼트 대진표를 올려다보고 있던 아야노는 이윽고 입을 열었다.

"…………제가 막겠어요."

"아야농?!"

"칸나베 양이 아무리 강해도, 아이 양이나 텐짱보다 강하지는 않을 거예요. 그러니까 전혀 무섭지…… 않아요!"

아야노는 스스로를 독려하듯 그렇게 말하더니, 옆에 선 미오의 손을 움켜잡았다.

"그러니까 미오 양은 결승에서 기다려 주세요. 그럼, 저는……
반드시 이길 거예요……."

"알았어! 먼저 올라가서 기다리고 있을게!"

♟ 샤를로트의 소원

"쿠즈류 선생님. 대국 준비를 부탁드립니다."

"아, 예~!"

지도대국 부스에서 제자와 함께 수많은 초등학생을 상대하던
나는 대회 관계자의 말을 듣고 남은 지도대국을 후다닥 끝냈다.

예선에서 진 아이들이 우르르 몰려온 탓에, 지도대국은 전쟁터
를 방불케 할 정도로 바빠졌다. 이 타이밍에 자리를 벗어나려니
아이에게 미안했지만, 일 때문이니 어쩔 수 없다.

"아이, 지도대국을 잘 부탁해."

"예, 사부님! 나중에 무대에서 뵐게요!"

초등학생 대회의 결승은 무대 위에서 치러지며, 프로의 대국은
그 후에 진행된다.

아이도 그때 무대에 올라서 맡은 일을 할 예정이다.

미오 양과 아야노 양이 결승까지 올라와준다면, 아이는 두 사
람의 대국을 옆에서 지켜볼 수 있을 테니…… 두 사람이 힘내줬
으면 한다.

나는 대회 관계자를 향해 걸어가며 물었다.

"대회 진행은 어떻게 되고 있나요?"

"순조롭습니다. 저학년과 고학년 전부 토너먼트 1회전이 끝났…… 어? 아직 한 대국만 끝나지 않았군요. 저학년부 대국이네요."

저학년부의 애는 종반이 엉망이니 외통수를 놓친 걸지도——하고 관계자가 말했지만, 나는 그 말을 끝까지 듣지 않았다.

"죄송한데, 잠시만 기다려주시면 안 될까요?!"

"어?! 요, 용왕?! 대체 어디에——."

나는 그대로 아직 대국이 펼쳐지고 있는 곳을 향해 뛰어갔다.

그곳에서 장기판을 향해 몸을 쑥 내밀며 싸우고 있는…… 금색 머리카락이 눈에 들어왔던 것이다.

"윽!! 샤를 양…………."

설마 진짜로 예선을 통과했을 줄이야!

내가 다가온 것도 눈치채지 못한 것 같은 샤를 양은 국면에 집중하고 있었다. 연이은 대국 때문에 지친 건지 숨이 거칠어졌으며, 눈도 충혈되었다.

형세는…… 샤를 양의 열세였다.

상대인 남자애는 유단자인 건지 견고한 진을 쌓았다. 공격 또한 묵직했다.

하지만 샤를 양은 그런 상대방보다 제한시간을 많이 남겨뒀다.

"…………내 가르침을 따르고 있는 건가……."

타임 오버가 되지 않도록 템포 좋게 둬라. 그것은 내가 몇 번이나 했던 말이다.

우세하다면 몰라도, 열세인 상황에서 시간을 쓰지 않는 건 어렵다.

"핫!!"

샤를 양은 기합을 내지르며 수를 뒀다! 그것은 프로 기사가 봐도 최선이라 할 수 있는, 회심의 한 수였다.

그리고 내 얼굴에서 핏기가 사라졌다.

──대국시계의 버튼을 누르는 걸 깜빡했어……!!

샤를 양은 집중하고 있다. 아니, 너무 집중했기 때문에 시계를 눌러야 한다는 생각마저 머릿속에서 한순간 사라졌다.

그것을 눈치챈 것은, 초읽기의 전자음이 울렸을 때였다.

"어?…………앗!"

샤를 양은 허둥지둥 시계의 버튼을 눌렀다.

하지만, 모처럼 남겨뒀던 제한시간이 바닥나고 말았다.

게다가 상대는 샤를 양의 제한시간을 이용해 다음 수를 읽은 것이다. 종반에서의 이 실수는 치명상이다. 게다가 국면 자체도 샤를 양에게 불리했던 것이다.

샤를 양은 시간이라고 하는 마지막 의지처마저 잃었다.

이대로 마음이 꺾여서 투료해도 이상하지 않지만──.

"저 금발 애…… 대단해!" "금방이라도 쓰러질 것 같은데, 아직 저런 힘이 남아 있는 거야!?" "정말 마음이 강한 애야……!"

샤를 양은 계속 장기를 뒀다.

아무리 궁지에 몰려도 계속 싸우는 그 모습을 본 주위 사람들이 성원을 보냈다. 저 온화하고 상냥한 샤를 양에게 '마음이 강한 아이' 라고 입을 모아 칭찬하면서…….

나는…… 눈물이 날 것만 같았다.

"힘내…… 힘내……!"

최강의 용왕인데도, 눈물을 참으며 그 말만 되풀이했다.

하지만 승부란 비정했다.

쫓아가고, 쫓아가고, 또 쫓아갔지만…… 결국 따라잡을 수 없다는 사실을 깨달은 순간…….

"…………쪄씁니다."

샤를 양은 고개를 정중히 숙이며, 투료했다.

관전을 하던 사람들이 아낌없는 박수를 보냈다. 대전을 한 남자애는 이겼는데도 마치 참패한 것처럼 얼굴을 새빨갛게 붉히며 고개를 숙였다. 상대가 시계의 버튼을 누르는 것을 깜빡한 바람에 이긴 것을 부끄럽게 여기는 것이리라.

그래도 어쩔 수 없다. 이 애도 필사적이었을 테니까 말이다.

그래서 샤를 양은 졌지만, 평소처럼 미소를 지으며…….

"또, 짱끼 뚜자."

남자애와 악수를 나누려고 손을 내밀었다.

그리고 그대로── 옆으로 몸이 기울었다.

"윽!! 샤를 양?!"

하지만 바닥에 쓰러질 뻔한 샤를 양을 나보다 먼저 받아준 여성이 있었다.

선글라스를 꼈지만, 이 사람은──.

"쿠구이 씨?!"

"아야노한테는 비밀로 해도."

변장을 한 쿠구이 마치 산성앵화가 그렇게 말했다.

"의무실에 옮길까요?"

『피로 탓에 잠들었을 뿐입니다. 좀 쉬면 괜찮을 겁니다.』

침대에 누운 샤를 양을 진찰한 의사가 그렇게 말했다.

행사장에 와 있던 샤를 양의 어머니에게도 샤를 양의 상태를 설명했다. 그리고 그분은 지금 의무실 밖에서 샤를 양의 아버지에게 연락을 취하고 있다.

그건 그렇고…… 나는 쿠구이 씨의 빠른 대처에 깜짝 놀랐다.

마치 샤를 양이 그 대국에서 힘이 다해 쓰러질 거라는 사실을 일찌감치 알고 있었던 것 같은——.

"그런데 쿠구이 씨가 왜 여기 있는 거죠? 사매인 아야노 양을 응원……하러 온 느낌은 아니네요."

"아야노도 신경이 쓰이지만, 오늘은 샤를 양이 마음에 걸렷다 아이가."

샤를 양이?

"체력적으로 힘들 거라고 생각했대이. 예선을 통과한 것도 기적인 기다. 이렇게 조그마한 몸으로 그렇게 열심히……."

"어? 쿠구이 씨가 왜 샤를 양을 그렇게 신경 쓰는 거죠?"

"샤를 양은 쭉…… 우리 집에 장기 수행을 하러 왔대이. 용왕 씨의 특훈이 끝나고 바로 말이대이."

"예?!"

"이 애, 순해빠진 것 같지만, 의외로 고집쟁이대이. 부모님이 걱정하실 테니 돌아가라고 해도, 집에서 몰래 빠져 나와서 내를 찾아왔다 아이가. 그 고집에 손발 다 든 기다. 결국 며칠 동안 우리 집에서 묵으며 내한테 장기를 배웠대이."

"대체 왜 그렇게까지……?"

"……용왕 씨의 제자가 되고 싶다 카더라."

제자? ……나의?

"1년 전에 부탁을 했지만, 거절당했다대. 그래서 샤를 양은 아이 양처럼 장기를 잘 두게 되면 제자가 될 수 있을 줄 알고, 쭉 노력해온 거대이. 용왕 씨, 이 대회에서 좋은 성적을 내면 소원을 들어주겠다고 했재?"

"하…… 하지만 샤를 양한테는 '색시로 삼겠다'고 했어요. 그랬더니 본인도 제자보다 색시가 좋다고 납득했는데……."

"용왕 씨의 색시 말이가. 부럽대이."

그치만── 하고 말한 쿠구이 씨는 샤를 양의 머리를 상냥하게 쓰다듬어 줬다.

"아무리 사랑받더라도, 장기를 통한 유대를 갈구하게 된다. 장기 기사를 사랑하게 된 여자애는 다 그런 걸지도 모른대이. 특히 샤를 양은…… 언젠가 프랑스로 돌아가야만 한다 아이가."

"윽……!"

나는…… 바보다.

샤를 양이 쭉 일본에 있을 거라고 생각했다. 미오 양의 전학을 알고도, 그쪽에 신경이 팔려서…… 샤를 양이 언젠가 프랑스로 돌아갈 거라는 생각조차 하지 않았다.

하지만 샤를 양은 나와 만난 그때부터, 작별을 마음 한편에 두고 있었던 것이다……!

그대, 누군가가 내 옷을 잡아당겼다.

"…………싸뿌……."

"샤를 양?! 정신이 든 거야? 잠시만 기다려. 지금 어머니를 부
를──."

하지만 샤를 양은 내 옷을 움켜쥔 손에 힘을 주더니…….

"샤르 말이지~. 싸뿌의~. ……쩨자가 되고 시퍼."

그때와 똑같은 말을 입에 담았다.

"윽……!!"

나는 예전에 그 부탁을 거절했다.

그것은…… 샤를 양의 재능과 내 역량으로는, 우리 둘 다 행복
해질 수 없다고 생각한 것이다.

그래서 아내로 삼아주겠다고 말해서 얼버무렸다.

샤를 양은 아직 어리고, 장기에 관해서도 아직 진심이 아니니
까…… 그런 말로 속였다고 생각하며 안심했다.

하지만, 아니었다.

속은 사람은 바로 나였다!

"…………샤를 양……."

나는 한쪽 무릎을 꿇은 후, 내 옷을 한사코 움켜쥐고 있는 샤를
양의 손을 두 손으로 상냥히 움켜잡았다.

그리고 대답했다.

뭐라고 대답했냐고?

그야 뻔하잖아.

"예전부터…… 샤를 양은 내 제자였어……!!!"

만약 이 애가 연수회에 들어가는 날이 온다면, 나는 기쁜 마음으로 이 애의 스승이 되어줄 것이다.

프랑스로 돌아가도 좋다. 지금은 인터넷이 있으면 세계 어디서나 장기를 둘 수 있다.

재능이 뭐지?

장기 세계에 들어가면 불행해져?

그런 건 전부, 나 자신이 불민함을 이 애에게 떠넘기는 거잖아!

불행해질 리가 없다.

내가 이 애를, 세상에서 가장 장기를 잘 두는 여자애로 만들겠어!

"샤를 양은 내 제자이자, 아내니까…… 앞으로 쭉 함께할 거야! 샤를 양이 어디에 있든, 항상 우리는 함께할 거야!!"

"흐흑……."

나의 가장 새로운 제자는, 사부님을 꼭 끌어안더니——.

"으에엥…… 으에에에에에에에엥!! 으에에에에에에엥!!"

엉엉 울었다.

그대로 녹아버리지 않을까 싶을 만큼, 뜨거운 눈물을 흘렸다.

하지만 그것은 샤를 양에게 있어, 자신의 탄생을 알리는 갓난아기의 첫 울음소리이기도 했다.

장기를 지고 처음으로 흘린 눈물인 것이다.

"샤, 샤우…… 마리지? 씨른 마리지? 시른………… 이끼꼬 시퍼써! 떠…… 떠, 깡애지꼬 시퍼……!!"

"……강해질 수 있어. 분명 강해질 거야."

처음으로 진심 어린 눈물을 흘린 샤를 양에게, 나는 몇 번이나 그렇게 말했다.

너는 분명, 강해질 수 있어.

왜냐하면 오늘 하루 만에………… 이렇게 강해졌잖아.

☐ 아야노의 긍지

울다 잠든 샤를 양을 쿠구이 씨에게 맡긴 나는 서둘러 기모노로 갈아입고 행사장으로 돌아갔다.

"윽!! 벌써 준결승전이 시작됐잖아……."

고학년부는 베스트4의 대국이 시작되었다.

두 개의 장기판 주위에는 수많은 인파가 모여 있었다. 고학년부의 참가자만 해도 천 명은 되었으니, 그중에서 준결승까지 올라간 이들의 대국이 주목을 받는 건 오히려 당연했다.

그리고, 그 네 명 중에서——.

"미오 양과 아야노 양?! 두 사람 다 준결승까지 올라갔구나!"

샤를 양의 성장을 보며 그 두 사람도 충분히 실력이 늘었을 거라고 생각했지만…… 이 대회에 맞춰 집중적으로 특훈을 한 성과가 발휘되고 있는 것 같았다.

"……고맙게도 준결승에서 저 두 사람이 붙지도 않았어. 잘하면 미오 양과 아야노 양이 결승에서 붙을지도——."

하지만 아야노 양의 상대를 본 나는 격렬하게 동요했다.

멀찍이서 봐도 한눈에 알아볼 수 있는 저 실루엣은——.

"영감 로리?! ……역시 참가했구나!"

초등학생 명인이자 아유무의 여동생—— 칸나베 마리아다.

기보를 본 적은 없지만, 샤칸도 씨가 그렇게 아끼는 걸 보면 절대 약할 리가 없다. 과연 아야노 양의 장기가 초등학생 명인에게 통할까?

"너무 다가가면 저 두 사람이 당황할지도 모르니까……."

나는 인파들 뒤편에서 아야노 양과 마리아 양의 대국을 관전했다.

다들 도쿄에서 온 초등학생 명인의 대국에 관심이 쏠렸는지, 용왕이 옆에 있는데도 눈치채지 못했다. ……결코 인기가 없어서 무시당한 것이 아니다. 마리아 양의 옷차림이 기모노 차림의 프로보다 눈에 띄는 것뿐이다. 틀림없다고…….

선수인 아야노 양이 선택한 전법은 자신의 특기인 몰이비차였다.

그리고 후수인 마리아 양은 오빠와 마찬가지로 앉은비차파 같지만——.

"잘 보거라. 그리고 똑똑히 깨달아라. 이것이 초등학생 명인의 장기이니라!"

그렇게 선언한 마리아 양은 제왕다운 장기를 선보였다.

프로가 봐도 위화감이 드는 수를 한 번도 두지 않았다.

──그뿐만 아니라…… 때때로 인류가 아닌 존재가 좋아할 법한 수를 두는 걸.

그것은 장기 소프트의 수다.

어릴 적부터 소프트를 접하면, 장기가 왜곡될 우려가 있다.

하지만 마리아 양은 초등학생 특유의 유연성을 통해, 성인 프로나 장려회 유단자보다도 매끄럽게 자신의 감각에 접목시키고 있었다.

IT 신세대의 최강자를 자처할 만했다.

──무의식적으로 저러는 거라면…… 상당한 재능이야.

그리고 그 날카로운 감성을 마음껏 활용하며, 순식간에 아야노 양을 궁지에 몰아넣었다.

"…………강해!!"

서반, 중반, 종반. 그 어디에서도 빈틈이 없다.

유감이지만…… 아야노 양이 당해낼 상대가 아니었다. 실력이 몇 수는 차이가 나고 있었다……!

──지금 바로 장려회에 들어가도 충분한 실력 아니야?!

적어도, 초등학생 대회에 나올 레벨이 아니었다.

그 사실을 누구보다도 처절하게 깨닫고 만 아야노 양은…… 마음이 꺾이고 말았다.

"아…… 아아아……."

원래부터 아야노 양은 기술적인 면에 비해 정신적으로 약한 면이 있었다.

　연수회에서 아이와 처음으로 대국을 했을 때도, 기합에서 밀려서 단시간에 투료하고 말았다.

　나도 그것은 눈치챘지만…….

　——정신적인 면까지 단련해 주지는 못했어……. 내 지도력이 부족했어…….

　하다못해 대국 전에 말을 걸어서 격려해 줬다면……!

　하지만 그런 후회도 소 잃고 외양간 고치는 격이다.

　"더…… 더더………………더는, 둘 수가——."

　『더는 둘 수가 없습니다』.

　아야노 양이 그런 말로 자신의 투료 의사를 밝히려 했다.

　바로 그때였다.

　"좋아아아아아아——!! 이겼어어어어————!!!!!"

　옆자리에서 대국을 하고 있던 미오 양이 갑자기 책상 위로 뛰어올라가서 포효를 질렀다.

　그 만행에 행사장 안은 소란스러워졌다.

　"결승에 진출했어어어어————!! 미오는…… 미오는, 결승에 올라간 거야아아아아아아아아아아아아아아아아아아아아아아아아아아아!!!!!"

　"무, 무슨 짓이야?! 아직 대국이 끝나지 않은 사람이 있으니 조용히 하렴!"

대회 관계자가 서둘러 미오 양을 끌어내렸다.

"그리고 이런 식으로 기뻐하는 건 매너 위반이잖니! 진 아이의 심정을 헤아려 줘! 하아…… 연수회에서는 자기 학생들에게 대국 매너도 제대로 가르치지 못하는 거야?!"

주위에서도 미오 양의 행동을 비난하는 목소리가 터져 나왔다.

미오 양은 그대로 행사장 밖에 있는 대기실로 연행됐지만…… 나는 저 애가 왜 저런 건지, 곧 눈치챘다.

『미오는 이겼어! 아야농도 힘내! 결승에서 싸우기로 약속했잖아?!』

그 말을, 전하고 싶었던 것이다.

장기는 혼자서 두는 것이며…… 고독하기 그지없는 경기다.

미오 양도, 아야노 양도, 다른 장소에서, 다른 장기를 두고 있다.

하지만 마음은 항상 함께 싸우고 있는 것이다.

"흥…… 고작 결승에 진출한 걸로 뭘 저리 기뻐하는지……."

마리아 양은 코웃음을 치더니…….

"하지만 대회 진행에 차질을 빚어서 마스터께 폐를 끼칠 수야 없지. 슬슬 이 몸도 결판을 내보도록 할까."

"…………예요."

"아앙? 안경잡이, 방금 뭐라고 했느냐? 투료를 할 거면 남들에게 들리도록 말해라!"

"미오 양과 결승에서 싸울 사람은………… 저, 예요!!!"

투료를 하기 위해 말받침을 향해 뻗었던 손을 꼭 말아 쥔 아야노 양은 입을 꾹 다물더니, 힘차게 장기말을 두면서 계속 싸우는 길을 선택했다.

마음을 부여잡은 것이다.

미오 양의 외침이—— 아야노 양의 마음에 불을 지폈다!

"저는…… 저는, 칸나베 양에게 이기지 못할지도 몰라요……."

아야노 양은 안경을 벗더니, 손등으로 자신의 두 눈을 훔쳤다.

그리고 안경을 다시 쓰더니…….

"하지만! 지지 않을 수는!! 있어요!!!"

마치 딴사람이 된 것처럼 힘차게 기합을 넣더니, 장기판을 향해 몸을 쑥 내밀었다.

그 후, 노도와도 같은 버티기를 선보이기 시작했다.

"이것이…… 끈질기구나!!"

마리아 양이 무심코 그렇게 중얼거릴 만큼, 아야노 양은 온갖 비술을 동원하며 격렬하게 저항했다.

——아야노 양이 두는 장기의 질이 변하고 있어……!

더욱 튼튼하고, 더욱 유연하게…….

수를 한 번 둘 때마다, 아야노 양의 장기는 더욱 끈질겨졌다. 때로는 뻔뻔하게 느껴질 정도로 말이다.

——기술적으로 성장한 게 아니야! 마음을…… 각오를 굳힌 거야!

『지고 싶지 않아!』

『아직 끝내고 싶지 않아! 장기를 더 두고 싶어!!』

한 수 한 수가 그렇게 외치고 있는 듯한, 집념에 찬 버티기였다. 같은 장기를 최근에 어딘가에서 본 듯한 느낌이 들었다.

그 사람은 바로——.

"……………가쿠메키 씨? 에이, 설마……."

나는 불현듯 머릿속에 떠오른 그 이름을 부정했다.

아야노 양이 가쿠메키 씨의 장기를 공부했을 리가 없다.

하지만 아야노 양의 장려회 회원 같은 종반을 보자, 그 이미지를 떨쳐낼 수가 없었고…….

——필패의 국면에서, 용케 여기까지…….

돌이킬 수 없을 만큼 만신창이라, 금방이라도 무너져버릴 것 같았다.

하지만 아야노 양은 자신의 옥(玉)을 장기판 구석으로 도주시키더니, 불완전하게나마 동굴곰을 만들었다.

그 싸기를 보더니——.

"방심했구나, 안경잡이. 동굴곰으로 바꾸면 이 몸이 네 옥을 잡지 못할 거라고 생각했느냐?"

"어?"

초등학생 명인은 말받침을 향해 손을 뻗더니…….

"통구이 정도로는 성에 차지 않겠지. 안경잡이, 네 녀석은 이 몸이 직접 죽여주마."

『옥을 잡아서 죽이겠다』는 선언이다!

그 말대로——.

"…………아앗?!"

아야노 양의 마음에 생겨난 한순간의 빈틈을…… 불완전한 동굴곰에 생긴 미세한 빈틈을 꿰뚫어본 마리아 양은 그대로 옥(玉)

을 잡은 것이다.

그 화려한 종반술에 행사장 전체가 흥분의 도가니로 변했다.

"칸나베 마리아가 이겼어!" "역시 초등학생 명인이야……. 저 상황에서 옥을 잡아서 이길 줄이야……!" "장려회 시험도 간단히 통과하겠는걸……." "우승은 저 녀석 차지야……."

다들 마리아 양의 압도적인 실력을 칭송하고 있었다.

패배한 아야노 양은 누구도 언급하지 않았다.

"칸나베 양, 축하해! 결승 준비를 해야 하니까, 대기실로 와 주겠니?"

"음, 그러지."

대회 관계자가 말하자, 마리아 양은 자리에서 일어났다.

"그건 그렇고 다음은 무대 위에서 대국을 치를 건데…… 머리에 한 그 짐승귀 좀 벗지 않겠니?"

"이건 머리카락이니라."

고개를 숙인 아야노 양만이 장기판 앞에 남자, 관전자들이 한 명 한 명 이 자리에서 벗어났다.

혼자만 남겨졌는데도, 아야노 양은 장기판 앞에서 벗어나지 않았다.

이윽고…… 장기판 주위에 있던 이들이 전부 자리를 비우자, 나는 아야노 양에게 말을 걸었다.

"수고했어."

고개를 든 아야노 양은 울고 있지 않았다.

홀로 남아서 장기판을 쳐다보고 있던 아야노 양이——.

"…………저는, 아이 양이 샘났어요."

느닷없이 입을 열었다.

나는 묵묵히 아야노 양의 말에 귀를 기울였다.

"아이 양이 나타나기 전까지, 미오 양과 가장 친한 사람은 저였어요. 처음으로 장기회관의 도장에서 장기를 둔 날에 의기투합을 했는데………… 저는 운동도 못하고 성격도 어두워서, 그렇게 활기찬 친구는 처음 사귀었어요…….."

그 날부터, 아야노 양의 인생은 180도 달라졌다.

나는 듣지 않고도 그 사실을 알 수 있었다.

왜냐하면 장기를 두는 어린이라면, 누구나 그런 것이다. 나에게 있어 사저나 아유무와의 만남이 그러했듯이…….

"제가 연수회에 들어간 것도, 미오 양이 들어간다고 했기 때문이에요. 저는 원래 장기에 관심이 있었던 건 아니에요. 그저 미오 양과 같이 있고 싶어서…… 그저 뒤처지고 싶지 않았을 뿐이에요…….."

바로 그때, 아이가 나타났다.

미오 양은 필사적으로 아이를 쫓아갔고…… 어느새 아야노 양은 뒤처지고 만 것 같은 느낌을 받았으리라.

그래서——.

"미오 양과 결승에서 싸우고 싶었어요."

이 대회에 출전한 가장 큰 목적은 바로 승리의 명예도, 칭찬의 말도 아니었다.

그저…… 절친과 싸우고 싶었던 것이다.

"왜냐하면 이게, 아마…… 마지막…………."

아야노 양은 결국 끝까지 말을 잇지 못했다.

그 모습을 본 순간, 나는 뭐가 어떻게 된 것인지 눈치챘다.

──그래……. 전학을 간다는 걸, 알고 있구나.

미오 양은 아야노 양과 샤를 양에게 전학을 간다는 것을 알렸으리라. 그리고, 아이에게는 전하지 않았다.

그 사실도, 아야노 양을 괴롭혔을 것이다.

"…………분해……요……."

아야노 양은 쥐어짜낸 듯한 목소리로 그렇게 말하더니…….

"분해요! 정말 분해요!!"

그 말을 멈추지 않았다.

무릎 위에 놓인 주먹을 말아 쥔 아야노 양은 입술을 깨물며 눈물을 흘렸다.

"분해요." "분해요." "분해요." 하고, 몇 번이나 중얼거렸다. 지금의 분한 마음을 마음에 새기려는 듯이…….

나는 그런 아야노 양의 옆에서, 그 말을 가만히 듣고 있었다.

이 소녀에게는 아무 말도 필요 없다.

상냥한 말도, 엄격한 말도…….

자신이 해야 할 일을, 이미 알고 있는 것이다.

♟ 결승전

『자! 나니와 왕장전 고학년부, 드디어 결승전 막이 오르노라!!』

심판장인 샤칸도 씨가 엄숙한 목소리로 선언했다.

『저학년부의 결승도 멋진 대국이었다……. 고학년부는 그 이상의 열전을 보여줄 거라 확신하느니라.』

《이터널 퀸》은 대형 보드 옆에 놓인 옥좌 같은 의자에 앉아서 지팡이를 지휘봉 삼으며 국면의 해설을 한다고 하는, 그야말로 여제 같은 스타일을 구축했다.

샤칸도 씨가 이렇게 하는 데는 이유가 있다.

단상 대국의 해설 때는 구체적인 수를 말할 수 없다. 대국자에게 들릴 수 있기 때문이다.

프로들의 대국이라면 큰 영향이 없으며, 집중을 하고 있기에 들리지 않겠지만…… 아이들의 대국에서는 기사가 알려주는 수가 승부의 결과를 바꿀 수 있는 것이다.

『미리 보를 던져 선후수를 정한 결과, 미즈코시 미오 양이 선수로 정해졌노라.』

아직 단상에 나타나지 않은 대국자에 관해, 샤칸도 씨는 설명을 이어갔다.

『그리고 후수가 된 칸나베 마리아는…… 짐에게 가르침을 받았다.』

제자라고 말하지는 않았다.

『나중에 펼쳐질 상금왕전에 등장할 칸나베 아유무 6단의 동생이자, 올해 초등학생 명인이지. 오라비에 앞서 무대에 올라 자기 소임을 다할 수 있을지에 주목해야 되겠구나.』

행사장 안에서 웃음소리와 박수가 터져 나왔다.

『그리고 선수인 미즈코시 양에 대해서는…… 짐보다 더 적임인 이가 소개하는 편이 좋겠지.』

샤칸도 씨는 단상에 있는 다른 인물에게 이야기를 돌렸다.

그 사람은 장기판 옆에서 기보 낭독과 초읽기를 담당하는──히나츠루 아이 여류 초단이다.

『미즈코시 양은…… 칸사이 연수회에서 함께 공부를 한, 소중한 기우(棋友)예요.』

아이는 마이크를 통해 자신의 솔직한 마음을 밝혔다.

『항상 밝고, 활기차며, 누구에게나 상냥할 뿐만 아니라, 저에게 있어 처음 생긴 장기 친구예요…… 쭉「저렇게 되고 싶다」고 제가 생각하며 동경한, 저의 목표예요.』

『귀중한 정보를 제공해 줘서 고맙구나. 그럼──.』

샤칸도 리나 여류명적은 크게 숨을 들이마시더니…….

『등단하거라! 어린 전사들이여!!』

스포트라이트를 받으며, 두 소녀가 무대의 중앙에 놓인 장기판을 향해 나아갔다.

““"오오!!"””

무대에 오른 미오 양을 본 관객들이 환성을 질렀다.

“＊하오리하카마야……!”“여자애가 왜 저걸 입었지?”“늠름해 보이네!”

나니와 왕장전의 결승에 오른 이에게는 하오리하카마가 대여된다.

＊ 하오리하카마(羽織袴) : 가문의 문양이 들어간 겉옷과 일본식 바지로 구성된 전통복장

여자애는 기모노를 빌릴 수도 있지만…… 미오 양은 남자애가 입는 하오리하카마를 고른 것 같았다. 잘 어울렸다.

한편, 마리아 양은 평소와 다름없는 복장이었다.

"쟤가 초등학생 명인이야?!", "샤, 샤칸도 리나에게 가르침을 받은 애다운 복장이네…….", "칸나베 가에는 괴짜가 많나 봐……!"

행사장 안에서는 다른 의미의 환성이 터져 나왔지만──.

"똑똑히 들어라!! 칸사이의 잡초들아!!"

마리아 양이 단상 위에서 아래편을 쳐다보며 이렇게 외쳤다.

"이 몸이 이제부터, 제왕의 장기라는 것을 잡초들에게 똑똑히 보여주겠노라! 한 수 한 수를 똑똑히 기억에 새겨둬서…… 미래 영겁에 걸쳐 이 몸의 전설을 전하거라!!"

© shirabii

1600명의 초등학생은 흥분을 감추지 못했다. 저 독특한 캐릭터성에 반해버린 것이다.

나는 두 사람의 모습을 무대 옆에서 응시했다.

그런 내 옆에는 아야노 양이 있었다. 이 아이가 가능한 한 가까운 곳에서 이 대국을 볼 수 있도록, 관계자에게 자초지종을 설명하고 특별히 허락을 받았다.

참고로 나중에 나와 대국할 아유무는 반대편에서 여동생을 지켜보고 있을 것이다.

『제한시간은 15분. 시간을 다 쓴 후에는 30초 초읽기로 둬야 합니다.』

장기판 옆에 앉은 아이가 설명을 했다.

아이러니하게도 여류명적 때와는 반대 입장이 된 미오 양을 향해, 아이는 말했다.

『그럼── 미즈코시 양의 선수로 대국을 시작해 주십시오!』

"잘 부탁드립니다!!"

"흥…… 덤벼라. 잡초."

미오 양은 깊이 고개를 숙이고, 마리아 양은 거만하게 가슴을 펴며, 이번 결전의 막이 올랐다.

두 사람이 선택한 전법은———.

『호오. 횡보잡기인가.』

샤칸도 씨가 감탄한 듯한 어조로 그렇게 중얼거렸다. 연구량에 따라 승패가 갈리는 전법이다.

그리고 후수도 적극적으로 공격을 펼칠 수 있는 전법이기도 했다.

"받아봐라! 그리고 느껴 봐라! 초등학생 최강자의 서반전술을 말이다!!"

후수인 마리아 양은 각교환을 자처했다! 그리고 적진에 보(步)를 집어넣는 특이한 수를 썼다.

"윽?! ……아!!"

미오 양은 익숙하지 않은 공격을 받더니, 눈을 깜빡이며 국면을 살폈다.

이건…… 프로 사이에서도 연구되고 있는, 가장 격렬한 수순(手順)!

이 기습에 동요한 미오 양은 자잘한 미스를 범하며 손해를 봤다.

그러자 마리아 양은 가장자리의 보(步)를 전진시키며 차분하게 전황을 진행시켰다.

후수가 노린 것은 싸기의 완성과 장기말의 교환에서 이득을 보는 것이다.

격렬하게 공세를 펼치지 않더라도, 이대로 계속 장기를 두다보면 자연스레 상황이 좋아질 거라 판단한 것이다.

"완급을 자유자재로 조절하네. 초등학교 5학년이 횡보잡기를 이렇게 절묘하게 두다니…… 아유무의 동생다워!"

"미, 미오 양……!!"

아야노 양은 두 손을 모아서 기도하듯 깍지를 꼈다. 내 말은 들리지 않는 것 같았다.

『형세는 후수가 유리한가. 초등학생 명인의 서반으로서는 합격점이라 할 수 있겠구나.』

샤칸도 씨도 마리아가 유리하다고 판단했다.

한편, 미오 양은 이대로 평범하게 장기를 두다간 계속 끌려 다니다 지고 만다.

공격을 할 건지, 방어를 할 건지, 방침을 명확하게 정해야만 하지만——.

"이야아아아————압!!"

미오 양은 공격을 선택했다. 자신의 기풍을 믿은 것이다.

장기말의 교환에서 손해를 봤는데도 불구하고, 귀중한 가진 말을 아낌없이 투입하면서 마리아 양의 방어진을 물량으로 공략하려 했다.

그리고—— 비차(飛車) 로켓이 발사됐다! 적진 한가운데에서 승격해서 용(龍)이 되는 데 성공했다!

하지만…….

"얕아."

마리아 양은 오히려 공격을 유도하더니, 최소한의 투자만으로 용(竜)을 봉쇄했다.

그리고 순식간에 용(竜)과 마(馬)를 미오 양의 진지에 출현시켰다. ……강해!!

"으윽?! 너…… 너무 강해……!"

미오 양은 무심코 머리를 감싸 쥐며, 신음을 흘렸다.

믿고 있었던 비차 로켓도, 금(金) 뒤에 둔 보(步) 하나로 대처했다…….

게다가 미오 양이 적진에서 용(竜)을 만들었지만, 마리아 양은 용(竜)과 마(馬)를 만들어낸 것이다.

무리한 공격 탓에 장기말 교환에서도 더욱 손해를 봤다.

공격과 방어, 양쪽에 있어서 명백한 실력 차이가 확연하게 드러났다…….

"흥. 기세는 좋더니, 겨우 이것밖에 안 되는 거냐."

"큭……."

"히나츠루 아이가 목표로 삼았다고 해서 어느 정도의 재능을 지녔나 했더니, 초등학생 명인전으로 치면 지방 예선 대표 수준이구나. 그 정도 재능으로 이 몸과 대국을 하게 된 것을 분에 넘치는 영광으로 알거라!"

"…………."

미오 양은 괴로운 듯이 입술을 깨물며 고개를 숙였다.

마리아 양은 기세등등하게 말을 늘어놓았다.

"그러고 보니 준결승에서 붙었던 안경잡이도 실망스러웠지. 그 정도 공격에 죽어버리다니…… 칸사이의 연수생은 약해빠졌구나!"

내 옆에 있는 아야노 양이 분하다는 듯이 고개를 숙였다.

무슨 말이라도 해 주고 싶지만…… 위로는 마음에 난 상처를 헤집으리라.

마리아 양의 목소리는 더욱 커졌다.

"역시 이 몸의 적은 아마추어에는 없는 것 같구나. 마스터 앞에서 압승을 거둬서, 한시라도 빨리 장려회 수험 허락을 받아내고야 말겠다! 그러니 빨리 죽어라! 잡초!!"

"……그래. 칸나베 양은 장려회에 들어갈 거구나."

"당연하지 않느냐. 그대는 어떻게 할 거지? 이대로 연수회에서 여류기사라도 되려고 아등바등할 것이냐?"

여류기사.

그것은 미오 양의 목표다.

하지만 미오 양은 불가사의하게도 후련한 표정으로, 이렇게 대답했다.

"미오는 전학을 가. 그것도 외국으로 말이야."

"…………."

허를 찔린 마리아 양은 그대로 입을 다물었다.

"지금까지…… 시간은 얼마든지 있다고 생각했어. 여름 방학

처럼, 영원히 끝나지 않는 기나긴 시간이 나에게 남겨져 있다고 생각했어. 그래서…… 진로 같은 건 막연하게만 생각했고, 하고 싶은 일을 찾고도 그걸 위한 노력을 나중으로 미뤘어……."

"흐…… 흥! 그건 약자의 변명에 지나지 않는다!"

마리아 양은 짜증 섞인 어조로 고함을 질렀다.

"분하면 강해지면 되느니라! 노력하면 되느니라! 이 패배를 계기 삼아, 초등학생 명인인 이 몸을 목표로 삼는 걸 허락해 줄 수도 있노라!"

"싫어."

"뭐?"

"왜냐하면 미오가 아는 초등학생 중에서 가장 강한 사람은, 칸나베 양이 아니거든."

미오 양은 딱 잘라 그렇게 말했다.

그 입가에 어린 것은——미소였다.

"미오가 목표로 삼은 사람은…… 평소에는 엄청 귀엽고, 약간 얼빠진 구석이 있는 데다, 매사에 서툴고, 좋아하는 사람에 관한 일이면 스토커처럼 변하지만…… 그래도 누구보다도 친구를 생각하고, 누구보다 장기에 재능에 있는데도, 누구보다도 노력가인——."

미오 양은 말을 이어갔다.

자신이 이상(理想)으로 삼는 이의 모습을, 눈앞의 국면처럼 복잡한 감정을…….

"엄청 강하고 재능이 있는데도, 대국을 할 때면 누구보다 괴로워하고………… 발버둥 치고, 몸부림치며, 그대로 쓰러져버릴 만큼 괴로워해……. 옆에서 그 모습을 보고 있기만 해도 가슴이 옥죄어들 만큼…… 분하지만 동경하게 돼……!"

미오 양은 눈가에 맺힌 눈물을 손등으로 훔쳤다.

"『이렇게 되고 싶어!』하고 생각하게 만드는————— 미오의 목표란 말이야!!"

그렇게 외친 미오 양은…….

방석 가장자리를 손으로 짚으며 몸을 앞으로 쑥 내밀었다.

"…………이렇게."

그리고 천천히…… 몸을 앞뒤로 흔들며 수를 읽기 시작했다.

역전의 한 수를 말이다.

"이렇게, 이렇게, 이렇게, 이렇게…….."

그 모습은 마치, 다른 누군가를 연상케 했다.

"이렇게, 이렇게. 이렇게, 이렇게, 이렇게이렇게이렇게이렇게 이렇게이렇게이렇게이렇게이렇게이렇게이렇게이렇게이렇게 이렇게이렇게이렇게이렇게이렇게————————!!"

『윽!! 미, 미오……!!』

아이의 눈에 점점 눈물이 맺혔다.

초읽기도 제대로 할 수 없을 만큼…….

"주제도 모르는 것이……! 하늘처럼 우러러봐야 할 초등학생 명인인 이 몸이, 여류기사 따위보다 못하다는 것이냐!!!!"

마리아 양은 분노를 터뜨리더니, 미오 양의 옥(玉)을 잡기 위해 활활 타오르는 불길 같은 공세를 펼치기 시작했다.

　옥(玉) 뒤에 은(銀)을 투입하고, 성계(成桂)로 장군을 걸자———.

　애초부터 불안정하던 미오 양의 싸기는 허무할 정도로 간단히 붕괴 직전의 위기에 몰렸다.

　"흥! 행동거지만 히나츠루 아이의 흉내를 내봤자 소용없느니라!!"

　"이렇게이렇게이렇게이렇게이렇게이렇게이렇게이렇게————이렇게!!!"

　"음?! ……가, 감히 이런 약아빠진 수를 쓰다니……!!!"

　마리아 양의 손이 얼어붙은 것처럼 꼼짝도 하지 않았다.

　미오 양이 차기 손으로 싸기를 무너뜨렸기 때문이다.

　그리고 붕괴된 싸기에서 옥(玉)이 튀쳐나가더니, 진격을 시작했다.

　이건————!!

　"""입옥?!"""

　"그래! 미오 양은 공격을 한 게 아니라………… 옥의 탈출로를 만든 거야!!"

　장기판 위의 상황이 순식간에 달라졌다.

　비차 로켓은 불발이었던 게 아니야! 충분히 자기 역할을 다한 거야!

싸기가 불안정했던 것도, 옥(玉)을 탈출시키기 쉽게 하려고 일부러 그렇게 한 거야……!

"마리아 양이 적진에 일부러 만든 용과 마도, 옥이 도망가 버리면 그저 비싼 짐짝에 지나지 않아! 이대로 완전히 도망치면, 형세가 뒤집힐 거야!"

"미오 양……!!"

내 옆에 있는 아야노 양이 생기를 되찾았다.

이것은 대부호란 보드 게임의 『혁명』과 비슷했다.

지금까지 둔 수의 선악이 순식간이 뒤바뀐다. 장기의 룰마저도……!

"잡초가……!! 으스러뜨려주겠노라!!"

미오 양의 옥(玉)이 엄청난 속도로 진격하자, 초등학생 명인은 그 옥을 잡기 위해 말받침에 있는 말을 소환해서 요격했다.

마치 무한한 보물고에서 무수한 무기를 꺼내서 공격하는 듯한, 제왕의 포위망이다!

"죽을힘을 다해 노래하거라, 잡초!"

"이렇게이렇게이렇게이렇게이렇게…… 하앗!!"

하지만 미오 양은 그 모든 공격을 피하며 나아갔다!

『가진 말의 바겐세일 같구나.』

샤칸도 씨가 차분한 어조로 방금 말했다시피, 마리아 양은 지금까지 벌어둔 우위를 잃고 말았다.

국지전에서 미오 양에게 수읽기로 진 것이다.

그 사실이, 마리아 양의 평정심을 더욱 앗아갔다.

"요게—— 요게, 요게요게요게요게요게요게요게요게요게요게!!"

"이렇게에에에에에에에에, 이렇게다!!"

109수—— 드디어 미오 양의 옥(玉)이 적진의 가장 깊숙한 곳인 1단^골에 도달했다.

하지만 미오 양이 입옥에 성공하기 위해, 장기판 위라는 전쟁터를 초토화시키고 말았다.

그것은 마리아 양의 옥(玉)에도 입옥이라는 수단이 가능해졌다는 사실을 의미했다.

그 결과…….

"""서로 입옥……!"""

126수에 이르러, 마리아 양의 옥(玉)도 골라인에 도달했다.

하지만 싸움은 끝나지 않았다. 오히려 어떻게 끝날지 알 수 없게 되었다.

"배, 백육십 수…….""

그 후로 30수가량 노타임으로 맞대결이 이어지자, 행사장 곳곳에서 신음 소리가 들려왔다.

그 직후——.

"죽, 어, 라———— 잡초오오오오오오!!"

"윽?! ————이렇게!!!"

차기 진영의 비차로 장군을 건다고 하는 기묘한 수에, 미오 양은 더욱 기발한 수로 응수했다.

"은?! ……더 가치가 낮은 장기말이 잔뜩 있는데, 왜 은으로 응수를 하는 거지……?"

"멍청아! 뒤로 이동 못하는 장기말을 선수가 1단에 두면 반칙이잖아!"

"게다가 이 상황에서는 금이든 보든 전부 같은 가치라고!"

"헉?! 순식간에 거기까지 생각한 거야?!"

보(步)로도, 계마(桂馬)로도, 향차(香車)로도, 멍군을 할 수 없다는 제약.

그리고 『점수』로 결판이 나는 지장기의 룰.

그 두 가지가 추가되면서, 장기는 비약적으로 난이도가 상승했다. 전혀 다른 게임이라 해도 과언이 아니다.

쳐다보고 있을 뿐인데도, 뇌의 회로가 타들어가는 것 같았다.

정석은 이제 아무 의미도 없다. 종반의 정석도 통하지 않는다.

전위예술 같은 국면을 반사 신경과 근성만으로 버텨내며, 그래도 두 사람은 난투극을 벌이듯 노타임으로 장기를 뒀다.

170수 째에 여덟 번째 대마의 교환이 이뤄졌다.

180수에는 장기판 위의 장기말이 절반 이하로 줄었다.

그리고 190수를 맞이한 순간——.

"……미오는…………."

지금까지 노타임으로 장기를 두던 미오 양이, 마지막 제한시간을 투입했다.

숨을 고르듯 고개를 들더니, 크게 심호흡을 했다.

수를 읽기 위해 제한시간을 쓰는 것이 아니었다.

그것은 마음을 정리하기 위한 시간이었다.

"미오는, 지금까지…… 칸나베 양만큼 노력하지는 않았어. 칸나베 양처럼 초등학생 명인 같은 엄청난 실적을 남기지도 못했어. 자랑거리라고는 초등학교 3학년 여름 방학 때 자전거로 비와 호수를 일주한 것뿐이야——."

그 느닷없는 고백을 듣고 깜짝 놀랐다. 비와 호수?!

"그런 일을 한 거야?!"

"저는 나가하마 즈음에서 지쳐버렸어요."

아야노 양은 당시의 일이 생각난 건지, 몸을 희미하게 떨었다. 나가하마까지 간 것만으로도 비와 호수를 반 바퀴는 돈 거니까 충분히 대단한데…….

"하지만!!"

미오 양은 다시 바닥에 주먹을 대며, 장기판을 향해 몸을 쑥 내밀었다.

"이제까지가…… 이제부터를 결정하는 건 아니야……!"

그리고 날렸다.

이제까지의 인생을 일변시킬, 결단의 한 수를…….

"이제부터가!! 이제까지를 결정하는 거야!!!"

그 순간—— 미오 양의 등에, 조그마한 날개가 달린 것처럼 보였다.

"대……대마를 버렸어?!"

"그것도 두 개 다……?!"

미오 양은 대마 두 개를 버린 대가로, 마리아 양의 옥(玉)을 끌어내렸다.

그것은 결의의 한 수였다.

"저, 점수가……."

나는 얼굴이 새파랗게 질린 아야노 양에게 말했다.

"상관없어. 미오 양은 옥을 잡아서 결판을 낼 생각이야."

"이 상태에서…… 말인가요?! 하지만——."

"저길 봐."

나는 해설용 보드가 아니라 대국 중인 미오 양을 가리켰다.

미오 양과…… 그리고 또 한 사람.

""이렇게————.""

장기판 앞에 앉아 있는 미오 양과, 그 옆에 앉아 있는 아이.

두 사람은 처음부터, 장기판 위에 단 한 곳만을 응시하며 수를 읽고 있다.

"아이라면 절대로 이 외통수를 놓치지 않아. 틀림없어."

그 날개를 구사해서, 누구도 본 적이 없는 외통수를 선보일 것이다.

그렇기에…….

"그런 아이를 쫓는 미오 양도, 옥을 잡는 것 이외의 다른 형태로 결판을 낼 생각이 없는 거야."

장기판 위는 혼돈 그 자체였다.

그런 혼돈 안에서 승리라고 하는 한 줄기 빛을 움켜쥐려 한다면…… 빛과 마찬가지로 일직선으로 곧게 나아갈 수밖에 없다!

『……이 대국에는 말이 필요 없노라. 수의 선악을 평하는 것 또한 세련되지 못한 짓이겠지.』

샤칸도 씨는 조용히 눈을 감았다.

『그래도 군이 한마디 하자면…… 평생 잊을 수 없는 장기가 되었을 것이니라. 저 두 사람에게 있어서도, 이 대국을 본 모든 사람에게 있어서도 말이다.』

자신의 가르침을 받은 마리아가 열세에 처했는데도, 샤칸도 씨는 왠지 기뻐 보였다.

이 자리에 있는 누군가가 외쳤다.

"2, 200수가 넘었어!!"

대국 중인데도 자연스럽게 힘찬 박수가 터져 나왔다.

"어떻게 되고 있는 거야?! 점수는 어때?!", "잠깐만! 이건…… 설마?!", "지, 진짜로…… 옥을, 잡으려는 건가……?"

후퇴를 하며 도망치고 있는 마리아 양의 옥(玉) 드디어 잡히려 하고 있었다.

"요……것이……! 요것이요것이요것이요것이…… 요것이이이이이잇!!"

저항하는 제왕의 눈에서, 눈물이 터져 나왔다.

결판의 순간은 머지않았다.

박수가 잦아들더니, 이 자리에 있는 모든 이가 숨을 죽이며 그 순간을 기다렸다. 잔잔한 열기가 체육관을 가득 채웠다.

하지만, 단 한 사람만은…….

"…………."

스포트라이트가 비추고 있는 무대를, 어두운 무대 옆에서 지켜보고 있는 한 소녀만은…… 그 열광과 동떨어져 있었다.

그런 쓸쓸해 보이는 소녀에게, 나는 말을 건넸다.

"미오 양 혼자였다면 절대 이기지 못할 상대였어."

"예……?"

"아야노 양이 끈질기게 버틴 덕분이야. 체력적으로 피폐해졌을 뿐만 아니라…… 아야노 양과 대국을 하면서, 마리아 양은 '상대가 끈질기게 버티면 성가시다'는 인식을 가지게 된 거지. 그래서 입옥 판단이 한발 늦어졌던 거야."

촌스럽고 끈질긴 칸사이 장기.

가쿠메키 씨마저 방불케 하는 집념.

그것을 아야노 양이 보여줬기 때문에, 마리아 양은 미오 양의 옥(玉)이 입옥을 하기 전에 잡으려고 무리수를 뒀다.

"마리아 양은 혼자서 싸우고 있지만, 미오 양의 옆에는 쭉 아야노 양이 있어. 아야노 양도 저 스포트라이트 아래에 있는 거야. 그래서……."

이길 수 있었다, 라는 말을 나는 삼켰다.

슬퍼하지 마, 라는 말도 삼켰다.

"…………고마, 워요……."

아야노 양은 그렇게 중얼거리며 안경을 벗더니, 손등으로 눈물을 훔쳤다.

친구의 승리를 두 눈으로 확인하기 위해서…….

그리고——.

"……하지만………… 역시, 분해요……."

몇 번이나 되풀이했던 말을, 아야노 양은 또 입에 담았다.

분명 앞으로도 수만 번은 되풀이하게 될 것이다.

"……그래. 그러니까 강해지자."

나는 아야노 양의 어깨에 손을 얹으며 안아 줬다.

무대 위에서는 기나긴 대국이 끝나려 하고 있었다. 지장기도, 천일수도 아니라, 옥(玉)을 잡는다는 형태로 말이다.

나니와 어린이 왕장전. 고학년부.

217수에 걸친 대격전에서 승리한 이는——————.

△ 따뜻한 눈물

『우승, 미즈코시 미오.』

단상에서 상장을 읽고 있는 샤칸도 심판장의 앞에 선 미오 양은 대국을 할 때보다 더 긴장한 것처럼 보였다.

『그대는 제25회 나니와 왕장전 고학년부에서, 그 누구보다 강했다. 그러니 이 자리를 빌려 그 영예를 칭송하며, 그대의 이름을 영원토록 새기도록 하겠노라.』

이런 상장은 미리 만들어둔 것에 이름만 나중에 적는 게 대부분이지만, 샤칸도 씨는 일부러 직접 내용을 고안한 후, 자필로 상장을 만들었다.

　퀸 4관의 오리지널 상장이다. 엄청 가치가 있다.

　『축하한다. 마지막의 공세는 정말 대단했지. 연수생으로 알고 있다만…… 스승은 어느 분이시지?』

　"쿠, 쿠레사카 선생님이세요!"

　『그런가. 여류기사를 목표로 삼고 있느냐?』

　"윽! ……그게……."

　미오 양은 말을 잇지 못했다. 샤칸도 씨는 전부 알고 있다는 듯이 미소 짓더니, 또 축하한다는 말을 건네며 상장을 건넸다.

　"감사합니다!!!"

　행사장이 떠나갈 듯한 힘찬 박수를 받으며, 미오 양은 단상에서 내려왔다.

　그런 미오 양의 등을 쳐다보며, 샤칸도 씨가 말을 건넸다.

　『아직 트로피 수여가 남았다. 자…… 가져와 주겠느냐?』

　미오 양이 그 말을 듣고 걸음을 멈추자, 샤칸도 씨는 무대 옆쪽을 쳐다보며 그렇게 말했다.

　화려한 것을 좋아하는 오사카답게, 트로피는 매우 컸다. 가지고 오는 사람의 모습이 가릴 정도였다.

　"……어?"

　미오 양은 영문을 모르겠다는 표정을 지었다.

　멀찍이서 보니, 마치 발이 달린 트로피가 멋대로 걸어오는 것처럼 보인 것이다.

그 커다란 트로피를 옮겨온 이는—— 조그마한 여류기사였다.

"윽! 아……이?"

미오 양은 깜짝 놀라며 그 자리에서 멈춰 섰다.

아이는 균형을 잃지 않도록 조심하며 트로피의 새로운 주인에게 다가가더니, 축복의 말을 건넸다.

"축하해. 미오."

그리고 트로피를 든 채, 깊이 고개를 숙였다.

"그리고…… 미안해! 그렇게 심한 말을——."

"괜찮아! 알고 있어! 전부 알고 있었어!!"

미오 양은 허둥지둥 아이에게 뛰어갔다.

"미오야말로 아이한테 고맙다는 말을 해야 한다고 생각했어! 아이도 중요한 시기였는데…… 미오를 위해 미움받는 역할을 맡아줬잖아."

"미오……."

친구가 모든 것을 이해하고 있다는 사실에, 아이는 약간 안도한 표정을 지었다.

나도 아이가 일부러 그랬을 거라고 생각했다.

못난 스승이지만, 그 정도는 안다. 아이는 언제나 자신보다 타인을 우선하는 것이다.

그것이 인간적인 매력이자…… 기사로서 결점인 것이다.

그런 아이에게, 미오 양이 물었다.

"하지만…… 그래. 역시 알고 있었구나. 언제부터야?"

"개학식 날…… 미오가 교무실에서 카네가사카 선생님과 상의하는 걸, 들었어……."

아이는 머뭇거리며 설명했다.

"그날은 아이도 가정 방문이 있어서…… 선생님에게 확인을 하려고 갔다가, 미오의 이야기를 듣고…… 이러면 안 된다고 생각했지만, 전학한다는 걸 듣고………… 그래서…… 그래서……!"

"그럼 역시 이건 아이 거였구나."

미오 양이 그렇게 말하며 내민 것은──── 장기말 스트랩이었다.

내가 연맹 매점에서 아이에게 상으로 사 줬던 물건이다.

"윽!! 그게 어디 있었어?! 사부님이 사주신 소중한 거라 계속 찾아다녔어! 미오가 주웠구나……. 다행이야……!"

"교무실 앞에 떨어져 있었어. 아이 거라고 생각했는데……."

건넬 타이밍을 놓친 것이리라.

미오 양이 건네준다면, 아이는 자기가 이야기를 엿들었다는 것을 들키고 말았으리라.

"더 빨리 건네주면 좋았겠지? 전학 이야기도 일찌감치 아이에게 전했다면, 상황이 이렇게 꼬이지도 않았을 거야. 미안해. 미오가 항상 아이의 발목을 잡았──."

"그렇지 않아!!"

"뭐……?"

"처음으로 장기를 두자고 말한 사람은 미오잖아? 잊은 거야?!"

내가 아이를 처음으로 연맹 도장에 데려간 날의 일이다.

그날 일은 지금도 생생히 기억하고 있다. 아이와 장기를 둔 후, 나에게 악수를 청하던 미오 양의 손에서 느낀 온기도.

"미오가 나와 장기를 둬 줘서, 아이는 장기가 재미있다고 느꼈어. 미오가 친구가 되어 줘서, 오사카로 돌아올 용기가 생겼어. 미오가 있었기 때문에 학교에도 익숙해졌고, 친구도 왕창 생겼고………… 아이는…… 아이는 미오 양한테 많은 걸 받기만…… 항상 아이가 받기만…… 그게, 미안해서……!"

가장 강한 아이가 모든 것을 차지한다. 그것이 승부의 세계다.

확실히 아이가 없었다면, 미오 양은 연수회에서 더 이겼을지도 모른다. 그것은 부정할 수 없는 사실이다.

그래서—— 미오 양은 이렇게 말했다.

"미오 말이지? 아이를 만나고, 전보다 훨씬 많이 울게 됐어."

"윽……!"

아이는 고개를 숙인 채 입술을 깨물었다. 고통을 참으려는 듯이…….

하지만 미오는 고개를 숙인 아이를 향해 미소를 지었다.

"하지만 그건 말이지? 따뜻한 눈물이야!"

"뭐……?"

"미오는 지금까지 눈물은 차가운 거라고 쭉 생각했어! 장기로 지는 건 슬픈 일이라고 생각했어. 져서 좋을 건 하나도 없다고 생각했어."

장기로 지는 건, 정말 힘든 일이다.

진심으로 임할수록, 마음이 꺾였을 때의 고통 또한 커진다.

"하지만 말이지? 아이가 오고 나서 흘린 눈물은 전부 따뜻했어! 아무리 힘든 일이 있어도, 괴로운 일이 있어도, 절대로 마음이 꺾이지 아이를 곁에서 보면서, 함께 장기를 두면서…… 아이의 열기가 미오에게도 전해진 걸지도 몰라."

아이는 그 기풍처럼, 어떤 고난을 향해서도 일직선으로 우직하게 나아갔다.

마치 불덩어리 같은 아이의 곁에는 항상 미오 양이 있었다.

"아이가 없었다면, 전학을 가는 것도 견디지 못했을 거야. 아이가 혼자서 오사카에 오는 걸 보고, 미오도 어디든 갈 수 있다고 생각한 거야! 왜냐하면 미오는…… 아이처럼 강해지고 싶거든!!"

"미…………오…………!!"

아이의 눈에서 눈물이 흘러내렸다.

두 손으로 트로피를 들고 있기에, 아이는 직접 눈물을 닦을 수 없다.

미오 양이 아이의 볼을 향해 손을 뻗더니, 진주 같은 이슬을 훔쳤다.

"어때? 따뜻하지?"

"응…… 뜨거워. 정말 뜨거워……!"

그리고 미오 양은 아이의 손을 잡더니, 함께 트로피를 들어올렸다.

그 모습을 본 관객들이 행사장이 떠나갈 듯 힘차게 박수했다.

단상에서 두 사람이 나누는 이야기를 듣지는 못했지만, 두 사람의 눈물과 행동만으로도 모든 것이 전해졌으리라.

왜냐하면 이곳에 모인 모든 아이들과 그 가족은…… 장기를 통해, 비슷한 고난을 헤쳐 온 것이다.

"두 사람 다…… 겨우 1년 만에 이만큼이나 성장했구나……."

나는 필사적으로 눈물을 참으면서 두 사람에게 박수를 보냈다.

언제나 어린애일 거라고 생각했다.

내가 가르쳐 줘야만 한다고 생각했다.

『왜 내가 가르쳐 준 것도 제대로 못하는 거냐고!』하고 생각한 적도 솔직히 있다.

하지만 달랐다.

어느새…… 내가 가르침을 받고 있었던 것이다.

"같이 사진을 찍어서『블랙캣』씨에게 보내자! 덕분에 우승했다고 말이야. 아이가 자기 대신 미오를 가르쳐달라고 그 사람한테 부탁한 거지?"

"미, 미오?! 알고 있었어……?"

"당연하잖아(웃음)."

미오 양은 "좀 생각해 보니 감이 왔어~." 하고 말한 뒤 회장을 배경 삼아 아이와 함께 트로피를 들고 있는 모습을 콤팩트 디지털 카메라로 셀카를 찍었다.

미오 양이 입에 담은 '블랙ㅋㅋㅋ캣ㅋㅋㅋ' 같은 뉘앙스가 좀 궁금하지만…… 그 사람은 우리와 아는 사이이며, 인터넷 대국을 통해 미오 양을 단련시킨 것 같았다. 대체 그『블랙캣』씨는 어디 사는 신데렐라인 걸까?

"자아, 드래곤킹이여. 다음은 우리가 대국을 할 차례다."

어느새 내 옆에 서 있던 아유무가 저 두 사람을 향해 박수를 치면서 말했다.

"오만함에 사로잡혀 허를 찔린 우매한 동생이지만, 그래도 나와 피의 유대로 이어진 자…… 내가 대신 원수를 갚겠다!"

확실히 아유무로서는 질 수 없는 대국일 것이다.

칸토에서 일부러 오사카까지 왔는데, 동생은 라이벌에게 가르침을 받은 소녀에게 지고 말았다. 게다가 경애하는 스승이 보는 앞에서 말이다.

하다못해 자기라도 이겨야 샤칸도 씨를 볼 면목이 있다고 생각하는 것이리라. 그 마음은 충분히 이해한다.

그래서 나는 이렇게 대답했다.

"미안해, 아유무."

"뭐?"

"나도 오늘은………… 절대 질 수 없어!!"

♟ 이제부터

"와 주셔서 감사합니다!"

아이돌 그룹의 악수회처럼 고속으로 악수하면서, 나는 몇 번 말했는지 모르는 답례 인사를 입에 담았다. 악수 횟수는 이미 생각도 나지 않았다. 삼백 번이 넘었을 때부터 세는 것을 포기했다.

상금왕전의 승자는 입장객 전원과 악수를 한다는 궁극의 팬서비스를 하게 되어 있다.

　즉, 대회에 참가한 초등학생과 그 보호자, 3000명과 악수해야 하는 것이다……

　악수가 끝날 즈음에는 얼굴이 미소를 지은 채 굳어버렸고, 손도 퉁퉁 부었다. 기모노는 땀에 흠뻑 젖고 무서워서 걷는 것도 힘들었다. 내일은 장기말도 쥐지 못할 것 같았다. 뭐, 이겨서 기분이 좋기 때문에 전혀 괴롭지 않지만 말이야!

　"수고하셨습니다. 쿠즈류 선생님. 이번이 마지막 손님입니다."

　"아…… 예."

　나는 대회 관계자의 말을 듣고 몽롱하던 의식을 부여잡았다. 인간은 실신한 상태에서도 미소를 지으며 악수할 수 있구나…….

　그렇게, 지칠 대로 지친 내 품에 뛰어든 이는——.

　"사부님!" "쿠쭈류 선생님!" "싸뿌~♡" "수고하셨어요!"

　나의 사랑스러운 천사들이었다.

　네 소녀의 얼굴을 보자, 피로가 싹 사라졌다.

　"샤를 양, 움직여도 되는 거야?! 뭐하면 내 품에 안겨서——."

　"사부님? 우선 악수부터 제대로 해 주시죠?"

　"아야야야야야얏!! 아이, 아파!! 악수를 빙자해 내 손등을 꼬집지 마!!"

　"그럼 미오는 쿠쭈류 선생님 등에 손자국을 남겨야지! 에잇~!!"

　"저, 저는…… 복근을 만져 볼래요………… 기념 삼아…… 어디까지나 기념 삼아서요."

그런 식으로 여초연에게 완전 포위당했을 때──.

　"후후후. 참 인기가 좋구나. 젊은 용왕이여."

　"앗! 샤칸도 씨…… 부끄러운 모습을 보였군요."

　"아니, 신선했느니라. 짐은 언제나 용왕이 무시무시한 실력으로 장기를 두는 모습만 봤지. 이렇게 어린 소녀들을 희롱할 때는 정말 생기가 넘치는구나."

　오해를 사도 이상하지 않을 발언을 입에 담은 샤칸도 씨는 아유무의 망토 안에서 울고 있는 초등학생 명인의 등을 살며시 밀었다.

　"내 가르침을 받은 소녀가 신세를 졌구나. 그러니 감사 인사를 해야 할 것 같았지……. 저기 있는 어린 용사들에게도 말이야."

　"예엣?! 저…… 저희한테도요?! 감사 인사?!"

　미오 양은 그 말을 듣고 깜짝 놀랐다.

　"미즈코시 미오 양. 그리고 사다토 아야노 양과 샤를로트 이조아드 양. 다들 멋진 장기였다. 다들 사정이 있겠지만, 부디 앞으로도 장기를 계속해 줬으면 한다."

　""예!!""

　미오 양은 긴장 탓에 딱딱하게 군은 채, 아야노 양은 감격한 건지 눈물을 흘리며, 큰 목소리로 대답했다. 연수회에서 실력을 갈고닦은 두 사람에게 샤칸도 씨는 신이나 다름없다. 앞으로 무슨 일이 있더라도, 이 일은 잊지 못할 것이다. 샤를 양도 "오~." 하고 대답했다.

　샤칸도 씨는 미오 양을 쳐다보며 눈을 가늘게 뜨더니…….

"마리아. 저자가 한 말의 의미를, 이제 이해했겠지?"

"……흐흑………… 으흐흐흑……."

"제아무리 연전연승하더라도, 중요한 대국에서 진다면 패배자로 기억되느니라. 승자에게 허락되는 건 무승부도, 패배도 아니지. 다음 대국에서의 승리뿐이니라. 영원토록 승리를 거듭해야만 비로소 진정한 승자라 할 수 있는 것이다. 단 한 번의 승리를 자랑하고 다니는 건, 어리석음의 극치라는 걸 기억해 둬라."

"마, 마쓰떠~……."

샤칸도 씨는 엉엉 울고 있는 마리아 양에게 엄격한 어조로 그렇게 말했다.

이 세계에서, 승리란 다음 싸움의 시작에 지나지 않는다. 그것을 알기에 샤칸도 씨와 명인은 자신이 세운 기록에 흥미가 없다.

앞으로도 계속 싸워 나갈 자에게는 아무 의미도 없는 것이다.

"그대는 오늘부로 패배자가 되었다. 이대로 계속 패배자로 살 건지, 아니면 다시 일어나서 싸울 것인지, 지금 이 자리에서 선택하거라."

"윽…… 훌쩍………… 싸…… 싸울, 래……요!"

"좋다."

샤칸도 리나 여류명적은 고개를 깊이 끄덕이더니…… 엄숙한 어조로 선언했다.

"그대는 오늘, 패배의 아픔을 알았다. 그 아픔을 치유할 방법은 승리뿐이지. 내 문하로서 장려회 시험을 치르는 것을 허하노라. 앞으로 《장기생신녀(將棋生神女)》 마리아를 자처하도록."

"윽!! 가…… 감사하옵니다!!"

"새로운 장기의 성모가 되거라. 나의 제자여."

《이터널 퀸》은 깊은 애정이 담긴 시선으로 응시하며 그렇게 말했다.

그리고 장기 세계에서도 동생이 된 마리아 양의 따뜻한 눈물을, 아유무가 닦아 줬다.

샤칸도 씨에게 있어 마리아 양은 딸 같은 존재다.

그런 존재를 장려회에 보내다니…… 나도 그럴 수 있을까?

……아니, 아직은 생각하지 않아도 될 것이다. 아직은 말이다.

"히나츠루 아이…… 《용왕의 병아리》인가."

그리고 샤칸도 씨는 미오 양만이 아니라 아이에게도 축복의 말을 건넸다.

"사상 최연소로 여류명적 리그에 입성한 것을 축하하마. 짐도 예선 결승의 종반을 보면서 감동했느니라."

"……감사합니다."

아이는 굳은 목소리로 그렇게 답했다. 미오 양처럼 기뻐하지는 않았다. 머지않아 싸우게 될지도 모르는 상대인 것이다.

샤칸도 씨는 나를 향해 고개를 돌렸다.

"그건 그렇고, 쿠즈류 일문은 최연소를 참 좋아하는 것 같구나."

"오해 부르기 딱 좋은 발언은 자제해 주세요!!"

여초연 멤버들의 부모님과 담임선생님도 근처에서 보고 있을 거라고요!

샤칸도 씨는 즐거운 듯이 웃더니, 다시 아이를 향해 말했다.

"《용왕의 병아리》여. 짐은 예전에 그대의 스승에게 이런 말을 들은 적이 있느니라."

"어떤…… 말이죠?"

"제자가 곧 여류기사가 되며, 타이틀을 거머쥘 수 있을 정도의 실력을 갖추려 한다. 하지만 그 성장 속도에 스승인 자신이 뒤처지고 있는 것 같고, 뭘 해 주면 좋을지 몰라 불안하다……고 말했지."

"윽……!!"

아이는 깜짝 놀라며 나를 쳐다보았다.

확실히 나는 샤칸도 씨에게 그런 말을 한 적이 있다. 아이가 마이나비의 예선에 출전했을 때의 일이다.

그리고 당시의 내 말은 현실이 되었다.

"아기새여. 짐은 보다시피 다리가 불편하니라. 그대가 있는 장소까지 가는 건 힘들지."

샤칸도 리나 여류명적인 불편한 자신의 왼발을 가리키며, 끝내 주는 미소를 지었다.

"그러니 빨리 짐이 있는 곳까지 올라와다오. 그러면…… 짐이 직접 그대를 머나면 밑바닥까지 떨어뜨려 주마."

"""윽……!!"""

그 순간, 우리는 이해했다.

《이터널 퀸》은 축하를 하러 온 것이 아니었다.

히나츠루 아이라는 여류기사에게―― 그리고 내가 기른 소녀들에게, 선전포고를 하러 온 것이다.

"가겠어요……!"

아이는 주먹을 말아 쥐더니…….

"반드시 올라가겠어요! 최단거리로요!!"

그리고 소녀는—— 전설에 도전한다.

이동식 궁정(宮廷) 같은 샤칸도 일문이 사라진 후, 이때를 기다린 것처럼 누군가가 나에게 말을 건넸다.

"쿠즈류 선생님."

나에게 말을 건 카네가사카 선생님의 뒤편에는 여초연의 보호자분들이 계셨다.

그중 한 사람을 본 미오 양이 고함을 질렀다.

"어?! 아빠?! 일 때문에 바쁜 거 아니었어?!"

"그래도 딸의 활약상을 봐야 하지 않겠니? 쉽게 해 주지 않으면 확 관둬버리겠다고 말하며 회사를 뛰쳐나왔단다……. 그리고 오늘은 일요일이거든."

거대 제약회사에 다니는 미오 양의 아버지는 일이 너무 많은 건지 핼쑥해진 얼굴로 그렇게 말했다.

"그것보다…… 이 아버지는 미오에게 해야 할 말이 있단다."

"어? 뭔데?"

"유럽으로 전근 가는 것 말인데, 미오는 아무 걱정도 할 필요 없단다. 엄마와 함께 지금처럼 오사카에 살아도 되니까——."

"아빠가 없는데 어떻게 지금처럼 사냔 말이야."

"…………."

"솔직히 말하자면, 다른 애들과 쭉 같이 있고 싶어. 전학을 안 간다면 기쁘겠지만…… 그렇게 되면, 아빠가 혼자서 외국에 가는 거잖아?"

"그건 그렇지만…… 그래도 모처럼 대회에서 우승했잖니? 이대로 일본에서 열심히 장기 공부를 하면 여류기사가 될 수 있을 거야. 그걸 증명하고 싶어서 그렇게 열심히 이번 대회를 준비한 거지?"

"응?"

미오 양은 아버지의 말을 듣고 얼이 나간 듯한 표정을 지었다.

그리고 태연한 어조로 이렇게 말했다.

"미오는 일본에 남고 싶다거나, 연수회에서 계속 장기를 두고 싶어서 이 대회에서 우승한 게 아닌데?"

"뭐?"

"지금까지 장기를 계속하게 해준 아빠와 엄마에게 고맙다는 말을 하고 싶었어! 일본을 떠나기 전에 미오가 이렇게 강해졌다는 걸 보여주고 싶었던 거야……. 미오가 장기를 계속할 수 있었던 건, 아빠와 엄마 덕분인걸!"

""윽……!!""

미오 양의 아버지와 어머니는 너무 놀란 나머지 말문이 막힌 것 같았다.

항상 어린애라고 생각했던 자식에게…… 이렇게 격려를 받았다. 부모로서 놀랐을 뿐만 아니라, 지금 이 순간이 너무나도 기쁜 게 틀림없다.

미오 양의 어머니는 손수건으로 눈가를 닦았고, 아버지는 눈물이 흘러내리지 않도록 천장을 올려다보았다. 주위에서 지켜보고 있던 다른 아이들의 부모님도 무심코 울음을 터뜨렸다.

미오 양은 그런 부모님을 향해 해바라기처럼 환한 미소를 지으며 말했다.

"미오, 이렇게 강해졌거든? 그러니까 괜찮아. 가족이 다 같이 외국에 가자!"

"하, 하지만…… 쓸쓸하지 않겠어? 친구들과 헤어지게 될 거잖니."

"하나도 쓸쓸하지 않아! 왜냐하면……."

미오 양은 그렇게 말하더니, 장난기 섞인 미소를 지으면서 여초연 멤버들에게 눈짓을 보냈다.

아이도, 아야노 양도, 샤를 양도, 웃음을 터뜨렸다.

어른들은, 그런 아이들을 의아하다는 듯이 응시했다.

여초연을 대표해, 리더인 미오 양이 설명을 했다.

"아빠와 엄마는 모르겠지만…… 아무리 떨어져 있더라도, 설령 지구 반대편에 가더라도, 쓸쓸하지 않아."

"샤우도~! 뿌랑쑤에 또라가도, 이제, 쓸쓸하찌 아나~!"

"저도 쓸쓸하지 않아요. 쓸쓸할 짬이 없어요!"

"아이는…… 조금은 울지도 몰라요. 그래도 어디에 있든, 아무리 시간이 지나든, 미오 양과 멀어질 리가 없어요. 왜냐면——."

조그마한 마법사들은 서로의 손을 움켜잡더니, 힘찬 목소리로 읊조렸다.

모두를 이어주는, 마법의 말을…….

"왜냐하면…… 장기로 이어져 있는걸!"

© shirabii

……떨어진 곳에 서 있는 카네가사카 선생님에게 다가간 나는 전부터 신경 쓰이던 점에 대해 물었다.

"선생님은 처음부터 아신 거 아닌가요? 장기를. 그리고 저와 아이…… 여초연. 그래서 그 굴레를 반 전체로 넓히자고 생각했어요. 미오 양이 쓸쓸하지 않게 말이죠. 아닌가요?"

"상상에 맡기겠어요."

카네가사카 선생님은 표정 하나 바꾸지 않고 대답했다.

역시 진짜배기 교육자다. 나와는 머리 구조 자체가 달랐다.

"쿠즈류 선생님. 약속대로, 당신이 히나츠루 양의 보호자라는 것을 인정하겠어요."

"감사합니다."

"솔직히 말하자면…… 저는 아직도 히나츠루 양을 당신에게 맡기는 게 불안해요."

"……"

"하지만 버금가거나 그 이상을 지닌 인간만이 저 아이를 기를 수 있겠죠. 이 대회를 보고 깨달았어요. 저 아이는…… 평범한 초등학생과 근본적으로 달라요."

다른 여초연 멤버들과 함께 울고 웃느라 바쁜 아이를 지켜보며, 카네가사카 선생님은 경외심이 어린 목소리로 그렇게 말했다.

저 조그마한 천사의 몸에는 어마어마한 마물이 깃들어 있다.

재능이란 이름의 마물이다.

　그것은 이제부터 더욱 커질 것이며, 자신에게 도전하는 이들을 먹어치울 뿐만 아니라, 어쩌면 숙주마저도 삼켜버릴지도 모른다.

　"히나츠루 양에게는 특별한 힘이 있어요. 부디 그 힘을 올바른 방향으로 이끌어주세요."

　"약속할게요. 그게 스승의 소임이니까요."

　"사제지간의 정인가요……. 내제자는 시대착오적이라고 생각했지만, 재능이 있는 어린이를 이끄는 데는 최적의 방법일지도 모르겠네요."

　카네가사카 선생님은 미소를 지으며 그렇게 말한 후, 곧 진지한 표정을 지었다.

　"하지만 이것만은 꼭 기억해 두세요."

　"뭘 말이죠?"

　내가 고개를 갸웃하자, 제자의 담임선생님은 이렇게 말했다.

　"초등학생과 연애하는 건 절대로 안 돼요!"

　……명심해 두겠습니다.

△ 에필로그

행사장을 나섰을 즈음부터 내리기 시작한 비는 어느새 폭우로 변했다.

"그럼 다들 이대로 사부님의 집으로 가. 나도 짐을 집에 두고서 숙박 준비를 한 후, 거기로 갈게."

"""예~!!"""

밝고 힘찬 여초딩 보이스를 들으며, 나는 나니와스지 대로에서 정차한 왜건 차량에서 내렸다.

미오 양의 우승, 아야노 양의 3위, 그리고 샤를 양의 8위 입상이라는 엄청난 결과에 가장 기뻐한 사람은…… 본인들도, 부모님도 아니었다.

바로 키요타키 코스케 9단이었다.

내가 순위전 때문에 바쁘던 시기에 여초연 멤버들은 키요타키 도장에서 연구회를 했다. 사부님은 여자 초등학생에게 『할아버지♡』 하고 불리자마자 바로 LINE의 ID를 교환했다. 완전 로리콤이네!

그래서 중계에 몰입해 있던 사부님은 대회 도중부터 울음을 터뜨렸고, 이기든 지든 여초연 아이들을 축하해 주고 싶다는 생각을 한 것 같았다. 대회 중인데도 나한테 수없이 연락을 해댄 것이다.

대국 중에는 전자기기를 휴대할 수 없기 때문에 대국이 끝나고 핸드폰 전원을 켠 나는…… 부재중 전화 99건에 질려서 전화를 했다. 그러자 감동한 나머지 엉엉 울던 사부님이 전혀 알아들을 수 없는 말을 늘어놓았다.

『쭈카르 캐쭈꼬 시프이아 아이뜨를 찌브로 떼리꼬 오끄라.』

『예? 축하를 해 주고 싶으니까 아이들을 집으로 데리고 오라고 요?』

『끄래! 끄래!』

『알았어요. 부모님들이 이 자리에 계시니, 허락을 받은 후에 데리고 갈게요.』

그렇게 하여 여초연 멤버들은 사부님의 집에 묵게 됐다.

부모님들도 자식들이 대회에서 좋은 성적을 냈으니 가족으로 서 축하를 해 주고 싶을 것이다.

하지만 나와 네 사람이 함께 있을 수 있는 시간을 우선해 줬다.

그뿐만 아니라, 평범한 택시로는 전원이 탈 수 없을 거라며 커 다란 차량을 불러준 것이다. ……초등학생을 검은색 왜건에 태 우는 나를, 행사장에 있던 장기 관계자들이 따뜻한 눈길로 응시 했다.

차의 문이 닫히기 직전에도, 즐거운 목소리가 들렸다.

"할부지~♡ 할부지~♡"

"키요타키 선생님이 축하선물로 뭐든 다 사주시겠대! 미오, 해 외에 갈 때를 대비해 음성번역기를 가지고 싶어~."

"저도 장기 공부를 더 하고 싶으니까, 좋은 장기말을 가지고 싶 어요."

"케이카 씨와 참 오래간만에 잠옷 파티를 하겠네!"

여초연과 케이카 씨의 잠옷 파티……?!

이건 프리큐어 클래스의 올스타 느낌 아니야? 완전 울트라 해피 그 자체야…….

일문회 날에 봤던 케이카 씨의 에로…… 성숙한 모습을 떠올린 나는 입가에서 흘러내리는 땀을 닦았다. 이건 땀! 혹은 비!

"위험해……. 역시 내가 감시해야겠어……."

그야 부모님들은 아이들을 나한테 맡겼으니까 말이야!

카네가사카 선생님도 나를 아이의 보호자로 인정했다고! 초등학교에서 장기를 가르치고 있어!

그러니까 나도 집에 돌아가서 잠옷을 챙기고 빨리 사부님의 집에 가서, 파뤼피플~이 되어야 해!

"여름 방학 전까지 하고 싶은 게 잔뜩 있어! 다 같이 하자!"

"응! 추억을 잔뜩 만들자!"

미오 양과 아이는 행사장에서부터 계속 서로 손을 움켜잡은 채 이야기를 나누고 있었다.

내가 할 수 있는 일이라면 뭐든 하자.

여름이 되면 나는 열여덟 살이 된다.

생일인 8월 1일에 운전면허를 따면, 여름 방학 때 이 아이들을 데리고 어디든 갈 수 있다. 즐거운 추억을 잔뜩 만들어 줄 수 있다.

"……어이쿠. 벌써 결과가 나왔네."

그런 미래를 상상하며…… 나는 호주머니에서 진동하고 있는 스마트폰을 꺼내 중요한 점을 확인했다. 2주에 한 번 있는, 중요한 대국의 결과를 말이다.

그것은 바로 3단 리그의 결과다.

사저는 오늘, 오사카에서 대국을 치른다.

연맹에 가는 것도, 결과를 직접 묻는 것도 본인이 금지했다. 그래서 매번 이렇게 간사에게 결과를 알려달라는 부탁을 했다.

"소타는 전승으로 1위를 지키고 있네. 대단한걸⋯⋯. 카가미즈 씨는 1패를 유지하며 순위를 지키고 있어. 저 사람은 지난번에도 3위였으니까, 이번에 3위를 하면 프로가 될 수 있어. 이대로만 가면⋯⋯."

그리고 가장 중요한 사저의 결과를 확인했다.

소라 긴코 3단————— ○○○○○○○ ●●●

"연패?! 사저가⋯⋯?!"

첫 연패였다.

카가미즈 씨를 비롯해, 1패를 한 이와 2패를 한 이들이 상당수 존재한다.

그렇기에 3패를 한다면⋯⋯ 상황이 매우 나쁘다. 사저는 순위도 낮으니 남은 대국을 전부 이겨야⋯⋯.

"하지만 빨리 패배를 떨쳐버릴 수밖에 없어. 케이카 씨와 의논해서, 어떻게든 사저의 신경에 거슬리지 않게 위로해 줄 필요가 ———."

그런 말을 중얼거리면서 현관의 문을 열고 집안으로 들어간 나는 머리카락을 닦기 위해 세면장에 가서 수건을 가져왔고, 젖은 옷은 세탁 바구니에 던져 넣었다.

그리고 부엌에 들어선 순간, 누군가가 내 이름을 불렀다.

"············야이치············."

어두운 공간에, 새하얗게 빛나는 누군가가 서 있었다.

왼손에 무언가를 쥐고, 오른손 손목에 그것을 대고 있다.

"······사저?"

나는 그렇게 말했지만, 나는 두 눈으로 상대방을 보고도 그 사람이 사저라는 확신을 가질 수 없었다.

왜냐하면 그곳에는── 내가 지금까지 한 번도 본 적이 없을 만큼 공허한 눈빛을 머금은, 소라 긴코가 존재했기 때문이다.

"이 손이 나빠."

유령처럼 서 있는 새하얀 소녀는, 인형처럼 생기가 없는 목소리로, 말했다.

"나는 이기기 위한 수순을 알고 있었어. 하지만 이 손이 내가 생각하는 것과는 전혀 다른 수를 뒀어. 그러니까──."

사저가 자기 손목에 댄 물건이 뭔지, 나는 그제야 깨달았다.

그것은── 식칼이었다.

"그러니까, 잘라버려야 해."

"어?! 뭐, 뭐 하는 거예요?!"

나는 허둥지둥 다가가서, 사저가 쥔 식칼을 빼앗았다.

"날붙이는 함부로 사람 몸에 대면 안 된다고요! 연패를 해서 충격을 받은 건 알지만, 앞으로도 3단 리그는 계속될 거예요! 장기를 못 두게 되면 어쩌려고 이러는 거예요?!"

예전에 사저는 이 방에서, 내 목을 자르겠다며 식칼을 찾은 적이 있다.

아이와 처음 만난 날의 일이다.

겨우 1년 전의 일이다.

그 1년 동안, 아이는 장기와 마음이 성장했다. 친구와 함께 말이다.

거꾸로 사저는…… 장기를 두는 데 필요한 오른손을 식칼로 자르려고 했다.

어쩌다가, 이렇게 된 거지…….

"더는 못하겠어. 더는 장기를 둘 수 없어. 오사카에 있고 싶지 않아."

사저의 모습을 한 이 빗물에 젖은 인형이, 탁한 눈동자로 나를 응시하면서 식칼을 향해 손을 뻗더니…… 그 칼날을 맨손으로 잡았다.

그리고 그 날끝을 자신의 심장에 대며, 말했다.

"부탁이야————— 나를 죽여 줘."

후기를 대신해── 축하

"장기는 정말 재미있습니다. 어제 패배한 제가 한 말이니, 틀림없어요."

이것은 토요시마 마사유키 2관이 6단 시절에 한 말입니다.

스무 살에 처음으로 타이틀에 도전한 토요시마 선생님은 제1국에서 쓰디쓴 패배를 경험합니다.

그리고 다음 날인 주니어 장기대회에서, 아이들에게 위와 같은 말을 한 겁니다.

하뉴, 와타나베 다음은 토요시마.

흔치 않은 재능을 지녔고, 차세대 제왕으로 여겨 지고 있는데도, 그는 아쉽게 타이틀을 놓치는 혹독한 나날이 이어졌습니다.

같은 세대의 칸사이 기사 중에서도 타이틀 획득자가 나오자, 항상 마이 페이스하게 노력을 거듭하는 듯하던 토요시마 선생님의 내면에도 많은 생각이 교차했을 것 같습니다.

첫 타이틀인 기성(棋聖)을 획득한 직후, 인터뷰에서 '열다섯 살 때부터 지금까지가 가장 힘들었다.'고 말씀하신 토요시마 선생님은……

"어린 시절부터 장기를 좋아했고, 장기는 순수하게 즐겨야 하는 겁니다. 그렇게 생각하지 못한 시기도 있지만, 주위 분들과 응원해 주신 분들 덕분에 꾸준히 노력하자고 생각할 수 있었습니다."

그렇게 말한 후, 배시시 웃었습니다.

첫 도전을 한 후로, 8년가량이 흐른 어느 날의 일이었습니다.

그리고 다른 이야기입니다만——.

『용왕이 하는 일!』의 일러스트를 맡아주고 계신 시라비 선생님께서, 『이 라이트노벨이 대단해! 2018』의 일러스트레이터 부문에서 1위를 하셨습니다!

수많은 인기작을 담당하고 계시며, 이미 라이트노벨 업계 밖에서도 활약하고 계신 시라비 선생님에게, 『용왕이 하는 일!』도 그광범위한 커리어의 일부에 지나지 않습니다.

그래도 이 작품에, 일반적인 작업 때 이상의 정열과 노력을 쏟아부어주고 계시다는 것은 제가 따로 설명할 필요가 없겠죠.

캐릭터 디자인에서도 타협 같은 건 하지 않으셨고, 긴코의 눈결정 모양 머리 장식도 시라비 선생님의 아이디어였습니다. 그리고 검은색 카추샤는 어릴 적에 케이카가 쓰던 것을 물려받았다는 설정(2권 표지를 보시길!)도, 시라비 선생님이 내놓으신 겁니다.

계절이 바뀌면 캐릭터별로 새로운 의상(4권부터 여름옷으로 바뀌었습니다!)을 디자인해 주셨으며, 기모노를 입을 때는 무늬와 머리모양까지 새롭게 디자인해 주셨죠…….

물론 다른 작품에서도 전혀 타협하지 않으십니다. 예를 들자면 『이세계 수학여행』은 요미우리 중고생 신문에서 주간 연재를 하기 때문에 매주 삽화를 그리시는 등, 어마어마한 양의 업무를 수행하고 계십니다. 기량도, 그리고 업무량도 1위에 걸맞죠. 초인이라는 생각마저 들 정도입니다.

왜 저렇게까지 하는 건가 싶어, 옛날에 한 번 물어본 적이 있습니다. 왜 이렇게까지 열심히 하시는 건가요? 하고 말이죠.

"라이트노벨을 좋아해서요."

그러자 시라비 선생님은 배시시 웃으시면서 그렇게 말씀하셨습니다.

하나도 닮은 구석이 없는데도…… 그 표정은 불가사의하게도, 토요시마 선생님과 흡사해 보였습니다.

시라비 선생님. 축하드립니다.

저에게 있어서, 선생님과 함께 일을 하게 된 것은 크나큰 영광입니다.

멋진 일러스트는 물론이고, 업무에 임하는 자세, 작품과 타인에 대한 배려 등, 정말 많은 것을 배웠습니다.

『용왕이 하는 일!』이란 작품은 제가 인생에서 가장 힘든 시기에 쓰기 시작한 작품입니다.

하지만 지금은 인생에서 가장 행복한 나날을 보내고 있습니다.

시라비 선생님이 자아내신 캐릭터들을 버팀목 삼아, 괴로운 시기를 극복할 수 있었습니다. 선생님의 그림에 구원받은 인간은, 분명 저만이 아닐 겁니다.

라이트노벨을 좋아해 주셔서, 정말 감사합니다.

직접 선생님을 찾아뵌 자리에서 감사 인사를 드리는 건 부끄러울 것 같으니…… 후기라는 형태로 말씀을 드려봤습니다.

"어머? 료, 혼자 있나?"

평소처럼 쿠구이 마치가 칸사이 장기회관 3층 기사실에 가 보니, 그곳에는 평소처럼 츠키요미자카 료가 있었다.

"내일 칸사이에서 일거리가 있거든. 그래서 하루 일찍 와서 놀러 다닐까 했는데…… 이렇게 비가 오는데 어디를 가겠냐고."

"확실히 비가 너무 내리긴 한대이."

칸사이는 작년과 마찬가지로 일찌감치 장마철에 접어들었고, 며칠 동안 쭉 비가 내렸다. 그 탓인지, 기사실만이 아니라 칸사이 장기회관 전체에 사람이 적었다.

의자에 가방을 내려놓은 쿠구이가 말했다.

"모처럼 이렇게 만났으니까, 연습 장기라도 두까?"

"장기………… 그다지 안 내키는데……."

"훗훗훗. 그런 소리 할 거 같아서──."

쿠구이는 가방 안에서 책 한 권을 꺼냈다.

"짜잔~! 옛날 앨범을 가지고 왔대이~!"

"오오?! 재미있겠네! 언제 거야?"

"우리가 만났을 즈음이니까…… 초등학교 6학년 봄일 거대이."

두꺼운 앨범을 향해 손을 뻗던 츠키요미자카는 앨범의 표지에 적힌 『만남 ~시작의 순간~』이라는 타이틀을 보고 무심코 딴죽을 날렸다.

"마치. 이…… 20세기 가요 제목 같은 병맛 제목은 뭐야?"

"……그럴 만한 시기였대이."

쿠구이는 약간 부끄러워하며 고개를 숙이더니, 표지를 넘겼다.

그리고 앨범 사진을 보더니, 츠키요미자카가 입을 열었다.

"우와! 반갑네! 이건 아래편 도장에서 나와 쓰레기가 장기 뒀을 때의 사진이잖아! 어느새 이런 사진을 찍은 거야?!"

"내는 그때 카메라에 빠지기 시작했다 아이가. 기사로서는 대성할 수 없을 줄 알고, 다른 직업을 찾아보고 있었대이."

"마치, 너 설마 그렇게 어릴 때부터 관전기자가 되려고 마음먹은 거냐?"

"글을 쓰는 전반적인 직업이라면 뭐든 괜찮다고 생각했대이. 지금도 프리라이터로서 타운 정보지에 실릴 기사를 쓰고 있다 아이가."

"흥~. 장기 하나로도 충분히 먹고살 녀석이 그딴 짓을 하니 열받네~."

"좀 봐도. 그리고 그 덕분에——."

쿠구이는 여우 요괴를 연상케 하는 미소를 지으며, 앨범을 넘겼다.

"이렇게 귀중한 사진도 찍을 수 있었대이."

그 페이지에 실린 것은——『츠키요미자카 료 ~그 순간… 가슴에 품은 첫사랑~』이라는 제목의 사진들이었다.

초등학교 6학년인 츠키요미자카가 마찬가지로 초등학생이었던 쿠즈류 야이치와 장기를 두는 모습을 찍은 사진들이지만…….

처음에는 남자애 같은 복장을 하고 있던 츠키요미자카가 어느 때부터 머리카락을 기르기 시작하더니, 여자애 같은 복장을 하게 되는 과정이 시간 순서대로 알기 쉽게 정리되어 있었다.

복장만이 아니었다.

시선 또한 장기판이 아니라 그 너머에 있는 소년의 얼굴을 향하고 있었——.

"어어어어어어어어어어어어어어이! 무슨 짓을 한 거야, 이 멍청아! 이딴 사진을 가지고 오지 마! 빨리 숨기란 말이야, 빨리 숨겨!! 그리고 첫사랑은 또 무슨 소리야?! 빨리 태워버려! 미 멍청아————!!!"

"아무도 없으니 걱정하지 말그라."

"…………쳇……."

이 방의 입구를 힐끔힐끔 쳐다보며 몸을 쑥 내밀며 사진을 가리려 하던 츠키요미자카는 쿠구이의 말대로 아무도 없다는 것을 확인하자, 다시 의자에 앉았다.

두 사람의 시선은 다시 앨범을 향했다.

"그건 그렇고, 이 시절의 료가 가장 귀여웠대이. 칸사이에 올 때마다 점점 여성스러워졌다 아이가. ……그렇재?"

"뭐…… 내가 정신이 나갔던 거야. 첫사랑 같은 걸 한 게 아니거든? 쓰레기 자식이 나를 남자라고 착각하니까, 확 깜짝 놀래 주려고……."

"호오~? 반하게 만들려고 그런 기가?"

"'놀래 주려고'라고 했거든?! 죽고 싶냐?!"

머리카락처럼 얼굴이 새빨갛게 변한 츠키요미자카는 앨범을 손가락으로 가리키며 지적했다.

　"그, 그러는 네가 찍은 이 앨범에는…… 쓰레기의 사진이 많잖아!!"

　"맞대이. 좋아해서 그런 기다."

　"뭐엇?!?!?!"

　"당시부터 용왕 씨의 장기를 좋아했대이. 분명 타이틀을 딸 거라고 생각한기다. 그라믄 이 사진도 귀중해질 거다 아이가."

　"흐, 흐음……."

　그 말을 들은 츠키요미자카가 더 안절부절못하는 가운데, 두 사람은 동시에 방 입구를 쳐다보았다.

　""…………""

　평소 같으면 이즈음에 어울리지도 않는 더블수트 양복을 입은 소년이 불쑥 나타날 것이다. 그리고 셋이서 와자지껄 잡담을 나누겠지만…….

　"……한가하네."

　"그렇대이. 오늘은 아무도 안 오는 거 아이가?"

　"……장기나 둘까?"

　"……그래삐자."

　앨범을 치운 두 사람은 장기말을 깔고 연습 장기를 시작했다.

역자 후기

안녕하십니까. 근로청년 번역가 이승원입니다.
『용왕이 하는 일!』10권을 사 주셔서 진심으로 감사드립니다.

장마가 끝나고 본격적인 폭염이 시작된 시기에 이 후기를 쓰고 있습니다.
독자 여러분은 어떻게 지내고 계신지요.
저는 에어컨이 있는 침실에 작업실을 옮겼습니다.
이제 저도 나이인지 에어컨 없는 데서는 일을 못하겠어요.ㅠㅜ
진짜 에어컨을 발명한 캐리어 선생님은 위대한 발명가라 생각합니다.
캐리어 선생님이야말로 인류의 구원자이십니다!
독자 여러분도 더위 조심하시며, 올해 여름을 즐겁게 보내시길!

그럼 본편에 관한 이야기를 좀 해볼까 합니다.
스포일러가 포함되어 있을 수도 있으니 본편을 읽지 않으신 분들은 유의해 주시길!

이번 권은 여초연을 중심으로 스토리가 진행되고 있습니다.
야이치의 제자가 되기 위해 오사카에 온 히나츠루 아이, 반 친구인 미즈코시 미오. 두 사람을 중심으로 만들어진 여초연. 여자 초등학생들로 구성된 이 연구회는 장기라는 혹독한 세계에 있는 아이에게 마음의 휴식터가 되어 줬습니다.

하지만 변하지 않는 것은 없듯, 이들 또한 이별할 수 없는 순간이 다가오기 시작합니다. 그리고 그런 상황에서 여초연 멤버들은 나니와 왕장전에 출전하기로 합니다. 각자의 목표를 품고…….

이 이야기는 장기 소녀들의 유대와 인연을 중심으로 펼쳐집니다.

소녀들을 막아서는 벽으로서 초등학생 명인인 칸나베 마리아가 등장하지만, 그것은 어디까지나 사족이라 생각합니다. 이번 편의 주인공은 여초연이며, 미래를 향해 한 걸음 내디디는 그 내용은 훈훈한 감동을 자아내고 있습니다.

……제, 제가 로리콤이라서 그렇게 생각하는 건 아닙니다! 저는 로리콤이 아니에요! 아니라고요!

그럼 이만 줄이겠습니다.

항상 재미있는 작품을 맡겨 주신 노블엔진 편집부 여러분께 감사드립니다. 앞으로도 잘 부탁드립니다.

여름휴가 때 부산 내려와서 탕수육 사주겠다고 한 악우여. 네가 부산 안 온다고 내가 포기할 줄 알았지? 서울까지 얻어먹으러 가 주마아아아아~!

마지막으로 제게 버팀목이 되어 주시는 어머니와, 『용왕이 하는 일!』을 읽어 주신 모든 분들께 진심으로 감사드립니다.

장려회 3단 리그에서 궁지에 몰린 긴코의 이야기가 펼쳐질 『용왕이 하는 일!』 11권 후기에서 다시 뵙겠습니다!

2019년 7월 말 역자 이승원 올림

용왕이 하는 일! 10

2019년 11월 25일 제1판 인쇄
2019년 12월 01일 제1판 발행

지음 시라토리 시로 | **일러스트** 시라비

옮김 이승원

발행 영상출판미디어(주)
등록번호 제 2002-000003호
주소 21311 인천광역시 부평구 평천로 132 (청천동)
전화 032-505-2973(代) | FAX 032-505-2982

ISBN 979-11-6466-916-5
ISBN 979-11-319-5731-8 (세트)

구매 시 파손된 도서는 구매처에서 교환하실 수 있습니다.
기타 불편사항, 문의사항이 있으신 독자님께서는 노블엔진 홈페이지
[http://novelengine.com] 에서 Q&A 게시판을 이용해 주시기 바랍니다.

노블엔진(NOVEL ENGINE)은 영상출판미디어(주)의 라이트노벨 및 관련서적 브랜드입니다.